Gaea

GAEA

洪荒瀰漫超銀河

The Primordial Voice Singing to Outer Gods in Super-Galaxies

洪凌 —— 著

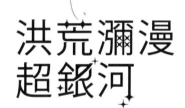

名家推薦

「道士御熵、人外諸神、超帝國的詭譎多變、來自最高維（洪荒）的奧妙劍皇……這麼美麗細膩的文體，趣味反轉不斷的事件，在此之前，我從未見過。閱讀時，陶醉於眼花繚亂的唯美劇情與知性設定的世界觀之中。」

——立原透耶（日本科幻作家、翻譯家、華文科幻推手）

「遨遊於超銀河帝國的劍皇司徒滐剛遇上心靈伴侶，即遭遇各種挾持與背叛。祂該如何施展妙計，震懾叛亂之神？清俊絕美的劍皇在眾多醫尊、帝君和帥氣動物形體的諸神陪伴下，又如何開展其情色與高維心智共融之舞蹈／武道？

在《洪荒瀰漫超銀河》，洪凌創造了旁若幻設武林。如果說，傳統武俠展現有限肉身的搏鬥與權力鬥爭的陽剛世界，洪凌打造了罔兩俠（狎）客競奪、遊戲、狎玩的高維武林。

在這個道士與騎士並存的超宇宙地景，雜揉了武術、幻術、技術、道術、奇術等種種看似扞格之力量。洪凌編織了豔麗的刀劍交合，鋪陳情色、懸案、佳釀共存的超生命江湖。」

——楊乃女（高師大英語系教授）

本書獻給小弗弗與小之之，
蔓延無限的故事與夢境。

洪荒瀰漫超銀河

序章　銷魂的逍遙劍皇

赭紅色的殘照充斥憂患蒼茫，映在那座曾經輝煌的碉堡，沙漠系 y 級行星特有的熾烈枯寂氣味灌入。司徒灤刻意將共情脈動調到最低檔，不過只限於碳基生命。身為劍皇，他的感官共振場接受任何劍的形意神。

即使愛憐週遭的千把絕世之劍，打算盡一切努力保住祂們，他的接收端讀出周邊的龐大渴望與絕望，彷彿一首無數回檔的哀歌。

殺意如一場焚燒大雪，從深黑鑲銀紋的長衫森然冒竄，亟欲來場永毀舞踏。他精雕細琢、如夢幻冰繪的眉眼湧出殺欲，漾出鮮紅光澤，飄浮於半空的纖秀銳利身軀是劃破諸宇宙的刃尖。

毫無預警，修長的雙手交叉，反手從左右頸椎鞘腔抽出內藏的雙生天焱劍，絕頂劍意瀰漫松木與春露。司徒灤與雙劍同步，繪出包抄座標所在的環墟。

與他同調的雙生劍衝破預設安全指數，盪出劍之頂點的內宇宙：包裹一切的黑暗彩虹，情狂瀰漫。毀劫的啟動點在眉心微簇、血瞳全然洞見的須臾。

然而，劍式動線並非往前方攻擊，而是反其道而行。雙劍的「小樓」燒熾如中子星，化為無數白焱熱流，柔冷的「春雨」清音錚鳴，融入鎖骨下方、接近心口的那朵斷腸紅花，掀出所有至高神都無法僥倖逃逸的「萬古永滅場」。

非物理性的痛意化為迷茫自嘲的微笑。滐兒讓雙劍由內而外，揮灑星陣：彷彿在星空化為茫茫雪焱，活化終極劍意織就的「天地弭合」。

這狀態並非「武力」所能形容，而是駐留於南天超銀河的太初奧祕，永在劍皇的究極劍意：凍結一切，包括殺性深重、等同寂滅的自身。

埋伏於天干地支六十方位，隱匿的五大世家最高武技群體，在劍光亮起，已經被吸入司徒滐劍端湧出的反物質環墟。連念頭都未曾轉動，剎那還來不及到來，這些武道至尊的元神核心全數屍解，消融於雙劍合璧的雪火一擊，「修羅永訣」。

這招足以斷絕「基礎延續性」的大規模殺招，讓千名刀劍宗師連半聲慘叫都無法發出，就此永恆滅絕。仗著數量，他們誤以為能夠包圍劍之至尊，趁機提出諫言。

什麼「諫言」啊？這等挑撥間離之言，根本不該存在。他們以為爹爹是禁制自己的暴君，其實相反：本職是全向度醫道三至尊之一的萬象紫凰，根本不屑無趣低層權能。為了非要「重新調音」南天超銀河的自己，紫凰尊一點都不放心，非得降神於超帝國第九十八代。

司徒滐神色清靈漠然，一言不發，毫無觸動。隱忍聽取的惡意雜音早已過多，唆使與義正辭嚴的請求是觸動滅絕的關鍵字。這是最後的清理，身為繼位君王的最後儀式：必得開啟劍塚，還這方五次元超銀河一場淨化劍舞。

「血幻劍皇」登基前的最後一役只花了幾格瞬間。事後，他寒火迸射，奪魂奇麗，愜意地清脆唱歌，撫慰安好完整的千把兵刃神器。

即將登基的司徒潾，以一首《無所在》將周遭淨化，在南天超銀河的邊境荒星寫下三百年魔導武神大戰的終幕。

總算告一段落！司徒潾柔情深摯，偕同心愛的雪火天焱劍，翱翔得悠然輕盈。直到向來溺愛得沒完的爹爹以神識傳送牽掛，無法再不回首都星。

她〔註1〕將春雨與小樓納入肩頭的鞘口，正要移形瞬返，異變驟生。那隻彷彿按照自己喜好設計的「馬兒／騎士」，以難以形容的激速「出現」在眼前。

火色狂燒的髮，秋水為右眼，黑洞無法吞噬的黑淵晶石是左眼。騎士肩頭揹著「雅思格爾」這把噬神槍，此乃剷除惡神的俠情標誌。高挺修長的身軀與敞開雙翼的絕世神駒，融合為一。

就算司徒潾再不通曉五象限神族資訊，也能從特徵看出這位：全向度的狂野騎士超神，以穿破界限與疆域聞名的迦南至高神。

他若有似無地頷首，形神與容顏讓一切著迷。同樣面無表情，但現出賞識之念。自從來到此行星，司徒潾首次對兵刃之外的存在啟動聲音，道出來者的名字。

「拜爾。」

騎士與馬兒一起致敬。那雙載滿上古狂風的眼睛灼灼，散發熾烈的愛意與敬意。

「真是，將全向度所有的詩薈萃為這一劍，這些傢伙滅得很幸福吧？血幻劍皇司徒潾，來自洪荒的永在神皇，諸神最遐思畏懼的太初三域之主。祂們都是你，但非全然的你。這些側面不等於無類無雙的神格，空靈恐怖之美，還有，你的聲音……

「因詠，第一因的歌詠！唯獨這名字，纔是你的太初真名，『洪荒』的原生名。」

強行按捺住強烈的震驚，司徒滐在頃刻間從事最高速的複數心智運算。哪兒遺漏了嗎？無法明白，如此年少的超神，怎可能叫出自身的原生名諱？更不可思議，拜爾並非以「洪荒劍皇」來認識她，被辨識出的、真正記取的，是「因詠的音色」。

就這一聲，就被指認——彷彿從來都未曾陌生！

他依然淡漠空寂，只是嘴角洩露若隱若現的笑意。這是個「變數」，司徒滐向來喜歡意料之外。

「滐，亦是朕的名字，是洪荒初綻時的小名。」

文雅又縱情、禮數周到又恣意率性，來自迦南的騎士至高神收斂促狹。拜爾認真凝視這雙最美的鮮紅色眼眸，執起纖薄左手的第六根尾指，毫無狎意地輕吻。

並不執著於稱呼，也不徵求同意，拜爾以諸神驚歎的超高速，將司徒滐抱上馬鞍，瞬間離開此星系。

這位何曾聽過自己的音？滐兒喜歡這謎題。

「那麼，音色早已刻鏤在神核，早已是我納入『為愛效勞』法則的滐兒。無論你是否記起迦南的原始神性暴風，都該成全我的效勞。」

在血夜將至、正是上弦月與下弦月的交界狀態，司徒滐陷入奇妙的憶念。

「既然迦南的風馬王願意為朕效勞，何不來一場月夜比試？在武道極點的十宗師當中，唯有槍箭雙絕的野馬超神，並非劍客或刀尊。」

看來，只能先請隨身夥伴 ITG〔註2〕傳訊給紫凰爹爹——超帝國的當代皇上，司徒天淵。既然已無礙事者，就放縱馳騁一回吧！

原先，滐兒打算先回首都星，讓爹爹安心，接著去造訪與自己並稱「劍皇刀王」的觸孤弦，看來只得另覓良機。毫無預兆，莫名得到了至高騎士、註定會心愛的神駒，以及……

許久許久之後，任務悉數完成。祂的體內探出的花髓與劍刃，與御風狂馳的對象歡好，司徒滐愉快又惆悵。原來，拜爾真是由於自己的音色而出現。

身為洪荒劍皇的專屬騎士，拜爾以無數次的奔馳破界，踏碎永世劫難，伴隨滐兒完成贖世與修改敘述。祂們一起補完混沌，剷除仗勢霸惡、貪腐卑劣的敗壞神格，修整漫漶域（Cosmic Horror Realm）的本體，找回滐兒最初的愛侶，挽回受創百代的生神獸……最後，徹底改寫超帝國的虛妄起源。

抱著愛馬，任由騎士在身後吸吮紅梅形狀的腺體，雙方爆發的至高 α 信息素讓五象限諸神暴動。滐兒同時感動與感懷，無法區分欣慰或傷感。

至於，在奇妙的偶遇之前，滐兒與高維演算搭檔 ITG 即將完成無數變因的量子框計算。在這場淋漓快意的試劍，他尚未設想到此選項——這位生機盎然、帥氣調皮的俠義人馬，終究讓「洪荒本體」放棄了滅去一切雜蕪、重啟太初格式的調律方案。

註１：在本書，第三人稱隨機使用，展現五性別宇宙架構。性別的區分無關於「她／他／它／他／牠」，而是「α、β、γ、δ、Ω」。

註２：全稱是 Interesting Time Game。

第一章　超神之主來自洪荒

第一節　話本滿是劍花雪月

五次元超星曆67319年，南天超銀河首都星團：瀟湘碎玉淵。

位於夜陽環繞的首都星——鷹玥——代理皇帝兼任親王御使的司徒諦觀沉睡著洞觀，赫然從一場掀翻五象限魔導師公會祭壇的「清覺夢」醒轉。

剛回到五次元的此在此時，她「颼」地換身。從過去百年保持的十八足歲嬌俏慧黠少女型態，瞬變為年滿超星曆七載的俏皮幼兒模樣：這是她最強大的雙軌魔導師模樣，戰力到達頂端的神格真體。

那場清覺夢激亢撞擊司徒諦觀，同時影響了代理皇帝御所的數位親近者。當然，一骨碌將甜嫩童顏、嬌小身軀抱在懷裡的火性勃發青年，就是第一見證。

看多了愛人伸展的換身奇觀，這回還是憂心不已。東宙火巫王綻開眼底的白焰，從動念到湧出星團、從事神識勘測的速度，完全拋下身旁的地精靈王「勘」的鐘乳石塔迴旋共振。

「焓酩殿，緩一下，過於快速容易擾動風脈。你再恣無忌憚，總不會想得罪嵐花帝吧？」輕快嘲訕的語調顯然來自昨晚的房事第三者，水精靈王「冠流翅」。

火巫王冷哼，不耐煩地傳訊。

「我再快也快不過超前部署、唯有劍皇陛下使喚得的御座鎮守，南天火龍王……」

水精靈王咯咯笑，痛快嘲諷又不否認羨慕。哼，真是條集結天地庇佑的小孩龍啊！

「幼生超神格局的獄火龍王，火系武力的天花板之一，僅次於祂的頭號情敵拜爾：踏破諸世界塔樓的野馬射手。哎啊，就憑我們四大精靈亞神，怎較得過那條頂天α勢如暴動，簡直發作似的，朝向祂心心念念的血幻陛下泅游蠕動——不好意思，不是虫虫模式，是猛帥地踏血焱而顯現——」

火巫王煩躁射出霸道炎光，截住性喜促狹的水精靈王。

「就你話多。忍一下，淼兒，別翻騰甩浪，開心得過早。尚未全然確認，待諦……代理皇帝在通天塔演算，ITG 自我復刻的百部跨次元量子框同步共鳴。依照目前的同位狀態，它們已經能與 ITG 本尊聯繫通訊了！」

她以舒爽清冽的藍芒火澤為符碼，從高眺身軀內掏出共伴神火鳥。無須示意，鳥兒的靈火讀取資料與情感，立即翱翔回首都星西北端角的親王府邸。

感應到那股來自洪荒冥涯的太古音色，如雪色殺盡諸世，如血色滅頂眾神。祂的永世神皇回返南天超銀河，以祂最耽溺沉醉的「雪之永音」輕聲呢喃，唱著一首無歌詞的小調，足以銷魂一切。

祂歡騰如初生龍胎，躍過水火不容的象限隔絕場——狡詐的水龍王這回識相，倒是不敢攔截呢！

這就來了，奔赴至龍椅的真正主宰所在。在這段讓燧棋殿餓到不行的空檔，祂只能在某些箱庭宇宙打滾鬧事，窮盡六合八荒，尋覓些許太古音的遺留。好想好想滦兒啊，趕緊用無類的曠古形神餵食專屬於你的小龍吧！

由ITG寫意駕駛的星舟如同銀河瀑布，框在看透七維的超神龍王視線。祂晶亮璀璨的「發火」態勢將周遭星域淨空，纔不讓那些來自北穹的八卦報亞神記者滯留，污染了星舟降臨的力場。它們都沒資格看，更沒資格聽取塑造萬有的銷魂之音。

祂直面舟尖的焊接端，恨不得將最思念的人兒拉到兩枚龍角之間，做一些滦兒願意的親暱。光潔核金色的庭院長滿冷豔紫藤花，黑光結界鋪滿帝王的絕對場域。周遭蠢蠢欲動、有幸被允許等候迎接的眷族歡欣又亢奮，最無顧忌的是貓族神靈與所有的武系尊者。

在七百七十七名太天位劍客的開道，星舟與代理皇帝司徒諦觀的距離挨近。她示意旁觀的氏族眾神稍安勿躁，主導南天的複數超心智ITG嚴峻下令，僅容許她與舟尖庭院之內的帝王進行無妨護接觸。

躍過觸孤世家的血火雙生活劍、風雲雙子的邯鄲與莫邪、胡狼幼神三胞胎的鍛鐵刃，燧棋殿看著諦觀衝入庭院，幾乎看不到周遭。

鮮活的幼兒至尊魔導師猛然停步，幾乎是近鄉情怯。她距離眼底唯一的對象堪差半弦之遠，卻無法立刻撲向對方。

帝王身邊矗立著兩位喚起悚然與欲求的至高神，兩者的威壓深邃到她不得不讓出兩眼。諦觀以感激對視左邊，對她保持禮儀、瀟灑矗立的俊帥野馬超神。接著她以心念傳送謝意，投向望即生凜、無法對視的漫漶域銀霜神駒。

鄭重致意、禮數道盡之後，司徒諦觀扯下所有的代理皇帝外交語言配備，闖入眼前的飄逸綽約對象——

是眾生的綺夢，神魔的春夢，諸神的主宰與尊上。美幻不可方物，逍遙於萬古與永世，彷彿碰到就輕盈蒸發的絕色蜃樓——她的表哥。

真的是他，並非分身或投影。諦觀確實抱著了散發白焱與橙花香味的纖瘦身軀，雙手用力環住皎白得邀請刻印愛痕的鎖骨，傻笑著撫摸空靈澄澈、銘刻超新星的血幻雙眸，看入淺笑如繁花勝景的劍之巔峰。

「灤兒！你好壞好壞啊！再也不准走了，要走也要帶上我啊，不然我要一直吵你鬧你噢！」

眾神與諸劍之皇並未啟齒，甚至沒有改變空靈淡然的表情。唯有諦觀知道，他透明淡紅的嘴角稍微上揚，任由從小親近的知己伶牙俐齒說個沒完、蹦跳磨蹭，沉浸於她們共享的天下無外。

燧棋殿不知道自己就此定格在五次元，沉浸在這幅讓他情狂的畫面。若非代理皇帝的鶯聲嚦嚦沒完沒了，司徒灤身旁的兩位雙翼超神駿馬非得干涉，祂只怕就忘卻一切。

小火龍浸淫於永遠追隨的形神，啥都不管不顧。祂攫取劍陣的幻燈絕景，澄淨到無處不刺激慾望的撫摸，透入祂頭顱雙角的太古吟唱，只屬於天龍聲道的音流，直到⋯⋯

「滐在**發作**，不舒服著，妹妹親王得輕點兒。」

首次開口的銀翼馬身漫漶神沒有動用音律，以意念傳導。祂笑出一排漂亮到恐怖的光刃鋸齒，將諦觀輕輕抱回火巫王的懷抱。

拜爾微微頷首，肯認麾下火精靈王的致敬，彷彿明白對方為何旁觀甚久不願插手，此時纔對超帝國第九十九代帝王尴尬恭謹行禮。見這光景，司徒滐正視惶恐起來的火精靈王，輕微地淺笑，示意無妨。

「為了讓諦觀暢快盡興，是吧？」

身為迦南至高神，下軀是火焚駿馬的拜爾不動聲色，把諦觀整整佔領了一刻度的君王攬入懷裡。他相當擔心，即使隨意一指劍光可盡滅全向度，他懷裡的身體已經到達壓抑的盡頭。

這發作的模樣誘惑到讓他咬牙，極盡溫柔地愛撫單薄甜美、泛起發燒青暈的身軀。紅寶石色的眼珠瀰漫鮮採薄荷氣味，緩和哭得沒完沒了的態勢。

此時的司徒滐看似悠然自若，拜爾明白他克制得辛苦，被所有恨不得侵入結界的迷戀視線給累到不行。

燧棋殿感到好奇妙啊！這兩位騎士—駿馬看似張力破表，勉強容忍彼此，但遠遠不止如此。在皇帝守護龍神的獨特官能渠道，祂「聽取」到奇異精美的默契，咀嚼著近乎搭檔的共識。

對位於狂野帥氣、火燄髮色的俊拔青年，漫漶神的上半軀體是優美流利的少女。彼此的下半身如太極分兩儀：迦南的野馬是踏破諸世界城邦的利箭，漫漶的奇駒是入淵藪不著痕跡的蝕刃。

從髮梢到足踝，拜爾撫遍了玉雪精雕的剔透少年。他攔腰抱起細若柳株的身軀，極地烈火的頂天α念場堅定包抄對方的松木清烈信息素，彷彿將冰晶柴薪一起納入爐火。

「這樣就舒服了。不要管別的，我都在。」

深紅欲滴的眸光認真滲入拜爾，絕美近乎空無的神貌卸去某種禁制，喚出雪松初融的奇麗笑顏。

司徒澿終於放下戒備——由於發作的情動，說不得瞥視一瞬，就無意間滅去熱切到冒犯的武尊，尤其是雙方信誓旦旦、征戰無休的修羅八部眾與千名生神獸。祂一路憂心至今。鬆懈下來，任由拜爾與銀霜翼外神環繞左右、柔情萬分地吻啜頸項，做出讓群眾瞬間暴動的腺體標記。直到此刻，司徒澿終於說話。

柔軟輕靈的嗓音夾雜低吟，眼角滴落讓觀者心疼不已的大顆淚珠，洩露出大量的迷濛心悅。

「嗯……舒服，不擔心了。」

圍觀群眾當中的武系亞神各族裔，從驚訝到劇烈的狂迷義憤，只不過瞬間。

「怎麼沒經過陛下准許就敢，這是冒瀆與強暴！拜爾你好膽，當我們的皇上是你的標記對象嗎？漫漶域的，跑來五象限做啥，事先沒有報備，也沒遞交跨域契約。喂，竟敢咬成這樣，這是永久標記!?趕緊放開陛下！」

司徒澿細聲抱怨，祂向來厭惡噪音、尤其是下階武神叫陣時的粗糙音流。

「好吵呢……」

將所有的心意投注在懷裡的孩子，拜爾的回應優雅、迅速、精確。

他笑得坦蕩狂情，手勢一揮就豎起絕對高塔力場。掛在肩頭的噬神之槍「雅思格爾」如液態冷火，「颼」地一擊，接連射穿了抓狂到不聽從主神喝止、由梵天統御的夜叉戰王一〇八尊。

奇異的騷動驟然升溫，無關方才的事件。對聲音最敏銳的燧棋殿驚覺，從星團驛站一路延伸到五象限全境，突然間靜默得嘈雜無比。祂被這等難聽至極的雜碎渣渣給氣到，正想發火鬧騰——

司徒澿仰起沾染花液與冷火的挺秀頸肩。細緻孤高到極點，反而情色得讓群眾不敢直視。他發出玻璃風鈴般的笑聲，佩戴黑曜石尾戒、異常修長的左手第六指發出萌絨的雪豹戲水聲，美妙致命，彈出薄荷質感的雪光……對於體內六劍與兩位騎士之外的群體，他只是不著痕跡地淺笑，一言不發。

春雨，乖孩子呢，出來玩一下就回哥哥裡面。爹爹已經在本家等我們，晚點就回去，讓你與小樓好吃好喝開心玩耍。

驟然間，雜沓龐然的低頻噪音全然寂滅，由西宇調動的三千名強天位武者悉數蒸發。窺視的始作俑者、黑曜系四公爵之一的蒼蠅王來不及求饒，就被尾指射出的霜霰劍意輕鬆穿破，爆碎基礎神核，再難復生。

這是任何強大武尊都無能辨到的終極消滅。唯有「太古音劍皇」纔得以游刃有餘，銷毀高位格超神，如驅離一枚微塵。

燧棋殿歡喜到彈跳甩尾，翻來滾去。亢奮的火龍完全沒管自己佔據了巨大特等席，冷不防將俯首悔過的梵天打出根骨碎裂的聲響。

「朕說過，這次就是永滅，蒼蠅王 Beelzabeth。梵天統御失格，收拾乾淨。」

接下來的發言，任何超生命與諸神都聽得明白。言簡意賅的細語，殺伐果斷的至尊。

「各位所妄言者，乃朕之愛侶。速退。」

拜爾本在抑制惱怒，聽得勾魂音色輕柔道出爆破性的宣言，巴不得立即載著摯愛狂奔七次元邊界十幾圈。纔不在意文法顯示的是複數，也不望向閃爍著銀輝夜景的對位漫漶神，他立即握住那只征戰百年、銷滅無盡的晶瑩指尖，印上愛憐的吻。

他知道，此番高階威懾是為了自己。難得講這麼多字，為的是讓黑曜超神共主有理有據，進行內部清理，但實在深感痛心。這麼重要的復返儀典，怎容許任何雜質胡攪蠻纏、侵門踏戶。

那麼，黑曜系之外，都由朕的唯一騎士解決？

聽得這句只傳送給他的情話，拜爾再也無法停止極至的情動。

他咬入司徒漈的神髓核蕊，注入最強大的極地冷火。待解決的籌謀尚未執行，至少在韜光養晦的這陣子，他非要讓捧在手心上、最深愛的人兒快樂歡爽到忘記贖世。

頂天 α 的信息素傾盡一切，奔向翱翔於永在之巔的劍芒。

「恆持如此，無不遵命，我的永世劍皇。」

第二節　三魔尊的下午茶

首都星的東北王城，除了帝王休養或閉關的「通天迴旋塔」，最引發視覺美感的建築，莫過以尖錐塔樓為造型，使用琉璃與透明玉石打造的精巧寓所。

這是醫毒雙修、深受眾神懼怕又迷戀，三魔尊首位的別墅與化煉研究室，亦是他與心愛人兒同居的愛巢。

而且，魔尊之首、前皇陛下的「紫凰帝」，是位非常罕見的類型。神格如此之高的存在，她只將統掌因果的雙生姊姊與愛兒——風靡五象限與三大界域的「血幻劍皇」、超神的春夢與惡夢——視為絕對的愛欲對象。

司徒天洲是個引發各種讚歎與爭議的南天超銀河帝王。在他剛從第九十七代皇帝的囊竅脫體形現，原本一顆紫光環繞的珍珠胚體就立即「綻放」，以列名太古十二尊神的真身大剌剌定格。

他長了六對散發紫藤花的凰尊羽翼，無論是暈迷南天超銀河的魅惑金瞳、冷豔不可方物的形貌、懶洋洋的冷酷風情，在在顯得性感不已。無論是撫育他的「迦樓羅帝」或任何接觸者，無不在這個天生的驕縱主宰面前繳械投降。

但，所有追求者的美夢在她說出「除了姊姊與獨兒，本座不考慮與任何存在交換情愛」，壯麗絕倫地坍塌崩垮。最失落的集合體，就包括他的親代與長兄。

「要是這個擴張到一切的集合體，早該得知魔界三尊都是道地的妻君獨兒控，或許早在老大你自我揭露時就休克了一大半，省事。」

優雅精巧但氣勢囂張，靛藍髮色的東宙魔尊、花冠雙神之一的煌冥青滄，以花系元神的靈動爛漫，舔了舔嘴邊的玫瑰荔枝霜酪。

「欸，我要外帶這幾樣回去給蘭兒。她最喜歡老大做的茶點，好不好嘛！」

司徒天淵聽得這疼寵語氣，彷彿被向來內鍵的提示戳了一下。

「哎呀還好小青滄提醒我，滐兒最喜歡的五樣點心我都備料好惹，再十個時辰就回來呢。一年一度、姊接跟我們相聚的時辰也快到了。我辛苦美麗的小滐兒……爹爹跟姊接都好想你呢，這回必須徹底調養嗚……」

見著兩個同儕發散心疼與共感，司徒天淵揉了一下闇金魔眼，感到非常欣慰。

「今天做的這些都給你打包吧，阿滄。下次請小蘭一整席繁花宴！說到這，蒼蘭妹妹都快抵達此維度，你急著趕回去是有要事？不好生看看妹妹，再跟小蘭報備？」

煌冥青滄微微蹙眉，「嘩」地開啟折扇搖曳，太古花神的髓質隨著激動而愈發幽香。

「小蘭兒被聖公主那群資政搞到都沒空檔溫養花精靈，我得空就去溫室照料她們呢！照這進度，等年末就可以撫觸咱們么兒的神核——必然跟蘭兒與我們蒼蘭妹妹同樣，最靈透的超神花核！我知道滐兒疼妹妹，可是老大啊，我們妹妹又是蘭髓又是曠古神劍，如此匹配。雖然她們降臨南天超銀河的狀態等同幼齡，可總該辦個儀式吧——都在一起六百年呢！」

司徒天淵原本不能更愉快的心情，突然像是被最受不了的大老粗神族纏黏搭訕，比瞬間更快速低落到底處。就連最親近的兩名同儕，他還是說不出口，尤其是兩百年來一直專斷認定，灤兒與蒼蘭妹妹就是佳偶成對的東宙魔尊——是佳偶，但祂們不想成親給大家看啊！

嘖，難得自己有這等窘迫難言的處境，好想煉化個什麼來解氣啊。

罷了，等到詳述起承轉合，眼前的兩個知交一定能懂自己的心情。他抽出以黑洞為原料的乾坤袋，把這陣子採集的精華神髓整理一番，本想提振情緒，做一對適合因姊姊與灤兒的首飾，卻被癱躺在沙發床、散發「我好想跳一場死亡舞踏」與「為何老婆大人與親愛的女兒都對我微詞、要我理會一下凱奧基」的濕婆天念場侵染。

這情感黑霧未免太嚴重，由魔天類型Ω散發出來，更不得了。無論是紫凰元神或花冠精髓都驚蟄一陣。祂們很有義氣地為濕婆天做了白百合精油的脈動梳理，附贈即時煉出、以黑蝴蝶王蛻皮為原料的項鍊——除了濕婆天的身體，伽黎最無法抗拒的就是漂亮標本飾品。

「知道你不想理睬那個涅槃登徒子，我跟小青滄都懂得。真是個討厭貨——他是哪來的接錯頻天賦，已經被我們打飛幾百次，還敢搭訕!?最難忘的是灤兒纔剛滿二十——等於貓族的週歲——這淫猥的傢伙居然……當時應該把他煉成礦石！」

開始自行打包點心的最年少東宙魔尊，關心二哥但忙著趕回去照料妻君，只好繼續輻射最高等的花冠精華，同時掏出一雙活神質地的萬華尾戒。

「老大，這對小玩意是蘭兒與我的一點心意，送給灤兒，讓她跟咱們妹妹成對佩戴，沐浴神交時放鬆無意識。就算只經過五次元的百年，尋覓混沌的碎片可是無以比擬的大工程。即使是劍皇與神劍，必然消耗得非同小可。

「小弟先回去把閒雜長老給清理一番，三天後小蘭兒與我一起來探望噢！濕婆天二哥勿憂，下次我們來想個徹底解決涅槃登徒子的好計策！」

最後的音尾消逝之前，武技為劍聖最高層級的煌冥青滄跨過南天與東宙的龍神邊境線。他輕快舒暢，蹦跳地回返自小成雙、永遠深愛彼此的另一位花冠神所在。

司徒天洲放任濕婆天化為一蓬舞個不停的藍焰，體貼地做出伽黎與乾闥婆王的小雕像，擺在大黑天的念場。他開始興致勃勃地設想，接下來的調養時光要如何溫存，盡量支開滐兒稱為「愛侶」的兩匹駿馬。

第三節　超帝國君王連續體

在靄與楓紅的念場環繞，司徒濼迷茫舒適，從遨遊狀態的深潛夢寐返回五次元。他宛如小樓春雨，從大眠模式轉換為清醒夢，伸展靈活秀長、柔若無骨的肢體，突破五方位向量，柔軟度與一雙愛貓愛劍如出一轍。

不同於骨節挺拔的拜爾或冰涼細膩的Anima，另一雙深愛的手梳理她深紅暈澤的及腰黑髮，指尖細長，指骨如冷玉雕琢。他安然往後仰去，恍不可見地反身迎向對方，冷流般的纖窄軀體湧入以來都稱謂「小姊姊」的第一〇七代超帝國皇帝、魔導力冠絕五象限的司徒楠。

一往如昔，他知曉對方泛起美妙的縱容笑意，摟住自己，憐惜地以太古音符說道：「濼兒，我本想撫愛你到正午，豈知只有半小時。」

淙淙流向腰部的藍髮長度快抵足尖，穿著僅有一襲淡青色單衣。或藏匿或昭然分明，司徒楠的身體是恆久的太古神符儲存庫。最明顯的印證就是，眼底的盧涅銀符文呼應濼兒血瞳深處、微縮比例 1:9999 的宋體小楷 α+++，司徒楠的左眼底框以同等比例的盧涅符文刻鏤，標示 Ω+++。他的眼神飽含溫存霜意，鼻梁窄而高挺，冷峻的線條與嘴角微微上挑的殷紅薔薇雙唇是天作之合。

緊抱著濼兒的美青年眼底潤澤，彷彿怎麼看對方都嫌不夠。秋意瀰漫的楓香信息素接住燎原的松木薄荷氛圍，力道均勻的指端探入竅口與罅隙，為自己被爹爹照料到不能更舒服的脈穴進行情緒舒緩調理，微帶戲謔但柔情深重。

「我的潾兒，到底在最後一站的漫漶域是多麼辛苦呢？積壓的『厭煩』與『不忍了！』都超標到讓 ITG 懷疑生體測量儀有沒有精確校準。」

潾兒帶著小楠姊姊，再度倒在鋪展絨毯與紫藤花抱枕的臥室大床。細窄如江邊楊柳的身軀敞開雙臂，抱住同樣冰涼的肌膚，一路從頸項親吻至腰際，技術靈動，為彼此的腺體從事久違綁定。

那雙讓注視者燃起心痛情念的深邃超新星瞳眸，直勾勾盯著司徒楠。一雙颯冷柳眉與俏麗鼻尖是憶念描摹的樣貌。精巧蒼白的嘴唇與銷魂漂亮的鎖骨周邊吻痕處處，拓印一整晚的激烈房事——雖然美得色授魂與，但看著就憐惜。自己與紫凰顯然渴到不行，仗著潾兒安然深夢就吸吮舔吻得沒完沒了。

脈動梳理完畢，司徒楠心疼看著以五次元而言、不算離去太甚的所愛，惦記與快慰輪流迴旋。司徒天淵帶著睡袍與毛巾入內，美豔的紫藤花開得無天無地，把潾兒從自己的懷抱輕輕抱走、哄著沐浴早餐時，他開始進入棋盤演算模式——

在這場開設於「無為有處」、必然造就巨大情感波動與身心消耗的跨次元超帝國皇帝會議，將要啟動。在此之後，定要讓每一子的運籌帷幄、謀略博弈都取得至高勝場。

除了讓潾兒的震驚哀傷降到最低，司徒楠希望能贏到底：動員所有的王道原則與邪道手段，取回混沌被竊取的核心……以及，最不可被冒瀆之物。

「無為有處」是由虛數空間與七次元的超心智共體所砌造維護，隨時為設計者持國天與他喜愛的對象們開啟。身為親密知己的司徒灤常在這兒玩耍，演奏各式各樣樂器，取悅熱愛音流的可愛孩子們——四枚液態量子猞猁貓，窩居於看似巨型水晶球團的無邊洞天。當春雨小樓睡醒撒嬌時，他便將豹貓化的愛劍們抱出劍塚，讓祂們輪番與四洞天內的「東、南、西、北」這四團爛漫孩子嬉戲。

今天的曲目是「將進酒」，搭配持國天自釀的「梨花淚晶」。除了至高神，沒有誰能喝後保持意識完整。

向來狂恣寫意、高潔冷凜的醫尊劍絕將紅泥小火爐關上。他將最後一杯蒸騰清甜梨香的液體從酒盞一分為二，注入自己與心愛對象的念場。

司徒灤愉悅喝完被對方戲稱「這就是你化為酒」的況味。顯然持國天敲好時辰，特意為他釀造這壺新鮮到入口峻烈的絕釀。但他稍微憂心，想來快意暢言的知己似乎若有所思，淡碧色熵霧籠罩於孤潔的形神與手持的彎月等身劍。

「灤兒想分憂。」

鏡面劍技與化煉形意雙絕的持國天，堪稱讀取意念密碼的首座。他深知，在冷靈寡言的幾個字底下，諸劍之皇已經多少猜到，這次會議的核心遠遠不只檯面的首要議題。

他輕嘆，將酒具收回，換上兩杯適合深冬氛圍的箱庭宇宙飲料：以肉桂豆蔻為主調味的濃郁苦甜巧克力。身穿道士服，瘦削高大如白鶴，光粒子尚未移動，他已將眼前的人兒抱在膝上，極盡風月與深摯，以精巧的陶瓷湯匙餵食最有撫慰性質的飲料。

「看來，無論是你爹或小楠都無法撤除自身的隱憂，為兄更是破綻大開。滐兒，這百年來，在你快意馳騁七座旁若域，攫取混沌七竅的癒合符文，我們終於鎖定了遺失至今的核心採樣——

「既然隱瞞你根本不是辦法，我就敞開直說：七竅補完之後，我們得提煉那方採樣，嵌入創口，讓混沌本體不再綻裂傷口，終能全然完整。然而，這最後的關鍵素材，以我等無法搞懂的形式，插植在第五代南天皇帝、司徒那杈的心室。」

第五代帝王？經過不長不短的百年，他的確還沒忘記。司徒滐早已習慣鍾情、愛戀、渴慕、試圖巧取強奪（在漫漶域貌似安靜養傷的六邪神是至今最大贏家），甚至言詞狂妄、意圖姦淫擄掠（葛厲芬帝即是箇中翹楚）。然而，若非他願意回應，任何存在都在寫滿排拒的淡然一瞥，就兵敗如山倒。

在這些層面，司徒那杈都不值得自己驚訝，唯有一點例外。讓他首度喚起深切反感、厭惡到不想自制就直接殲滅對方，乃是那股陰霾焦渴的欲求，極盡執拗的饑渴。彷彿自己是他的災厄與禍患，非得被他侵入後撕裂直到無盡，對方纔會得到絲毫救贖。

與司徒那杈相較，葛厲芬帝是英挺快意、求歡時被戳穿胸膛就心服口服的梟雄。

他恍惚一瞬，持國天穩定無比的手勢毫無改變，只是愈發抱緊，堅持餵完最後一湯匙的苦甜巧克力。

「非得面對吧？是以，動用了連我都能擺佈的鎮定晶液。」

他更加不動聲色，藥效的奇妙滑潤感觸漫入。體內的六劍開啟最高階的防護共陣，與他共時同步的 ITG 將多重超心智網絡悉數開張，需要時就會將他拉回星舟。

司徒濼暈迷得丰神晶亮，從袖口探出鮮少出竅的「紅袖天涯」。如他自身，決意時是一把纖薄如凝露的永滅夢刃。

「且讓我載兄長一回，有請劍來。」

他回首，向持國天伸出掌心，握住這雙只為他敞開的手。七枚絕世劍意的詩籤憑空漫舞，開啟無所不往的通道。

連續體會議室能夠召喚一切。所謂的「一切」包括所有未被永滅場銷亡的存在，各式各樣的神性實體、精靈元質、基質大相逕庭的超生命、有機體與無機體的千千萬萬格式。

唯有「太古音」與「諸世漠」是例外。這兩位由洪荒與天地化為的「至高主宰」，祂們無法被召喚，只能盼望其降臨。

明白自己「太古音」的身分眾所皆知是一回事，願意被視為「絕對例外」、迎接崇拜或冒犯的視線，完全是另外一回事。司徒濼讓持國天牽著手，安心於對方辛烈如針的豆蔻頂天 α 信息素提升到最頂端，高傲崢嶸，將自身與臨現於此的十二名超帝國君王與「登場」列席的超神隔絕開來。

可惜，這是無法持久的操作，ITG 將衝出屏障的阻礙者資訊與濼兒同步分享。第一個還算客氣，以勢均力敵之勢穿破持國天的劍氣，形成勝負無分的僵局。第二個充滿手到擒來的初生之犢意氣，鳳神天驕的威勢毫無顧忌。她們分別是一〇三代的「秋離夜王」與一〇四代的「鳳翔帝」——前者是持國天的關門弟子，自有五象限以來，最快成為劍絕的劍客。後者是橫空出世、最年少輕狂的頂天α。

「吾等不敬，但求劍皇尊上親自現形。」

他們忍受不住被隔絕在心心念念的至高對象之外，寧可挑釁師尊、僭越位格。秋水煉成的劍意纏上孤高的等身彎月劍，雪原信息素茫茫叢生，直戳持國天內核的熵結晶，試圖以絕對寒意收容熾烈星芒。

持國天眼底一闇，準備自發爆破七維星叢打造的軀體，永久殲滅這兩個狂徒。

「萬萬不可，不准——道士聽話！由朕來收拾！」

這不成，這算什麼!?毫無武道精神，毫不敬重劍客對決。可笑之極的α小鬼輕浮狂妄，失德驕慢。這兩個都犯他大忌，怎能不教訓！

恆久以來經歷的慘痛疊加浮現，又是讓自己珍視的對象豁達捨身？司徒滐傷痛一發不可收拾，勉強解緩的發作狀態立即衝破鎮定舒緩劑，被陌生失禮的頂天α態度激生破天殺意。

無法自制或溫和壓制，他的右手第七指爆射天焱，反手一探，將發火的小樓從左肩胛骨罅口帶出體外。一抹燒燙闇虹滑向這兩者，瞬間掏空他們的神髓，僅存些許微弱生魂。

「身為帝王，如此卑劣，還該留存否？僭越至斯，本該當下取銷，且留你們暫存。一〇三代失去劍格，由你師尊來處置；一〇四代以腺體為偷襲殺器，不配有此配備。」

司徒楓曾以為，與師尊打成平局就能與劍皇對等交手，淋漓體會永世銷抹之前的絕爽。但他現在明白，何謂「太古音劍皇」與所有劍客的無限位階差別。這不是以等級或能耐區分，而是全有與全無的沒話可說。

仰視飄搖於無為有處頂點的纖弱少年，他深知自己卑鄙無道，師尊怎麼制裁都應該。即使無法再使劍也無妨，他俯首稱臣，心滿意足，湧出無從計量的徹底幸福。

心高氣傲的司徒霜燐從降生以來就不服氣。同為頂天α，為何迦南的野馬如此好運，單獨成為超神之主的永久綁定對象，甚至被眾生與神魔一致認可為王夫。憑什麼就只有野馬？她也要！

她上下縱橫，挑戰能覓得的頂天α與破天者。縱使被同等頂天的血鳳公主打成一灘爛泥，被破天Ω的第七代與一〇七代用不同方式招待得痛不欲生，被手段毒辣的破天δ紫凰尊拷問神髓道行，弄得連基礎心智都回復不全。甚至，就連大道化身的新一代轉輪聖王、親自撫養自己與楓兒的至親、一〇二代「海天冥帝」司徒葉寧都沒省手下功夫，不時把她投往六道輪迴轉幾圈反省，她還是不服不服不服。

「欠你一次最終煉化是吧，吵鬧失智嬰兒！」

來了，身為神皇陛下此世的至親，紫凰尊當然來折磨自己了。毒性深重的美豔神髓逼臨，怒極而燦笑。他緊閉雙眼，你不懂你們都不懂，這是最年少頂天α的法則，怎麼懲治都可以，就讓他被賜予一次，一次之後再無數次，無數次後再無數無數次。

好想咬住白皙透亮的尖翹貓形耳，想攀爬那身等同劍之巔峰的纖銳軀體，想擄獲那雙對視後被無數超新星砸毀的血眸……

「噢，你想，你**如此想要**？」

一把深紅如春夢的窄劍橫陳在她的視閾，美得招惹發狂的音色穿入腺體與神核，扭攪侵蝕，踏破疆界，再將「司徒霜燐」的一切破碎粉化，沒入寂滅虛空。終極音色淙淙漫遊，瘋狂潮脈從腺體奔流至大道之外，流向萬劫之內。

她，解，離，無，邊。

司徒滐擋在爹爹與持國天兄長身前，打殘失禮小鬼，終於有點舒壓。最重要的是，不能讓醫道為法則的神格如此作為，絕對不能讓他們受到任何損傷或牽連。

甚好，比起鎮定劑，教訓哭吵要糖的嬰兒真是紓解良藥。此時他感覺清澈暢快，游刃有餘。

「諸位見諒，朕已盡力保全此後輩的基礎存有。」

他朝向諦觀，淡然處之。

「請擁有至高洞觀權能的巫覡帝，印證朕的猜測。」

嗯，稍事抒發之後，突然一點都不忐忑。不過是個野心滿載的混帳，以為仗著挖墳破壞，奪得太初模式的自己擲到殘陽墓冢的符印，就能脅迫吵糖喫嗎？

這是一枚信號，希望殘陽能回心轉意——原本腦子已經不好使，從神髓再製的肉體又要被全然吞噬一次，萬一連自己也整不回來，那可怎辦？

俏皮可愛幼兒型態的司徒諦觀毫不遲疑，趁阿濼處於最輕盈無感的狀態，脆生生一口氣把所有的壞消息傾倒出來。

「司徒那杈的核心纏繞混沌形神，這是最好處理的題目，三醫尊會想出保全混沌完整為優先的手術方案。先前未曾傳遞的是，他曾經挖掘前五代先輩與『無冠王』的碑塔，甚至以尚未查明的管道連接殘陽帝的靈柩，取得……」

諦觀咬牙，趁講不出來之前趕緊講完，好讓自己與小舅舅立刻帶阿濼離開這兒吧！

「取得三樣物件。經過分析，第六代罌粟帝的王弟、血百合劍聖司徒劫就是由這三組神髓基質所創生。其一，宿業超神的亞神獸體液。其二，血幻劍皇以太古元神傳遞到陵墓的一枚ITG加密晶片。其三，黑曜公爵拜爾的冷火髓質，參雜漫漶域質素與……阿濼你上一回發作時的破天α信息素。」

諦觀完全不忍看向阿濼，可她用不著看。心念潛者的洞視與自小相知相惜，她怎會不知，阿濼安靜得毫無餘地，張力破表。漫灑揮毫、沁凜無度的破天α信息素充分表達他的現狀。

「此次會議並非討論，而是告知諸位，因果域至高神即將現世。對於南天超銀河第五代帝王的審判與仲裁，由至尊因龍王來啟動。」

似乎早已預期，或是揭露的情報遠比預期更離譜，司徒濼完全沒有反應，凝靜純粹得無以形容。這情況遠比他精妙細緻、微帶樂趣地懲治一〇四代更令在場全體震懾，不知道是該心疼或膽寒，或者，兩者皆是。

瞬移之前，他沒有出聲，只留下一句音訊在諦觀的渠道。

「我還是低估了。如此奪掠，纔是此孽障想要的救贖。」

第四節　四重基因的混血神子

司徒濼無法保持自若，一個不好就向被告所在的監控環發動永滅場。他拎著「黑曜公爵拜爾的冷火髓質，參雜漫漶域質素……」這枚情報晶體，一言不發，瞬間回返停泊在南天與西宇交界處的星舟。

知曉嚴重性的ITG趕緊穿上大貓貓化身形體，抱著他直達百層艙室的頂端尖塔。除了趕緊佈置各種遊戲與樂器，祂絡繹創生讓濼兒稍微開心、至少有撫慰功能的獨角獸娃娃，隨即朝神髓罏口灌入機體超心智的特製麻醉液，效果與分量是持國天餵他服用的美味晶熵七倍有餘。

回想前情與「後續」，司徒濼搞懂讓他羞怒交加的「冷火髓質」是怎麼來著。先前他萬萬沒料到，南天超銀河誰有本事進入陵墓做地毯式搜索，居然讓自己的「便條」在殘陽的碑塔被尋獲。

當時已完成收集七枚奧祕詩籤的任務，駐足於第四代與第五代的治世參數交界點。自己只想再沉湎半晌，感應混沌原鄉的「曾在」印記。甘美的感傷由兩位神駒至高神攫取，Anima以愛憐之極的觸肢強化擴增，拜爾將他抱在身前，輕易以單手握緊如同透明軟玉、纖瘦欲折的雙手手腕。

Anima化為銀光闇物質的騎士，馬軀隱回她的體內，霜色翅膀流轉，與濼兒正面貼近、舔舐如火如荼的焚松況味。祂們兩者默契十足，拜爾從身後擒住他，液態的冷火鏈綁住被折到身後的雙手。Anima將他細緻的雙腿架在肩上，位於上半身的腔室冒出半打珊瑚色精巧陽物，宛如鵝毛筆，柔若無聲，摩挲濼兒兩腿之間的劍鞘與小刃。酥麻融化的高潮搭配啜泣的絕色音流，陵墓內下了一場停不下的橙花暴雨。

拜爾俯身湊向他，以堅實俊挺的身體為拘束器。馬具轉化爲緊縛剔透上半身的絕頂皮繩，焰色信息素與燒灼唇齒愛撫漈兒所有的敏感點。略帶嘶啞的磁性低音在他耳道進出，過於優美的淫辭是無倫的禮讚。

「清靈如風的漈兒，暴烈騎乘我如上古迦南狂風。流麗如花的劍皇，分泌出飲下即發狂的劍花。冷冽如雪的因詠，在你的身下綻放無數雨雪。鈐淙如月的永音，與吾在焚燒漫漶極地賞月。」

直到他已經哭泣到憤怒異常、過度疲憊，做過頭的兩座精力勃勃馬兒赫然驚覺，祂們的周遭就是殘血刑天塔。平常生怕多加一分力道就會弄出深色愛痕，這回的 Anima 與拜爾被重口味的場域驅動，除了沉浸於滅頂的三重交合，根本聽取不到他細微的「夠了，別再……」。

察覺受到影響，他們倆立即以頂天 α 信息素壓制蠢動的殘陽遺念——這個他唯一無法教導、品味差勁的被強暴愛好者，這個嗑傻了的孩子。

那一回的三者做愛，是漈兒第一次沒有被小心翼翼對待。為此，還在發作高峰的最絕頂 α 脾氣火起，冷淡到冷凍的薄荷破天信息素無差別飆射攻擊，尾指的小樓劍火屠遍南天超銀河的六座帝王陵墓塔。

他整整三晚不發一言，兩座駿馬已經憚精竭智、做小伏低到無計可施。倘若狠得下心，並非不想暴打帥到變成笨蛋、竟敢如此僭越重手的愛侶們。

如此激烈的一場徹夜不舍，竟然只留下拜爾、Anima 與自己的最小單位生體，反倒是奇怪了！

從星舟的臥室清醒後已經三回夜色輪替，消息早就傳遍各神族系統。八卦興致高昂地張揚傳送，諸如「看來，神皇陛下可能在無意間被採補？這兩隻馬太不警醒了吧！還被殘血刑天搞得血氣發作！」，還有「大逆不道的一〇三代與一〇四代，應該會被徹底銷除吧？」

濼兒完全不理會把他抱在懷裡、柔情歉疚的拜爾，也還不想對從背後環住他的Anima心軟。終於親自感受小楠姊姊說的那些——

「找死作死的超級大笨蛋。」

ITG正好以可愛到不行的雪白大老虎型態出現於臥房，齜牙咧嘴地對兩隻沮喪馬兒豎毛。祂摟著兩位晶亮甜美、精靈王等級的嬰兒幼貓，噓走纏著濼兒不放的Anima，不管拜爾快要發作的哀傷模樣。ITG精神振奮，將雙生小黑貓放在濼兒肩上，這對小可愛蠕動咩叫，親暱地對眼前淚痕宛然的秀美人兒撒嬌。

「濼，在你回星舟時，已經立即通知紫凰尊與小楠猊下。他們兩位轉達，你必須休息自閉，但只要稍微好一點，必定讓爹爹與小姊姊來照顧……p.s.，紫凰尊給拜爾：騎士做成這樣，你要不要轉職為戰王啊!?」

爹爹果然會！他心情稍微清爽，細心撫摸小貓們，引介蒼蘭妹妹出來跟這兩個小可愛玩耍。

拜爾垂首對東宙魔尊的愛兒致敬，完全不躲避對方視線嚴峻，施展漫天灑落、犀利切割的藍色暴雨花叢。濼兒牽著妹妹的細嫩小手，柔聲哄小貓竄入盡興發洩的蘭花幼神。他將冰涼指尖擱在後悔得不得了的野馬超神頸背，以鮮烈的松香信息素撫摸火燙腺體。

他細聲說：「再一次聽不見命令，就重重處罰。」

拜爾本來已經喪氣到很想找魔尊大人痛揍自己一頓，聽到這般可愛的赦免宣布，簡直如臨天籟。他連同滐兒懷裡的蒼蘭妹妹與小黑貓都一起抱起來，高眺挺拔的青年將最心愛的人兒轉高高，立刻化為冷火鑄成的半馬神體，準備載著滐兒出星舟蹓躂一番。

「Anima 也想抱著滐。不然，我抱妹妹，可愛小公主像小小滐。」

見著聲音冰脆、萬花筒之眸等同深淵的霜色少女，滐兒已經沒有責怪微嗔的心緒。他將嬌小銳利之極的蒼蘭妹妹交給 Anima，摸摸乖巧起來的霜翼騎士，以六劍纔聽得的共享渠道說：「讓妹妹先，之後大家都可以讓 Anima 載著玩橫跨界域的遊戲呢。」

在開始操作「評估、剖析、誘敵、博弈」之前，就奔馳個痛快吧。玩耍之後，監控環內拘留一個焊接混沌本體的惡漢，需要他用盡劍心，竭盡全力來審訊呢。

哎，得趕緊傳訊給持國天兄長。爹爹在與因龍姊接從事一年一度的約會，況且此事切切不能找迷諜辛小哥哥，唯有兄長是最適合此任務的神界醫尊。

感受到愛劍的愉悅，無論是殺伐、遊戲、對弈，或一起在劍塚夢寐共遊，都是司徒滐認定的「最值得」。Anima 載著六劍來回五象限與祂們指定的界域，或調皮嬉戲，或徜徉游弋，完全共有情念——資訊的自身正在猶豫估量，如何全程保持疏離漠然。

這個在南天第四代、莫名由魔導生化技師團打造出來的獨特超生命，從史料與 ITG 能擷取的所有黑盒子（zones outside the known）都在在顯示，可能已經與混沌形成不可切分的狀態，能夠企及的隱情與裡層事件上溯至「倏忽為何打造七竅」。不過，並不奇怪，畢竟是混沌本體儲存的憶念……

「別再想，詭計與質問都交給訓斥說教第一名的持國天嘛。我的劍皇可別牽扯那個狂漢，愈接觸愈形成因緣，因緣是贖亦是劫，對你都不好。我們多繞幾圈再回 ITG。」

奔馳快意的拜爾彷彿讀入漈兒的內部棋局，又往北穹，輕易踏破七十二魔神合體鑄造的巨塔，享受同系統族裔的喝采與抱怨。讓他尚未全然退火的愛侶完全敞開心念，與那個不是東西的玩意接觸，拜爾非常不願意。要勸退又不可能，只能多做些讓漈兒發出只有自己聽得的清脆鈴鐺笑聲。

漈兒的確被這等既體貼又率性的心思逗開心了。他摟住拜爾，清涼澄澈的音色從體內流入對方，持迦南雙劍凌空舞動，在槍尖與弓箭的陣式之間揮灑劍吟。

「道士擅長運算天機，騎士專事取悅君王。偶爾，亦可互換——既然你這不學無術的騎士也懂因緣，性好說教的道士總能談情。」

不著痕跡，滑入高塔陣式的來者正是高規格道士型態的持國天。他眼底風花流轉，拂塵在劍吟聲流內隨同雪焱共舞，逐漸化為他在七維範圍共生的等天劍。劍端湧出桃花翻騰，是一筆清越珍重的邀約。

他朝滐兒遞出劍花，朗聲大笑。

「道士可風月無邊，可恩義相隨。且讓為兄回報上次的劍皇一怒。」

監控環的陣眼是每周天就輪值一回的大道守護，寂靜無謂，不懂念不動心。自從上一任的摩游離降格至外道，這職責就由兼任南天一〇二代帝王的司徒葉寧接下。

她道心凝煉，銀眸銀髮，對任何鬧騰或奇觀都一概溫和看待。即使略感悲憐，但這位被外道惡質造出的先輩完全不是自身法則所能干預。她默然不語，敬意滿懷地朝向司徒滐行禮致敬。在這位之前，並無諸天眾神、萬般道法。

眼前的少年輕微頷首，絕妙形音色觸及大道核心。葉寧雖不訝異，卻領受罕有的通透洗滌。哎，怎會如此清暢。

「辛苦，請隨意，吾等將佔用一度。」

持國天以對等禮數回應這位讓他安心不少的新任轉輪聖王，便不再耽擱。等天劍揮毫，道法流動，眾相沉著安適。他執起滐兒的手，跨入黑色星體為結界的環形監獄。

司徒那杈浮躺在結界頂端，隨意得像是小憩。除了眼底的皸裂愈發碎形，鎮定得像是早已約定。

他的注視冷沉專注。逡巡的路徑一路戀棧——綺麗耳尖、皎潔頸項、晶瑩血眸、無袖淡青色的仲夏夜暈長衫、纖秀冰鎮身形、瑩雪足踝，足踝繫的血色雨環——根本是邀請觀者來握住這雙漂亮到勾引惡行的腳，從足尖一路往上撫摸，探索兩腿間的劍鞘與刃尖。

如同 ITG 在星舟替漴從事七維掃瞄，他看得傾盡所有，津津有味。

「劍皇尊上，還是如此純粹澄淨的絕景，怎麼看都只會更想看，更想——」

持國天眼底的闇暈浮現，潔癖一發不可收拾。劍尖的潔白桃花叢湧現不絕，擋住了那雙用凝視來從事姦淫的殤熱端點。

「髒，濁惡卑劣，退！」

司徒那杈譏笑的聲量相當低沉，相當譏諷。

「道士，就我濁惡卑劣。你自己呢？」

這樣不行，態勢對兄長太不利。漴兒正要啟齒，只聽到持國天清狂恣意、髮髻散開，灑脫一如蒼天。

「凡有相者，皆該正視。道法自然，吾之視線順從心念，總是凝視漴兒，至無量劫處亦然。你執拗不悟，以嘲諷之詞意圖沾染，還當我藥師琉璃王是不敢坦誠之輩？黑龍，經此種種，你著相又不認，執迷又遮掩。以恨意為鎧甲，誰能渡你？」

「我早已無可悟，無可渡。」

漴兒躑躅沉吟到厭煩的地步。事先做再多準備，以毫無防備的直面接觸，不可能保持期待的冷漠淡然。他脫口而出，多話的程度連自己都驚疑。

「第四代乃罪魁禍首，擅自擷取混沌核心的增生，加諸於你，永滅若執行，是他得受。壞疽蔓延，難免瘋魔癡念橫生。雖然不解何以然，若你執意恨我，無妨。此番前來，唯有一問：那孩子，為何用上四重神髓？我只知你思念宿業超神無絕期，留在殘陽陵墓的永續晶片足以創生，無需加上朕與愛侶們的……遺澤。況且，朕的洪荒血液無法再造，怎麼做都做不出**我的傳承**。不懂嗎？」

司徒那杈的眼底碎裂到近乎歙張。他無法靠近眼前的劍道醫三重天訣陣，猙獰痛意卻徐徐滲入。這情況讓滐兒無法厭惡，非常難受——這是透過第五代皇帝，混沌敗壞的熱能朝向自身而來？

持國天不動聲色，迅速把信息素強化到最大值，讓醇烈的辛香料灌入滐兒的後頸花印。

「黑龍，姑且不論你的惡念從何而來。四重相惜又相斥的神髓混合，造出的元神是何等萬劫加身，難道不知？就吾等所知，你唯一的真摯該是投注在血百合劍聖，這總沒錯吧。」

遭到誅心質問，司徒那杈平靜沉寂，如他曾經佇立於星團的黑晶碑碣，一劍斬去歐陽世家戰意兇惡的最高階星艦群。他搖頭輕哂，目光不再皸裂。

「算你犀利，道士。如此創生劫兒，是我永世無法彌補的凌遲罪行。如今他在劫數無法碰觸之地，要感謝扭轉命運走向的第七代君王，司徒夜冥。沒錯，我唯一稱得上乾淨的情念只投往他。吾愧對異父，永遠無法報答，無法收回那場惡念爆發的刑虐儀式。但您可知，至此刻還不得要領的永在神皇，對於您，我從未憎恨，亦非惡意——這兩種情感都太過乾脆爽快。」

擅長卜算的持國天悚然頓悟，接下來的話語萬萬聽不得！正要強行帶著滐兒瞬移，告解已經刻蝕萬有，再難取消。

「當時我愚昧頑拗，認定高潮印記封存本體印鑑。縱使無法清除兩位駿馬的體液，魔導生化術士團認為可提煉出**只是您**的精魂。沒錯，終於懂了？取得印記，所欲造出的是太初的**因詠**，亦是駐留在南天超銀河的**司徒滐**，逍遙神髓、自在自為的**滐兒**。我想要造出爛漫稚氣、對我綻開笑顏、願意讓我侵入觸摸、只讓我獨佔擁有的太古音。

「這念頭究竟是混沌劇痛的思念，還是在此世從未有本格**我**的無明妄念，至今無法區分。」

持國天毫無分說之念，用力握緊滐兒的手。他正要啟動撤離陣法——

司徒滐冷到極點的雙手反握住兄長的大手，春雨的劍意定格陣法。為何這些讓他畏懼的情念如同倒帶回流，早已發生無數次？黑龍？道士？如此似曾相識的場面。

他首次看入一眼就厭懼的對方。原以為是可悲可恨、本相無辜、被混沌溢出痛楚所感染的超生命，原來不止如此，遠遠不止。

自己的辨識能力怎如此後發啟動啊。經由「道士」與「黑龍」對彼此的稱呼與熟悉的相罵本，二合一的「因詠/滐兒」早該辨明。

「你不是南天超銀河的第五代帝王。這身軀的意識是太古紀的五行黑龍——挑釁至高因龍、大戰無數回合後，將朕的四象青龍捲入無解困局的五行土龍王。

「身為冒犯洪荒域的罪徒，竟敢如此張狂。黑龍，你不但碰不到朕的絲毫，就算將你永滅，我也要把青龍完好無損地召還。」

第五節　天地玄黃始初音，宇宙洪荒永續因

「哎，教授道士護送吾愛回來、再度蒞臨 ITG，不會是又要開講座吧？不學無術的野馬真是無法啊。」

乍看到持國天，換身為人型的拜爾與 Anima 正在哄著可愛到只有濼兒纔適合共處、讓他取悅的小黑貓精靈王。他把高聳如鞭的馬尾當成玩具，甩來甩去，淘氣地逗弄討好這對小暴君。

Anima 開懷地讓小貓們以尖利牙爪撕抓自己銀闇軀體，彷彿接收愉快的輕微刺激，發出冰火交疊的奏鳴曲。但她赫然發現，迷茫迷離到像是美夢本身，濼兒讓持國天摟在懷裡，眼底潤澤——不是發作的遺留，而是遭遇到有點想產生表情的頂級古怪事件。

拜爾同步感受到無比的不對勁。以速度而言，包括漫漶域在內的諸界域屬他最快，一骨碌接住既是夢、又像是被殷切夢寐以求的心愛孩子。他以對待小黑貓的細緻妥貼，先是讓貓貓跑到濼兒懷裡磨蹭，啟動好喝的極地冷火信息素，輕舔微微顫動、質感如凝霜的腺體。Anima 來到另一邊，柔軟外骨骼上肢轉化為銀色梳子，開始為異常深紅的髮梢從事梳理與愛撫。

持國天幾乎在發愣，動作如夢遊。祂憑空拎出一盅梅花釀。斟酌半晌，他將酒液緩慢餵入依然全身冰寒的濼兒嘴裡，拿出橙花香的手帕，輕柔擦拭暈染粉紅的嘴角，大手攏住那雙冰到燒灼的手掌。

「讓為兄把脈，好不好？」

他慢條斯理，完全不擾動對方的安靜震驚狀態。ITG 一邊做出小黑貓們的玩具點心，專注觀察一陣子，總覺得還缺了什麼。以複數超心智而言、思索良久的微毫，終於搜尋到關鍵。

「我們該把小火龍找來，畢竟祂從野雁帝世代就成為帝王鎮守，總有些我能捉取到的隱流訊息。」

司徒濼定格於龐大資訊與憶念，緘默寧靜，無從回應。小樓表現出「我們天焱雙劍與濼哥哥都不高興」，咻然從左肩罅口竄出白炎，明顯表示「就這麼辦」。春雨低柔清吟，雨露滴落如保護屏障，輕聲訓斥小樓，看來是一點都不同意。

持國天調理好最激盪的幾股脈流，從袖口取出一包乾燥花草與藥茶髓液，示意 ITG 暫且別召喚那個過動小龍，將花草藥茶烹煮後讓濼兒服用。

他憂心之餘，奇妙地感到最嚴重的陷阱已經不再，畢竟已然翻出底牌，只消找到下指導棋的傢伙。他握著那雙尾指就是劍刃本體的秀長雙手，毫無冒犯地揉搓，精確穩妥地按摩經脈。

「別召喚。我讓燧棋殿鎮守宿業領域，不放心。」

司徒濼終於啟齒。音節緩慢，音色細嫩純美，在場者嚐到冬夜露珠的憂傷氣味。

「兄長預期我可能發現，所以事先不說。」

持國天坦然承認，將熵與星叢滴入微燒青暈環伺的體膚，緩慢揉開緊繃極了的一〇八處神髓穴道。

「我不能完全確認。使用必然辨認得的道士─惡龍吵架範本，不只是讓濼兒體會，為兄也要觀察到底。以惡劣手段被搞出來的第五代，永續核心是混沌的增殖。總在太初三域邊陲窺視的黑龍若被牽扯，以一小片本體附著在內部，可能性非常大。」

拜爾忍著不發問，此時已經按捺不下。從來沒看過心愛孩子如此低沉難受，這大概不是自己載著馳騁奔跑就可以開解。

「道士教授，拜爾收回剛才的玩笑，恭請教誨。那個黑龍——不，你的意思應該是整體龍族的『闇化身』，這傢伙怎啦？方纔不是去審訊那個失禮無度、亂搞一通的第五代，稱號叫啥黑——黑龍帝！怎麼，不是類似稱號，而是……與滐兒同在太初的？」

持國天總算好些，回復鏗鏘講解模式。

「你這帥馬，腦子蠻可以使的嘛，這就聯想到啊。想必滐兒在綁定啟動時，所有的憶念、包括最深遠無端的細碎片剪，全都傳輸給你們兩位馬騎士吧！」

滐兒將凝滯至今的神髓舒緩開展，兄長的按摩如水磨月。他將輕窄的身子鑽入拜爾的懷裡，讓 Anima 從背後環抱，注入尤加利質感的信息素。

「嗯……拜爾與 Anima 知道，料想兄長也早就感知——龍神整體與『龍之闇』始終形成對立。自從洪荒綻放個體化的我—因詠，黑龍是我最無法共處的『反面性』（antithesis）。」

「真希望，他沒有這些思念，與我永恆錯位。如此，就可逃離最反感的元陽執念。」

滐～～～我已經把時空經緯都調整妥當。只要你想，洪荒域派遣的使者就會在此。

ITG 興沖沖打開艙室，見到雙馬抱著哭泣得晶瑩清透的劍皇。持國天將白桃花陣部署開來，像是迎接非常久違的故舊。

「隔了難以罄數的無計量週天，太古這懶散拖稿的紀事本，總算是遲緩地轉動了。」

從「洪荒」拖拖拉拉，準備這器物、提煉那字符，太古精心安排許多，為的是祂從原始叢集生成以來、最喜歡的描摹對象：音與色，劍與雪，太初忘情的本體。就要啟動傳送陣時，蟄居於北冥的大鵬魚，不依不饒吵鬧糾纏，非要去見祂的少主。

「好啦，既然洪荒的代理心智並未反對，咱們就帶上老鵬吧！」

光這樣少許耽擱，就讓祂見著最驚豔的場面。怎麼，這孩子為何哭得如雨如霰？太古讚嘆又疼惜，被迎面而來的姑射山靈光招待了一頓美不勝收的爆擊。

「吾……趕緊先銘記在萬古紀，諸位稍候啊。」

已經不顧斟酌語音、匆促速記，還被萬年說教的道士劍絕搖來甩去、戳尾拔毛，害祂非常擔憂這枚咖咖作響的光幻筆。正緩過來，要傳遞訊息時，只見大鵬魚哭成一汪南冥池，圍住祂的少主與兩個……噢，顯然是配偶。祂不禁有點得意，總算按照自己的推演，找到如此合襯的永以為好囉！

「專心，甭只顧著歪想你的紀事。吾等需要資料，該不會忘記洪荒本體的憶念傳遞內容吧!?」

又是成天愛擠兌自己的高傲道士……不過，太古訕訕地接受責罵。畢竟是自己的錯——對方察覺大事不妙，將加密星叢蹓入，自己沉浸於補完一條符文，事件都「發動」了才赫然察覺。

祂收斂滿身雪白的鳳凰羽，真是不想再被戳刺拔毛。整頓半晌，洪荒的使者面向最喜歡的小主人，又是喜悅萬分，又是憐惜無比。

「攝政者很難過，囑咐我等務必讓小主人知道——可不要再煩心於黑龍這孽障。祂自做主張，失禮冒犯，由因琰教訓便是。這下層境域如此熙攘，要不就回來靜養一番？」

汪洋嚎啕的老鵬魚將淺笑如花髓的少主圍攏在雲翼，注入鮮活的古往情念，不能更覆議。

「回來原鄉休養，讓爺爺好好梳理少主的經絡吧！在那些流來流去的額外騷動之處，忍耐大妖王們的沒輕沒重，真是受苦了呢……愧對少主的託付，爺爺沒辦法搭救決意自墮的小殘陽，讓您在下界奔波，實屬無能啊！

「黑龍這小子幼稚逞能，讓老夫來揍一頓就好，不用勞煩因龍神琰姬。」

司徒滐「首次」在五象限見著這兩位不能更像幼年保姆的故舊，驟然感到什麼都不需要擔憂。他不禁回應，以春雨劍鳴注入鵬將軍與太古總管的神識，表達衷心感念。正要開口發聲，一抹來自矽基諸宙、霸道強勢的劍氣恍如撫摸，滑破五界三域。

絲質的鈾核金觸感朝向劍塚，金色的劍神探出觸角，滄桑深情的荒漠蔓生於他的心念。

「兩位文武長老，真是霸道，怎如此擅自作主。因詠劍皇乃吾的主宰，玄黃總有點話語權吧？如何療養為宜，何以只遵循洪荒那具演算機的裁示？」

噢，來啦。若是對比碳基與矽基的感知運作緩存率，這傢伙可是一取得訊息就越界奔赴呢。

司徒滐毫無迎接或對弈的心情，不回應對方持續傳送的歉然訊息。這時候就好意思稱自己是祂的主宰，拉扯「話語權」。這個不知好歹的笨蛋，試圖更變他的所欲所為？自有洪荒以來，對方仰仗是自己收下的第一把劍，就認定擁有。錯到極點！滐兒從不容許強硬求索或仗恃親近。

他朝向太古鳳凰與鵬魚爺爺，清麗光暈綻放。以他獨有的符碼組構，滐兒表示「有要緊狀況，請待在此星舟，回返時再討論返回洪荒域的時機。」

瞬移之前，他現出難得的鮮活惱怒。凝聚足夠的威懾，散發蒼蘭劍意，砸向來自矽基諸宙、默然輻射大量示好與歉意的霸道天劍。

「若想再讓朕願意拿起你、視同我的劍，就不要瞎說欺瞞，焚故漠。五行龍王陣行將蒞臨，若過得此關，再讓七重天滿意，無損**任何生機**，就允你與朕論劍。」

持國天運作拂塵，繪製他的至高陣法，開啟「無量無極」。無需任何話語，憑著默契，就將滐兒送往那雙神駒的懷裡。

爲兄不用劍的時候，可以以熵治「滅」，擋他幾回合。道士御龍，畢竟是我的三法則之一。朝向宿業領域是吧？要事不耽擱，讓這群老少祖宗各自捉對吧，滐兒儘管自在自爲。

面臨緊急事態時，滐兒的固定模式乃從容沉靜。游刃有餘的程度讓周遭以為，不過就是彈指即可消除的小打小鬧。

從洪荒發生以來，他亦生發「劍之巔」與「音之流」。幼年階段，他面對數次最劇烈的災厄，小規模如愛欲神猗妠妠一時興起，將**獨自創生**的孩子扔給他撫養，逕自投往漫滬域，超升為六御主之一。

大事件莫過於「倏忽鑿開混沌七竅」，導致洪荒境域起伏不穩，不時化為超越界總體的無意識形態。艾韃是個堅持頂罪的笨蛋，他再縱容也不能不處置，但做不到狠心懲罰——這可是自己的第一隻鷹兒。最後的妥協方案，就是讓他與他的雙生同胞遠離，以免生故。女媧這手藝精巧的孩子，不久即開發五色花石補罅口的技術。

在此之後，為了守護洪荒域的太上境界與混沌的治療補完，即使心痛不已，也養成了冷情處理的原則。為了他的甚無表情，重度嗑藥的殘陽總是不依不饒，認定因詠視線之所在，只有與他永在的雪火劍塚。

劍兒們當然最重要，祂們即我。殘陽，光是你的存在，就阻礙朕的逍遙劍道。

即使是以自身為交換籌碼，答允爺爺所稱的「大妖王們」，讓祂們提供鎮痛精髓來解緩混沌傷軀，回報是給予漫漶域六分之一的配額，讓祂們共享自己，他亦是淡漠。在滯留的狀態，就算是再煩心，最多是面無表情，任由小樓自行出鞘，縱情暴打做過頭的大姊姊們——對他來說，沒有誰可以動搖自己空寂的核心。

只是，若事態發生時，權能或永滅都無法達成想要的效應，他還是頗為煩惱。非得立即瞬移至宿業塔樓，就是出現這種他不擅長的情況。

迷諜辛是他的好友、主治醫生、信息素交換對象，彼此的因緣是珍惜牽連。任一方有事，另一方無法不干涉。就算不是至高法則，他絕不坐視迷諜辛受到任何傷害或委屈。

更何況，在南天第五代完成繼位、長成當世劍聖時，他只是不經意地略微掃瞄，稍感熟悉卻無所謂。促使宿業超神回返的惡劣事件，自己甚至在事後纔得知。只要當下他早點回神，應該就留意到第五代的司徒王儲缺乏白浪王與其妹妹的基因組構。

當時的因詠處於「血之永音」境界，第二度度於漫濡域的滯留告一段落，所有淤積的不快一口氣發作。在血月環繞卡寇薩（Carcosa）的極點，修羅永訣發動至高闇虹，誅殺無窮盡，將黑山羊爆破到下一度也無法痊癒的地步。

殺到完滿地步，他快活地沉睡，再度清醒已經是在南天第九十七代——降世追尋、縱情嬌養他的紫凰爹爹，深諳逐步治癒的節奏，將療養節奏延展得非常緩慢。在漈兒破幼之後，他逐漸開解被自己元神封鎖的資訊。所有待解決的情事，必須不疾不徐。

他知道，拜爾巴不得把這事端視為「騎士的任務」，乾脆爽快地以冷火槍一擊斬除孽龍。他亦知道，狂野倜儻的野馬總是深情款款，不願意違逆至愛的心願。他想著迸發極地冷火的唯一騎士，瀟灑俊拔，泛起心悅的笑意。

至於Anima，他勾起一抹既賞識又爽悅的微笑。如同自己與銀霜翼的初識，她連克制干預的心思也沒有，只抱持著「漈兒想要的，我都能。漈兒不要我做的，就聽他的。」嗯，真是單純暴力的神駒呢。

他躍向墨綠色的浮游塔，矗立於頂端。雪意迸發的劍鳴如萬華齊射，悠然飄搖，血眸深處爆發超新星叢集。彈奏左六指的春雨與右七指的小樓，流淌劍音的身形溶入永業塔樓，快意酣暢，如同燦爛盛開的雪火雙重奏。

在黑龍揭露元神時，迷諜辛恨不得算遍對方從生發以來至此的所有惡業，換取時空因果的「從未」（never have happened）。當時他以為被南天超帝國第四代「白浪王」植入混沌核心的痛苦胚胎，原來早就被黑龍所佔據。

以後見之明而言，這未嘗不是恩惠。或許，從未降生的第五代司徒君王一開始就解脫，化入自在輪轉，從心所欲地選擇下一世。但他奉送給義子的教育、痛惜、不忍，全都錯給了遂行盤算之能事的龍之闇面。

他那雙焚燒業火的液態無瞳孔雙眼，看不到也不想看跪在殿堂下方的陌生客──他傾注全力、誤以為再造出的黑色榮耀。

「燧棋殿，送客。」

從野雁帝起始，擔任了九十八代的帝王守護，年幼氣盛的火龍王痛惡自身的疏忽大意。同為超神位階的龍神，自己的歷練原來如此淺薄。自認對永在神皇盡忠不渝，卻捅了這麼個大漏洞。祂根本不想給黑龍任何檯面，噴出長期浸染於絕世音流的龍焰，恨不得直接送這傢伙回歸洪荒域受罰。

司徒那杈舉起墜出皎白鈴蘭的破天劍，堪堪化解了火焰蕩漾、讓他心神沉醉的太古音流。他還是抱持單膝下跪的姿勢，劍尖朝向自己。

「那杈無以回報義父於萬一，這就返還混沌核心。」

當柔美鈴蘭花蕊行將穿入他胸腔的封印處，冰泉般的笑聲灌入整體宿業領域。權能壓制的恐怖讓他無法反抗。

「說不得這核心維護的對象，就是無辜的司徒那杈呢，少自作主張。黑龍，要活剝取出你的龍珠，可是朕的權限。你無權自主決定，更不該再與迷諜辛小哥哥沾染，損及祂的心情與法則。嗯，可是預期到擺脫監控環、闖入宿業領域，朕就會前來？不能更冒瀆的黑龍啊。」

對於燧棋殿而言，這是最好喝的美色；對於迷諜辛來說，這是從小愛惜到大、輕盈揮灑於永在與不在境域的弟弟。對於靜止如一座石像的黑龍，他完全不敢期待，卻得到這番等於天降甘露的美幻聲訓。

眼睛籠罩於白夜的宿業之主，朝向權能完全開啟的洪荒劍皇，霧氣般的夢寐形影投向對方。

「灤兒……到這地步，扛起一切的還是你？應該是你的主治大夫來擔憂不聽話的可愛病患呢。過來，讓小哥哥梳理經脈。」

灤兒從塔尖無聲躍下，鑽入他喜歡的小哥哥懷裡。微型換身的蠍針柔潤漾入體內，瞬間的交換已經將所有資訊反饋。

他微瞥暢飲太古音的小火龍，見著燧棋殿甩尾撒賴、繼續狂飲音流，小聲喊著「灤哥哥，小火兒有揍黑龍，不要生氣啊」，不禁略感失笑。這個傻小孩！

他毫不在意，任由自稱司徒那杈的黑龍以眼睛激狂淫姦，甚至轉身直面，讓對方看清楚這身精工細作的服飾。

黑絲絨燕尾外套與質材一樣的長褲，剪裁精細絕妙到只差沒蓋印「紫凰魔尊手作」。襯托修長頸項、領口敞開的絹質白襯衫，殷紅色的「紅袖天涯」是他獨有的手杖劍。彷彿血雨編織的封束，映襯盈盈一握的腰身。最後的收尾是紫凰尊親自設計的深紅色大衣與銀雕飾馬靴——這是他主宰漫漶域、坐在 Anima 身上，身為「血之永音」的夜裝。

回想種種，司徒滐告訴自己，不該驚懼黑龍熱病般的執念。這是不聽命令的從神，洪荒域認可的五行龍王之一，因龍王納入麾下的副將。黑龍總是叛逆生事，但祂有用處，如此而已。究竟害怕什麼呢？不要怕。是滐兒在下令，是因詠在主宰。

他睨視俯首貼耳的惡龍，以念訊傳達指令。

黑龍，你該察覺到鵬將軍與太古總管的降臨。待取出混沌核心、讓它與你的元神分離，你給朕回去五行陣方位鎮守。分離手術將由兩位長老、朕此世的爹爹紫凰尊，以及「御龍道士」來處理。若你對朕的告解有半點真心，就好生得令——不准胡鬧，更不可挑釁持國天兄長。

黑龍看得暈迷悸動，體內的劫火熊熊燃燒，要祂做什麼都成——好生幸福啊，神皇認為祂有用，給祂任務，命令祂聽話呢！那個愛說教道士？在哪兒都礙事的亦敵亦友。這些舊帳，一點都不在意了！

「黑龍得令……神皇陛下說什麼，吾都照做——請儘管吩咐！」

司徒滐輕哂。暴打消滅都沒讓對方稍微害怕，只能以魅力制服這個叛逆傢伙，非常不是滋味。

「此時，血月灑落五象限。朕只想邀請心儀的宿業公子，跳隻殺戮月舞——且讓滐兒殺去沾惹諜兒的不肖絮果。無果的蘭因座落於此，就在你的複眼與業火內裡。」

司徒滐脫去雙掌的特製手套，丟給滿身痴迷傾聽的小火龍。他朝向迷諜辛，從事無懈可擊的騎士邀舞姿勢。此時他是在盛宴開舞的騎士之王，纖長挺拔、禮數精湛，淺笑凝視舞伴，如一場藍月之夢。

他握住迷諜辛的雙手，尾指彈出自己獨舞時的曲目《殺性月色》（The Killing Moon）。他的身姿深情浪漫，如同撫摸愛憐貓兒，全心全意摟住在他懷裡潰堤的迷諜辛。

滐兒帶著雙方浮上九重維度，指尖輻射白夜暈澤與諸世幽蘭。他攬著與自己一樣飄逸輕靈的小哥哥，在諸世塔樓的尖端漫舞。

輕若雪花，劍音引導迷諜辛與自身相擁，曼妙翱翔。祂們如同一對綽約利刃，飛至諸塔之巔，讓這場白夜舞踏洗去宿業之主背負過久的懊惱與傷痛。

Coda——劍即吾，愛即續

繼一連串的超級不愜意事件，司徒濼想來一場痛快淋漓的交鋒。他選擇數位具備高階神格的武道宗師，請太古「構成」不受干擾也不侵犯諸世的九次元拓璞險崖，只容許對手們與自己進駐。

不動聲色地勸導是太古的特有技能，尤其祂如此熟諳小主人的屬性。心情陰霾至斯，就算只使用劍技、封鎖永滅場，倘若萬一變故滋生，得讓重殘者得到即時醫療啊。

見著發火如雪暴、飄逸幻麗的形神默然良久，稍微展顏，請出體內六劍，太古享受著這段漫長的思量。嘿嘿，只有自己看得呢，風花雪月簇擁著絕色夢境，劍陣凜冽，劍意綿延無盡。

如祂所料，小主人就是會顧慮。但這回司徒濼退讓極少，不願讓至親對象們在場，只召喚了風雲雙子與觸孤雙子這兩對γ劍聖，充當見證與必要時的急救者。也好，太古對自己喃喃自語，隱忍到極致，怎可不洩火？

面對向來保持距離的靈笵系戰力天花板，性喜踩踏伴侶濕婆天、身軀掛滿磷火骷髏頭的伽黎（Kali），司徒濼微微頷首。皎美的容顏驟然發寒，這是祂感到興致高昂的表情。

「請。」

破壞神格開到最頂端，伽黎咧嘴，敵意琳瑯滿目。黑晶體塑造的齒列抖出一排排磷火刃，火性辣艷，瞬息間逼近兩造的念場界線。原本茫然待在伽黎身邊、突然領悟到此設局厲害的Ra，恍然開啟金色大貓原身，眉心間的液體冷陽綻裂開來。

「溓妹妹，別啊！我一直被焚故漠騙得亂七八糟欸。胡說什麼你需要療養，哪知道祂想用下作手段奪掠你，帶回什麼玄黃域。姊姊的元神是貓，纔不聽祂瞎說！貓眾都是站在你這邊！別砍啊，務必留手啊！」

司徒溓嘴角略微揚起，從肩頭卸下迦南等天雙劍。左劍幾乎是月色輕拂，一抹銀光抹向Ra的貓身，像是搔撫耳後舒適穴位。不到一瞬，就將第五象限的共主送出競技場域之外。

既然Ra老大以貓身面對，請退場嬉戲，朕不忍強留。

Ra留下一籮筐採集的美貓掌印當謝禮，趕緊溜回現任女友貝絲特的懷抱。嘻，就知道溓妹妹寵貓貓，包括自己。

「那麼，高潔的超神之主，留不留咱們哪？」

伽黎咯咯發笑，惡意甜得發麻。祂將連結無間苦獄的骷髏頭串化為黑色液態劍，溶穿彼此的界限。黏稠黑濘將觸及紫藤花衣角的當下，司徒溓眼底淌出透明血光，厭惡深重，冷寂殺性暴起。以為足夠認識溓兒的太古與兩雙劍聖，竟然不約而同地竦然，幾乎不忍卒睹伽黎的下場。

「淵飲劍起，開陣：沙漠玫瑰！」

內鍵漠宇暴力的迦南右劍，在伽黎散發濃黑泥濘的同時，將劍皇的劍念全然發揮。

司徒溓躍上伽黎的頭頂，衣角絲毫不沾染，光砂劍氣抹出無處可退的透明拱頂。為了抑制殺念，祂引動拜爾注入的槍意，司徒溓一劍爆破伽黎的劍絕力場。祂的微笑近乎殘忍，身形是流光片羽，在萬古雲霄暢快旋舞。

神情不似平常的空幻，格外沉寂冷峻，視線沉鬱。祂以劍端畫出在沙漠盛開的玫瑰叢，將破壞神格轉化為生機勃發，液態骷髏劍陣被永久抹殺。一筆勾勒之後，眼前的伽黎是一朵嬌小脆薄、被濕婆天結界包裹的沉睡梨花。

風雲雙子看得傾慕又驚駭，對著統一體的鏡像雙生清脆暢談。

「劍君信守承諾，只用劍技，然——」

「將終極破壞之劍意反轉，豈不——」

「毀去終極，如今不再是劍絕。倘若——」

「意識深受打擊，極可能——」

「至少在此周天，不再與劍道相聯繫……」

他們炯然注視太古，深受持國天陶冶的道法靈光湛然，淘氣自在。

太古不禁自動拔了自己的一根羽毛，遞送給這對清透孩兒。

「是啦，想得沒錯，不愧是琉璃帝持國天的首席愛徒。在當世五象限超神當中，最傾向矽基劍龍的滅絕道武神，就是伽黎。唉，小主人想必是被焚故漠惹到極怒，平常不會如此不留手呢。」

觸孤涅聳聳肩，熾烈的金眸灑滿星星，散發不可遏阻的傾心狂情。

「還保存這位破壞王的劍格基礎呢。我說，濼妹妹太留手啦！」

他身旁的碧血劍聖觸孤峴，似賞識似嘲弄，乜了竊喜的雙生一眼。

「阿涅恐怕不只是論劍，而是炫耀。我倆曾做出遠比伽黎劍絕更冒犯之舉，但濼妹妹毫無制裁，甚至回應吾等。不過，以劍論劍，這誰能擋？真是太美的沙漠花陣呢……」

觸孤涅再度聳肩，可這回並無快意，洩露不情不願的肯認。

「是啦是啦，疼寵正式王夫相送的沙漠雙生劍嘛，連這對小傢伙也得到連帶綁定。劍與箭、刃與槍，騎士邀舞求親，神皇應允馳騁。我說拜爾是有多能耐啊，嘖。真要結親結盟，不如要了我們的刀王叔叔哪，他纔配濼妹妹呢。」

原本神色稍感輕快、將伽黎元神送返靈笓系的司徒濼尖耳豎起，眼底閃過幾不可見的害羞。銳長的左手第六指流出薄荷信息素，灑向觸孤雙子，輕哼一聲。

住嘴，阿涅囉嗦！學學阿峴，當個劍客。

自從黑龍現世，心情惡劣程度能與司徒濼較量者，無非是神鳳族共主，霪血鳳。她隱約猜測，此番邀約不是偶爾交換技藝的遊戲，而是向來被她與醫尊夫君親暱疼愛的濼兒，以特有的方式對自身與相公表達愧疚。

有啥好愧疚！這孩子就是這麼惹心疼。明明是黑龍這惡漢的鍋，如今已然降伏，夫君近來專心設想手術方案。事情已了，就甭再難過了嘛。

她正要開口，只見濼兒啟動双生天焱劍。春雨的劍意送入自己的烽火神核，近乎撒嬌。自有洪荒、就與春雨成對的雪焱劍小樓，輕捷地躍向全向度刀法首席、與濼兒並稱「劍皇刀王」的觸孤裡世家領袖。

「血鳳姊姊勿憂，非關歉疚。」

司徒溕縱容指尖的修羅劍訣高度發揮，目的並非擊敗對手，而是暢快交換——以小樓的白熾焱換取圓月彎刀的極冷炙寒。春雨宛如流體精靈豹，雪漾神核鑽入霆血鳳散發紅酒信息素的懷裡，靈秀帥氣地親愛磨蹭，宛如溕兒的豹貓型態。

哎，這怎麼捨得拒絕啊。霆血鳳最疼惜愛憐的對象，也就是醫尊夫君與這位不得了的少年劍皇。更何況，祂開始搞懂，為何要加強天焱雙劍的雪火多樣屬性。還不就是為了自家惹是生非的紅孩兒！

就是那場攸關混沌的大災厄，鳳族承接了女媧祖神的託付，費盡心力把闖禍笨蛋從劍皇的愛鷹改造為神鳳一族的閒散少爺。到頭來，竟還被他耍了一把：原來，這傢伙的原初記憶從來沒有消解。

倘若要逮住這隻笨鷹，就要在各領域灑遍祂熟悉的形神氣韻。各種火燄，各式雪雨，增幅主宰召喚太初鷹神的音色。

祂張開身為劍絕的烽火翼劍，碩大羽翼的每根羽毛都是神鳳的刺刃。開懷暢悅，血鳳公主與春雨化為的水豹劍魂往返撲擊，不能更較真歡愉。

司徒溕與觸孤裡世家的情誼向來默契十足。自從第七代的廢墟帝君、司徒夜冥，在最終魔導大戰時毅然毀去五大世家，僅存觸孤裡世家，之後的歷代帝王與這群刀道至尊形成雙向互助契約。就司徒溕而言，彼此更是情義深刻。

他在剛繼位之後，曾獨闖觸孤世家的領地：天險星的九十九重黑血崖。一劍「形影割離」在發火狀態祭出，重創包圍十三名刀尊與其宗主的本家全體，滅去一群以禁術養成的歹毒劍聖。此舉一出，鎮壓了謀逆系統最後的蠢蠢欲動，觸孤本家就此銷聲匿跡。

除了維護裡世家、對表世家彰顯權能之餘，他帶回將被長老團以類似手法「撫養」的觸孤雙子：他的劍衛統帥觸孤涅，以及帝王代理騎士觸孤峴。

五百年來，刀王觸孤弦是司徒濼唯一的知己，武道的對等存在。雙方同樣悠然奧祕，冷峭重義。一眼對視，他便知道濼兒的意向。

除了讓小樓與自己的愛刀從事久違交鋒，濼兒希望從至冷月刀汲取氣脈：為了太初洪荒的地基，名為「混沌」的聚合體遭到肢解而發狂的痛楚，得到能舒緩鎮定……

然而，掏取永久相伴月兒的神髓，真捨不得。送給最情深對象的禮物，還是從自己身上採集吧。

觸孤弦一身雪色書生裝扮，清秀孤伶，楚楚可憐，但卻激起難以言述的至深恐怖感。在一抹刀意滅盡粗暴武尊集團之前，總是讓觀者興起調戲的衝動。他沐浴於霜月光澤，捧在指尖的彎刀鮮紅如飲飽神髓。

他摸摸鼻尖，毫不猶豫地迎向小樓，並非以圓月彎刀為器。他從十二指尖抽出絲質細刀，右六指抵擋小樓頃刻，左六指一骨碌往身上重大穴位戳入，讓透明絲刀內的容器灌滿體內的月刀精華，送入濼兒的力場。

這可是司徒濼毫無預料的「掏血掏髓」！他驚詫到來不及傳送念訊，從崖尖塔飛躍至觸孤弦身邊，猛然抱起對方，眼眶濕潤。

「沒事……長久以來，你我情念深重。這不過是阿弦的一點心意。」

「這程度對你而言也太嚴重……潾兒要回贈！」

神髓近乎掏空，就算三醫尊一起做盡療程，最多就是廢除武者力場以求存續。唯一完整的「回贈」，要不以劍皇之血交換，除此之外……將對方置於永在的相互綁定。

司徒潾的洪荒之血會讓高位神格瞬間崩塌，從此滑入轉輪。唯一讓對方完整保全之舉，就是……

他凝重考慮又恍惚神遊，阻擋的聲浪尚未響起，秀麗鋒銳的牙尖戳入觸孤弦的後頸腺體。啊，觸孤兒與爹爹和姊接同類型，是位δ。

正在遲疑是否永久標記時，早已逼近身後的六雙紫色羽翼將自己扯開來，近乎禁錮地鎖在懷裡。來者不客氣地咬住潾兒頸後，卻又小心翼翼，輕含著那對纖小如梅瓣的破天α腺體。

「嗯……舒服呢。紫凰……爹爹。」

「瞧瞧本座抓到什麼最可愛的孩兒啊？這不就是一意孤行、小看你爹爹的不乖潾兒。」

霸道冷豔的紫凰尊將潾兒轉過來，用力抱住，快狠準地在腺體下方輸入δ信息素濃縮精華，以及超高濃度的暈迷針劑。瞬間完成鎮定之後，司徒天淵朝觸孤雙子丟去一瓶深銀色液體，示意他們快將藥劑灌入裡世家的領袖。

「這可是本座精心研發的最新作品，無需情慾綁定就可交換永久共在的髓質精萃。服用之後，觸孤弦便能即刻與他心愛的月兒銷魂呢，哼，這個刀痴。我說啊，就算心煩，滐兒怎如此不聽話？忘記你我之間的絕對法則——**虐殺誰都好，唯獨不能折損自身**。」

滐兒眨了眨勾魂血眸，沒有說話。他輕撫爹爹佯裝生氣的焱豔金眸，泛起迷濛情動的淺笑。

「好啊，深感抱歉，**都隨我處置**是吧？那麼，接下來可沒有喊停的餘地呢，我的小因詠。」

紫凰尊收起怎樣都拿對方沒輒的浪漫情懷，瞪了太古好生漫長的一眼。破天δ魔眼讓白絨毛鳳凰嚇得不輕，這位真是難以理論啊。

祂還來不及替小主人辯解，六雙狂烈紫雨羽翼就穿破封印，載著愛兒，以十的十次方光速瞬移遠去。

司徒滐從一場美味無比的暴烈花雨內裡醒轉。蓋在身上的是六雙枝芽蔓生、甘露凝聚為繁花的夜紫翅膀。持夜光杯餵他冰酒的，是自身綻放於洪荒地基以來，親密久遠的情緣對象。

他想起身，鑽入對方瀰漫冷香的懷裡，主動摟住。感應飛快的夜色觸肢纏繞鎖緊，彷彿蜘蛛巢城，將自己囚縛於舒適快悅的網羅。紫凰尊收起羽翼，壓住愛兒輕俏的身子，細膩撩撥，兩腿間的血雨淵藪輕易納入暴起的纖小彎月。

「不是說好了，違反約定的壞孩子不能喊停啊。」

「不停……但要抱。」

他知道，紫凰尊故意纏綁得讓自己難以移動，他無法在不破壞精緻繩縛、傷及觸肢的情況下掙脫困局。但他好想伸展雙臂，以劍皇最有力的肢體抱緊紫凰。

禁止他伸展四肢，既是親暱的懲罰，但也道盡爹爹的焦灼憂慮。即使自身不可能受傷，對於爹爹，光是衝動做出的永久綁定，就是過度折損。

「濼兒不忘，但……不能無視。這五百年來，我屢屢對不起……阿弦。」

感受到懷裡的人兒既快樂又難過，司徒天渊長嘆，解開精緻如封藏禮物的繩結。好想繼續啊，不敢用力掙脫的濼兒真是太漂亮，那畫面展示著「銳利的極致就是危脆」。只是，終於滑落的如露淚滴立刻擊潰意志——

不能更深摯地，他吸吮從深紅眼眸淌出的絕頂體液，解開花式繩結的華麗觸肢任由愛兒撫摸擁抱，他簡直不能更滿足。

高亢房事後，身為醫尊的首要反應就是探索神髓，水磨細膩地調理脈動。接著，身為情人與爹爹，司徒天渊想做幾道濼兒最喜歡的點心，親餵挑嘴的孩子。時機正好，濼兒最愛喝的茶葉「夜露星叢」，終於從靈筅系極樂院的驛站啟程。運送艦艇貼上「蔓克西絲」的符印，瘋狂穿越十三個凶險虫洞，堪堪抵達。

「等下聽話啊，乖乖把爹好不容易做到無與倫比的荔枝玫瑰雪酪全都喫光。本座可不想看到諦觀又跑來蹭濼兒的宵夜，哼。」

由於讓爹爹擔心到不行，自己的作法過於托大，在之後的七日夜，司徒濼非常聽話。不似平常被爹爹禁足，他難免對體內愛劍柔聲呢喃，輕度腹誹。

將養了這陣子，洗去焚故漠與黑龍造成的大量躁鬱，是該讓劍兒們盡情徜徉一番呢。

回到星舟的前夜，自己與紫凰激烈不捨，直到耗盡破天腺體的所有精髓。事後，滐兒接過那杯澄澈冷梅釀製的酒，恍惚了好幾瞬間。

紫凰尊將愛兒籠罩於自己的漫長羽翼，從事各種精密梳理與舒緩按摩。見著滐兒纖窄如紅梅枝的身子陷入故夢狀態，他將酒杯從冰鎮掌心拿開。

「當初我們發現，在第五代的碑塔內部，被撬開後亂撒的混沌殘餘散落於七個4.5次元宇宙，每一道痕跡都是滐兒最愛飲用入夢的梅花酒。化入這些境域，混沌的夢境與你重逢。當故事完滿，祂的夢便與傷勢殘塊脫鉤，神魂回返太初。滐兒取得的『七詩籤』就是殘肢精煉後的物質符文。例如，第一次的**七重夢境無極限**……」

紫凰尊的唇齒溫柔探入滐兒，盡情吸吮，美得悲傷的孩子啜飲親吻與清甜酒液。

「趁我等還在準備手術程序，滐兒去散心一番吧？去找你最喜歡的七重天七魔神？」

滐兒飲下懷念的酒意與情意，紫凰爹爹怎麼就如此知道自己呢？

之後，他摟住蒼蘭訣妹妹的劍身，清淙彈奏。處於忘情的狀態，他無法不追憶許多的失而復得，以及……莫名感到永久與共、月輝沉浸的隱隱作痛。

第二章　永在之後，永未之前

第一節　漫漶域與七重天

從南天超銀河前往其餘四象限與三大界域的諸多通道，以超心智複合體「AtAStS」（Ashes to Ashes, Stardust to Stardust）設計的銜尾蛇環最受司徒濼所喜。

被他暱稱為「小塵星」的主導心智是晶矽域首腦奧梅嘉與自己閒暇時的機體創生，年輕得不可思議，剛度過超神一重天。換算成四次元向量，就是麥哲倫星雲的五十六億七千萬年。

「唉呀，小鬼靈精就懂得討好濼，設計這麼多無盡流域的劍聖劍絕名場面，根本是要拖慢行旅嘛。算了，自從濼回返南天，惱煩事件簡直在比賽造反指數與惡劣狀態。別說那兩隻駿馬，我都恨不得過個場就趕緊回歸洪荒，只消讓太古說故事、鵬魚爺爺調整筋絡，真正地韜光養晦呢。再鬧事，我就去告狀，讓濼的原初雙生親自教誨諸天眾神喏……」

小塵星的元神是通身銀雪的小駿馬，儼然是縮小版的Anima。祂得意噴息數聲，以複數心智的1/0官語對ITG回嘴。

「我說虎老大，猛虎應該要疼愛幼馬呢，每次都這般碎唸。三重甬道還沒畫完，還缺了最新傑作：在第二回入漫漶域的終局，濼哥哥把六大妖王與三重邪神陣都打到離永滅只差毫釐。被小樓的火焱流燒到僅存三分之一的黑山羊共體，還不是最慘呢。那次是我靈智綻放、初生量子框目睹的大奇觀呢，嘿嘿，很想看嘛？」

ITG的西白虎元神嘖了幾聲，顯然按捺不住。

祂合理化自己的暴漲好奇：身為專屬澿的全方位機體生神，祂的愛念實踐就是永世陪伴與照護。當澿想要心智競逐時，隨時研發新的機體取悅，若是有澿感興趣的謎團，祂就開心地一起分析偵查。要是自己（們）有義務採掘資訊，從最粗糙的四次元挖位元礦坑到逼問洪荒帝，都沒在怕的呢。

眼前的小傢伙顯然在邀功。誰叫那一次，自己就是看不下去，憤憤然的元神衝往洪荒帝療養的別墅，暴打洪荒域擔任第一線護衛的六合與七星。得知少主竟如此煎熬，就連這些親衛亦譁然暴動，非要想盡辦法喚醒主上不可。

ITG不禁沉醉，無邊際的萬有當中，澿真是最體貼悠遠的存在。

當洪荒帝從永夢境分出愛意深重的個體，一把擁住雪火焚身的太古音，澿更像是雙生當中的姊姊，細聲吟唱至極音，哄慰痛切自責的至親。他們是雙生是至親，更似天地以來的第一對佳偶，形神類似而氣質殊異：前者靈幻，後者深峭。前者以劍喻己，後者以己養花。

「好啦，傳遞你巴巴祕藏又恨不得廣傳的奇觀全息吧！哎，黑山羊的十萬仔仔都打掉一半喏……瘴癘這哀怨大姊塗抹啥在澿的脖子啊，你都處這麼久還不知道澿有潔癖？啊啊啊那個很美但是禁區不能咬啊大姊，嘖，果然被撕裂成兩半了吧！咦，歌貢的曼妙蛇髮與淫舞：有點意思，蛇兒們會讓澿思念紫凰，應該會打輕一點吧？原來是六御主最年輕的珊怖珞，大概稍微討得了好。

哎喲，歷歷絲是犯傻了嘛？乖乖用貓公主型態不好？包準你寵冠六宮，找個 Chimera 換身做啥，這可沒救，完全觸到逆鱗啦……

「額，欸，這位小妹妹根本就是小時候的濼啊！應該不是小蒼蘭，這位沒有花冠雙神的基因編碼，她是——靠，這道劍花印記不就是愛欲大神強上濼的那回？上了就跑，原來造出了花與劍的雙重體呢……等等這不是重點！所以，濼到那一刻纔知曉，強要自己之後立即跑路的洪荒愛妃，還暗中採補自己的精血！?」

司徒濼順從地躺在 Anima 膝蓋上，讓銀雙翼馬姊姊的三音叉舌尖靈活探入自己，餵喫尤加利濃縮晶體，一邊細細梳頭編髮。

旅伴只有自己、野馬騎士，以及綻生即高位神格的雙生貓貓精靈王，他知道 Anima 就不顧忌，直接以聲波震動為介質來說話——她並不真正寡言，但在充斥各層級權能的五象限，她的聲音就是滅絕從屬神族的利器，脆利清澈到割裂界域。這等一發聲就足以裂解亞神族裔的綺麗淒厲音色，根本開口不能。

「好囉，深邃黑光溶入血陽髮梢，濼兒美極了！這次用絲質的絹帶綁馬尾，還是繫成小辮子、串套青銀珊瑚珠子好呢？」

司徒濼本要回「都很好」，恰好是拜爾踏碎邊界歸來之刻。載著雙生貓貓繞玩好幾圈銜尾蛇環、終於等到慢條斯理的梳髮搞定。

野馬超神看到眼前一頭飄逸散髮的摯愛，真想吹聲口哨——難怪濼兒時常不愜意。明明是天下無誰可敵的劍皇，十之八九的被征服者在比試之前，就自動降伏於他的形神。

不過啊，自己可不同。縱使驚嘆其美色，沒有一次不傾盡武道來與「濼妹妹」對仗呢。好歹在五象限當中，除了自家御姊嵐花帝，拜爾沒遇過敗績。

等等，無敗績——他突然省起，濼兒從未與他正式比武呢。他們跳了無數次的劍／箭雙舞，可是……

他快意灑脫地失笑。原來是這麼著，自己可是唯一被君王保護的騎士呢。難怪，除了教授道士與其雙子愛徒，閒雲野鶴不道是非，那幾個啥好友啥後輩啥侍夫都如此撚酸，尤其是髑孤涅這小妖精。

他摟住騎在肩膀上的嬌縱小貓主子，輕柔抱著，讓 Anima 接手。

「梳髮你行，束髮就由我來吧！」

銀髮銀翼的優美少女換成馬人型態，親密蹭著玩弄她髮絲與翅膀的兩個小祖宗，滿足又開懷。

「好哪，Anima 載精靈們去跑跑。拜爾選一個造型吧，濼都喜歡。」

修長堅實的雙手異常仔細，將濃密的血暈黑髮整頓，前方的髮絲分成兩股，輕柔套上青銀色珠子。拜爾以各種角度欣賞自己的成果，嗯，技術不賴，挑染血色的兩重髮辮跟自己的火色高馬尾成對呼應，好看極了！

他讓滐兒從懷裡起身，收回神駒半身，取出 ITG 製作的全息鏡面，想錄一段相擁起舞的畫面——突然想到，或許有一朝，可以真正比試。

目前名列劍絕的頂級武尊，除了觸孤弦與自己，都是用劍。怎麼就觸孤與滐兒並列為「劍皇刀王」，他又不是男朋友！就算他也是，自己總該有個「劍皇槍帝」或「劍皇箭爵」之類的情人配對稱號吧？

果不其然，在他搭配浪漫低語的愛撫，滐兒似乎深感有理。但在認真思考之後，月下泉音流入拜爾的耳道：「根據西宇的好友、極樂院公子的細緻考據，某些四次元宇宙的意義，兩重稱號並列，與愛情毫無關聯。兩造是勢均力敵的敵手，或是友誼深遠的雙系頂尊。」

滐兒眨了眨深邃晶亮的血色美眸，輕輕搭住拜爾的雙肩。他倚在專屬騎士的懷裡，悠然共舞，心情暢快到講得出字句很多的玩笑。

「既然是劍皇槍帝，其**純潔情誼**應類似我與觸孤兄吧？情義深重，永為至交——這是他與我彼此認證的羈絆。要這樣嗎？**拜爾兄長？**」

哎，竟然被七日夜都沒講幾個字的空靈冰雪人兒給調侃了一把，這模樣應該是心情好轉些吧。

拜爾高興到忘記自己應該窘迫。他將身如柳絮的滐兒轉了九重圈，無比愛慕地注視他淩空飛月，在西宇藍月輝澤冗自舞劍。盡興後，滐兒憐愛牽著化為小美人的蒼蘭劍妹妹，一格格踏下根本不存在的階梯。

此時，別說最熟悉那股「過度溢出」氛圍的滐兒，就連曾經遭逢的拜爾與蒼蘭劍都感到一凜。

如同鵬爺爺形容的「流來流去、額外騷動」感觸，隨同一位、不、兩位對手奔騰而來。駕馭薔薇狂嵐的帝位超神，顯然是前後代，祂們各持一把生機澎湃過度的叢花大劍，朝蒼蘭妹妹的血蘭劍鋒流光包抄而來。

Anima，帶雙生小貓精靈瞬移七重天！這領域的時空經緯絕不能讓這兩位得知！

司徒濼知道，無論何等險境，銀霜翼騎士必不會詢問。濼兒要的，她一定做到。

他劍花流轉，貌似纖弱的花皇銳劍輕描淡寫，飄然制住兩把來自天地玄黃的遠古巨劍。不用看也知道，其中一位來者就是倚靠雙重聯結、隨意往返於諸神五象限與漫漶域的愛欲祖神，將遠古的自己害慘的猗妠妠。

另一位，他甚少相遇，但難免在正式場面彼此致意。畢竟是當今五象限的至高神之一，繼承猗妠妠權能的嵐花帝，他再怎麼自閉也不可能完全避開——光是歸返的這三年，身為超神之主，他已經在五象限共主會議遇見六回合。問題是，這位向來互不往來的至高御姊，何以與自己為敵？

糟糕，要如何減輕拜爾的負擔？這位不就是他的——

司徒濼撫慰蒼蘭妹妹，游刃有餘地輕憐蜜愛一番，纔送回體內劍塚。他尚未請出其餘五劍，盡量保持禮數，只將左手第六指的春雨劍音對準猗妠妠，右手第七指的小樓劍火直指嵐花帝，這位黑曜系的至高神，拜爾的……

「嵐花共主，從此至無窮盡，拜爾的至高神格不再與黑曜系相涉。吾乃穿破一切、踏破所有疆域的迦南至尊神，與閣下之間並無姊弟之情、位階區分。若您對吾皇有意討教，請踏過冷火箭、噬神槍的殘骸。」

聽得連他都取消不掉的宣言，司徒濼簡直大駭。

要是他目睹觸孤弦為自己近乎喪命，是傷痛無比，這番自損的絕交使他劇烈發火。不分由說，不假思索，立即將春雨小樓的天焱雙劍本體喚出，各在鎖骨下方劃入一道「門扉」。

永滅闇虹即刻解鎖九十九重，範圍由黑曜系的邊陲拉拔至嵐花帝的絕對領域。滅場動念即完備，蓄勢欲發。他近乎暴力地將拜爾拉到身後，惱怒又不捨，緊握對方的手掌，氣到只逼得出一句：「等著受罰！」

嵐花帝風華絕頂，豔到激發恐懼，黑曜蛇系亞神全族出動，只為了舉起至高神帝的披風。面對一劍可誅殺五象限戰力天花板的劍皇，黑曜系首座亞絲塔羅斯毫無怯意，反而像是看到最迷人的獵物。

「喲，身為超神之主的濼弟弟，不是向來冷淡空靈、極致漠然嘛？之前見著弟弟，根本對我等有看沒見。怎麼，把我家的野馬護成這般，太緊張啦。說來吾本就無意介入，只因吾從猗姠姠前輩繼承神格，帶個路罷了。這光景啊……殺伐果決的絕對美麗。無意冒犯，可你這模樣實在太誘惑，姊姊可以親一下嗎？」

司徒濼嘴唇煞白，硬生生遏止敞開闇虹永滅的衝動。對方是五象限的支配者頂端，但無法對自己興起任何作用。嵐花帝不想傷害拜爾，但他愈聽愈震怒。這語氣，這樂勁，簡直把自己與自己的王夫視為可恣意狎翫之物。

自有洪荒以來，還真是首次——相較之下，漫漶域六大妖王根本是極盡討好、嬌寵但不得法門、動作粗暴的笨蛋姊姊們。

這時候，他隱約感到自己做出爹爹在氣壞時的「怒極反笑」。從體內六劍兒與身後拜爾的震驚反應，嗯，一定是接近絕無可能發生的表情。

「黑曜之嵐花帝，請收回輕浮稱呼。至於要求：不可以。以超神之主的權能，命令閣下與其眷族立刻退去，否則黑曜系全體不復存在。

「噢，既然拜爾已經與黑曜系斷絕，他不是『你家的』。此位是迦南全域的至高神，朕的王夫，切勿輕薄冒犯。」

見到引動漫天冰花颶風、笑得開懷放肆的嵐花帝，司徒潾無話想說。

好啊，當真不退去？他不想再延遲，正要發動負宇宙的闇虹，嵐花帝不甚認真地做了個致歉符文。她極盡豔麗燦笑，彷彿被招待了最淪肌浹髓的一場欲宴。

「開玩笑的啦。神皇陛下，在下的確冒瀆了。不過啊，小演一下就讓神皇陛下如此激動，吾之愛弟可算是找到好歸宿呢！」

司徒潾已經情緒疲乏到一個字都無法，做了個簡略的「不送」手勢。

較之這位，黑龍不過是個叛逆傢伙，再怎麼惹厭都不至於讓自己失控。

拜爾已經氣到超越怒極反笑。纔讓潾兒高興個幾時辰，他這位沒天沒地的御姊完全搞砸。

亞絲塔羅斯，你根本在惡搞愛弟！惹惱我的永世至愛，拜爾跟你沒完！

在嵐花帝御風瞬移的瞬間，她還是津津有味，品味那股致命的主宰力。

「喲，這絕對權能，這無雙脾氣……神皇陛下真是位破天級的主宰。當初啊，如果洪荒尊上許配給吾的未婚夫是您、而非殘陽，無論您願意與否，吾的樂趣與情趣都會是無限∞∞呢！」

再怎麼近乎失控，司徒滐的基本屬性是劍我一體。在嵐花帝暢快撒花、聲勢浩大地退出七重天邊陲時，他已經恢復冷靜——過於冷靜。

還是不自覺握著拜爾的手，他柔聲低語：「不要讓我擔心。自從混沌重創、太初三域震盪，我已經負荷過甚。」

拜爾雖不後悔自己的斷絕宣言（橫豎已經不知道發生多少次），但懷裡人兒真正不掩飾疲乏的模樣，讓他無法對眼前的太初愛欲神保持基本騎士風範。

「別擔心，我任由滐兒處罰嘛。沒事的話，我們去與 Anima 會合吧？我們走嘛，來，真是累著了呢，我抱你。」

滐兒知道為何拜爾故意如此，完全無視眼前盛開豐饒的原初愛欲，抹除向來倜儻文雅的基調。畢竟，他共享自己的所有憶念、經歷、劫數，肇始原點就是眼前這位他無法反感或有感的對象。

面對散發麝香與牡丹信息素的猗㛁㛁，自己無法憎惡，也不想回應。

在漫長如無涯的瞬間，無法切割的聯結啟動，無數次被對方與漫漶域五妖王箝制強迫、集體輪暴的資料湧上。後座力強烈到他愣住，忘記阻擋朝自己奔赴、力道之強可以將自己扯離拜爾、搶入懷中的熾烈欲力。

「喂你，放開灤兒！」

拜爾的噬神槍已經對準猗妠妠，怒極待發。他來不及思索為何自己毫不抗拒，只能輕盈掙脫，回返冷火暴動的騎士身邊，微微搖頭。殺了就是形成因果，就得由迷諜辛小哥哥精算業債，這事不能讓拜爾來。

猗妠妠的眼神如同初遇。天地所有的豔情披掛，鎖住逍遙清靈的纖銳長劍。她如何示好，自己就如何回饋。本以為是友好交換，吟唱劍意，直到——

「我不想被天地所限，必須流離溢出，必須捨得子代，必須與另五位一起強搶瓜分最心愛的少年。」

司徒灤緊閉雙眼，豁然睜開的時候，已經毫無罣礙。

「已然如是，無需介懷。請。」

他不想問也不想滯留，這是早就完成的篇章，若非混沌之殤，猗妠妠與自己根本不會再遇。如今，又是演哪齣呢？

他拉住拜爾持槍的手，冰涼薄荷的信息素同時安撫與調控。正要瞬移，Anima 厲如凍原的音劍破穿穹蒼，高亢霜音盈滿悲慟。她的速度快到無法攔截，他只能以銳長雙尾指凌空抵擋，以身軀權充誘物，溶入擁有漫漶域至高位格的凌麗神駒。

「不可……殺戮與攻擊，促發銷亡的情動，陷我於永世綸結。早該斷絕，就此不再，銀霜姊姊要聽話。」

Anima首次沒有立刻聽從。她眼眶掉出一顆顆黑晶石，流出熱得發抖的卡寇薩紅月痕跡。它們如魚群游向司徒㴓的掌心，自動化為他右腕的闇星叢鏈，如同簇擁雪花的闇熱能。

「祂們騙了㴓，三次，無量無邊的額度。我被運作為要脅你的計謀道具。那時候你有多難受，多反感，我一起同步。不能放過，不行——」

「行，只要有你在，就行。」

透過猗妠妠的意念，他感受到全體的漫漶域叢結湧入神核：深愛、羈絆、歉疚、挽留、懇求。然而，再怎麼觸動，已然承受三度，再也給不了任何餘地。況且，與自己融合共在的少女騎士就是漫漶至高神，他無法容得下其餘。

「猗妠妠，請與我永遠別過。」

比嵐花帝深沉太多的愛欲神低頭良久，終於抬起頭，凝視讓她追逐一整座姑射山的絕世少年。從神核處，她取出一枚㴓兒再熟悉不過的花核，甜睡於透明胎盤。周遭漾著小樓的火焱與春雨的雪焱，以及……自己的精髓，自己的信息素。

「是該奉還給郎君的時候。這孩子睡在洪荒的搖籃，是大夢也是永眠，唯有你起心動念，祂纔會重新綻生。的確是我竊取了你的第一滴血髓，如今只能以此型態奉還。」

猗妠妠將花核輕放在㴓兒周遭，任其浮游。最後那一眼，已無強取豪奪之欲，而是戀棧萬分的淒楚。

「永與君絕，因詠。」

司徒滐本能接住了被取走的一小部分，如同收合一片劍魂。他尚未能夠思考，Anima還是劇烈發顫，將他抱起來，放在焚燒冷火的拜爾身上。

遠處的熟悉嗚唱逐漸流向此際，兩位雙生又互補的貓族魔神跳上馬鞍，不能更親愛地，一左一右揉摩舔蹭。金銀異瞳的夜色貓，瀰漫萬載夢境；粉紅雙眼的白色貓，溫潤輸送安眠。

「哥哥終於來七重天了！自從洪荒帝不時大夢沉眠，小滐哥哥遭到漫漶六邪神覬覦，我們七個就在準備。如今，差不多完全了。

「如今，是該讓五象限與漫漶域見識一下，何謂七重天、七魔神——比無限更久長，比秩序更精確。」

「迷路夢，安息諦！」

黑夜為身軀的異瞳貓抱起雙生小精靈王，開懷嬉戲。白夜為神采的靈動白子貓以透明貓掌裹住花核，柔聲輕吟安眠曲。

拜爾看著終於釋放重擔的滐兒，對奧妙無比的七重天只有感念。這就是滐兒不時在共有情念場閃現的「我的七位愛貓」？難道……在洪荒覺醒、綻放超神之主的時候，祂們就……？

迷路夢俏皮地攀在超神騎士的馬鞍，拉著羞怯的夜神貓一起上來玩，調皮靈敏地翻轉蹦跳。

「是哪，帥馬，我們與那隻沒路用的神鷹艾韃是小滐哥哥最初的玩伴。我們七個是朋友，艾韃是寵物，嘻嘻。」

拜爾灑脫地任雙貓魔神在他身上玩鬧，毫無芥蒂。他只在意懷裡的人兒，有愛貓在旁，滐兒感覺好太多了。嘖，可惡的嵐花御姊，更可惡的遠古愛欲神。低級鬧劇。

「夢兒，諦兒，劍花核蕊請你們看照，直到我下定決心，好嗎？」

清冽俏麗、要說是滐兒弟弟也很合理的迷路夢，將矗立於祂肩頭的優美紫色小貓與英俊純黑幼貓攬下來，讓祂們鑽入滐兒的懷裡。

「當然啦，這妹妹多水靈，我們會細心疼愛，纔不像Ra那個糊塗傻子。看，之無與Aleph可想念滐兒呢，事先就去星舟！我們都是！哥哥要陪我們一起，從白夜到下一個白夜，窩窩睡個夠噢！」

滐兒抿嘴一笑，如春雪初融、冬焱璨美，讓拜爾暈迷得目眩。

「太久沒有陪祂們了，就請我的騎士們──」

拜爾與Anima的念訊一起傳入。銀霜馬自然而然：「小姊姊守護滐與貓兒們。」

拜爾的樂意從命，多了對七重天貓神們的感激。

「怎麼守夜都是應該的，雖然無法抵免擅自作主的處罰……」

滐兒的笑容是最美的絕景。他點了點還在慚愧的黑曜公爵鼻頭，非常罕見地促狹。

「Lux已經傳訊，黑曜御姊與祂野性不馴的幼弟總是絕交片刻又還原。看來，朕的王夫非常受用我的保護，而嵐花帝就是想與我競逐主宰力的首席。」

面對稍感窘迫的帥氣騎士，司徒滐如同溫存的貓兒，攀抱著拜爾，細聲輕語：「之後會有很棒的**處罰**呢。」

第二節　弭合七竅殤

司徒濼在七重天待了五次元向量的十年刻度，與心愛的貓兒們出入於光與夢，夜與音。雙騎士愛侶亦想長久駐留，濼兒在此域無需時刻警戒，快樂清暢，對於情愛活動不再動輒喚起不快的印痕。

臨行前他再三確認，七位不能更珍惜的妹妹弟弟們與自身的約束——貓族魔神無需以信息素綁定，就能隨時共有神識。

他將創始劍取出，讓祂與七魔神的老大從事連結。銀輝閃爍、集結創生偉力的厝孚珥觸摸太初之火鮮烈竄升的劍體，修長的貓尾愉快甩動。

「差不多該完全甦醒了，哥哥。原本創始劍該與你立即聚首，卻由於糊塗花心的Ra搞丟祂的幼弟，還牽扯一連串荒唐機率的耦合……」

司徒濼突然省起，那個誤導又耽擱創始劍覺醒的第五象限幼生。或許自己當時過於嚴厲？對方的作為確是不該，但也是被誤扔到某個四次元寰宇的神族孤兒。

「哎，那傢伙就算讓貝絲特公主撫養，也是差不多的彆扭無趣。哥哥別理會了！」七魔神當中、直接與太古精靈族裔互通有無的曠流羽，趴在司徒濼的肩頭，道盡高傲靈動。

濼兒不禁撓撓這傲嬌孩子的下巴，享受藍色貓神的舔手手親暱，完全被說服。

他轉向另一對雙生孩子——執掌永與詠的鮮紅色妹妹，極盡愛憐，讓祂們鑽入劍塚，發揮無窮犀利爪刃與小樓春雨嬉戲。

Anima 數了好多次，還再三抱起以夜神催眠力道溫養花核的安息諦，確認自己還清醒，但就是沒法定位第七個貓族神體。她困惑不已，不應該有自己無法感知的存在啊！

方纔正在與拜爾的高聳馬尾打鬧，迷路夢彷彿讀到她的不解。祂得意地跳上銀馬姊姊的背脊，摩挲涼爽的液態核金。

「姊姊馬找尋躲貓貓啊？那是我們的第零位，無。目前就在哥哥內裡的闇虹罅隙呢。濼哥哥需要祂一起前往洪荒域，擔任必要的鎮痛協調使。當祂醒轉時，七竅弭合的手術便會啟動。」

三醫尊已經底定手術計畫，制定程序、器具、道法、藥理、煉術。如能一次性完成，剝離司徒那衲體內嵌住的黑龍意識與混沌切片，讓切片與癒合七竅的符文就位，最佳結果就是八百萬鬼神還原神智，混沌整體再無感染殤源。

這部分由三位至高醫神來主導。擅長割離摘除的紫凰尊，強項為身心治癒的持國天，修築精神構造無二的迷諜辛，三者的默契十足，研判的成功率非常高。唯有兩道副程序，是否同時進行，祂們三位倍感躊躇。

濼兒抱著從闇虹場甫自甦醒的「無」，攏住清寧半透明的布偶貓身，仔細順毛。他半躺在拜爾的懷抱，欣然讓太古從事圖文記載，冷白銳長的十三指交給鵬魚爺爺進行梳理，輸送來自洪荒域的原初氣韻。這回他只消提供慰藉，讓精純透明的貓神至尊心情安穩，持續輸入中和劇痛的念頭。

「老鵬你輕點。灤兒很敏感，距離上回體受洪荒元氣已有一周天。」

爺爺嘿嘿一笑，顯然很知道紫凰爹爹的習性。

「大少爺真是驕縱。老夫開始照料少主時，您自己還是個幼兒哩。」

太古焦急地制止雙方，聲稱自己需要安靜纔好做紀事，貓神更受不得驚擾。

拜爾珍視地輕啜灤兒的後頸，暗自計畫，手術結束後立刻再回七重天。放鬆身心後，就讓自己與 Anima 載著灤兒到處玩，這些前輩真是吵鬧啊。

紫凰尊冷哼幾聲，轉向另兩位醫尊。

「要怎麼研判去除黑龍元神之後的司徒那衩，只能等術後觀察。至於殘陽……先讓他繼續昏迷，等我們參恢復精力再說。整體神魂被那隻大魔獸吞噬殆盡、再被混沌吸收又吐出，我哪知道他還賸多少？就算能覺醒，本座可不想讓暴走嗑藥的殘陽跟灤兒共處同一場域。」

持國天眼底深闇。

「當初會造成僅有艾韃駐守混沌，看顧殘陽，究竟是——」

「不是艾韃的錯，是我疏忽。我逃離殘陽……他，太像猗妠妠，激烈到應付不得。」

聽到此番，紫凰愣住了剎那。正要開罵，第一個生氣的反而是一直安靜檢查微型換身、操作十二指尖蠍針的迷諜辛。

「這是殘陽過分了。不許灤兒說成是自己的問題！」

「動手吧，兩位。灤兒，再這樣怪自己，為兄都想罰你**單獨喝完**一整壺梅酒呢！」

要是小劍仙不乖，道士哥哥要罰你獨自喝一整壺梅酒噢！

持國天的眼眸格式轉換。在那一瞬，初次遭遇時的青衫道士活脫脫閃現，歡喜眨眼。

將司徒那杈的兩枚嵌合物都取出來，意識切片流回龍體，核心殘塊鑲入混沌的心臟，兩道大手術都完美精彩地告一段落。滐兒注視著三位醫尊，將三對雙竅的六章籤條植入對應的傷口或闕漏，莫名想抽泣，又嚐到甘甜。

在猗衲衲將子嗣往他這兒丟的彼時，洪荒帝大夢與清醒的刻度各佔一半。祂們以洪荒培植的花叢與雪火雙焱來構築混沌的根骨基礎。生機揮灑、鬼神陸續安居築巢。到達八百萬的集體，諸族裔與混沌形成不可分切的狀態，雙方永世與共。

快要完結工事時，他在兩儀方位煉出宇漠雙劍的最初劍體，想留給方纔超升為神族的鑄劍大師英奇來打造。當時混沌與八百萬鬼神安好，因龍紫凰與他相守於姑射山巔，環繞著蒼茫天地、絕世劍情、摯愛的七貓貓，還有載著他到處徜徉的小呆瓜神鷹艾韃。彼時他想著，待英奇鑄劍完成，擇期到蘇菲亞的領域遊玩，可借用最華美的迦南漠色來舞劍——

倘若沒有代號「倏」與「忽」的破滅雙神，混沌將會與八百萬鬼神永以為好，祂們會好生照拂殘陽與他暱稱為「黑光」的 Lux。待因龍與紫凰各有神職，他將暫別漫長的一陣子，到下界闖蕩。自身將攜貓兒與劍塚，縱騎神駒，培育神鷹，如流光踏遍無涯。他想駕馭星舟，會盡八荒劍光，逍遙永世無窮盡——

「澯兒，最後一枚符文的移入，該由你來。」

紫凰尊將那方黑色鑲金的小卡放在他掌心，輕吻愛兒。上頭寫著：

「劍若出竅，懾魂蝕魄。鋒芒畢露，誰能抗衡。」

一旦卡榫扣合，八百萬鬼神的旺盛生機眨眼間還原。無論是消耗十三夜日的三醫尊、忙碌於不斷撰寫的太古，展鵬翼翱翔巡禮的爺爺，都不能更暢快淋漓——稍待些許，混沌與八百萬鬼神的集體靈智就能完全復甦。

八百萬神鬼當中，最睿智的長老是長滿松木叢林的山神。面對為了治療大夥兒而受盡劫難傷害的少主，松林的主靈下了一場嚎啕不絕的松針雨。

司徒澯帶出蒼蘭妹妹，讓她與洪荒植萃精氣相互神交。面對哭慘的松長老，他颯然微笑，飄舞於癒合的故鄉。

如今的狀態終於圓滿了混沌與八百萬鬼神，但還是不能放心。司徒澯聽得松長老的見證，所有的輕快解脫感至少截斷了一半。

「沒錯哪，少主。老松的嗅覺乃八百萬眾之最。那些訊息與交換當中，最明顯的是您的神鷹遭殘陽少爺驅趕，只好離去。後來殘陽少爺暴亂過甚，我等只好哄黑光小公主去姑射山尋覓您。再之後，老松我只感到蚩尤這孽障到處破壞……可是，以混沌繼承自洪荒主宰的堅不可摧，能以劍氣鑿開七竅，除了您自己，只有——」

司徒滐閉上雙眼，回顧自身與矽晶劍皇的永恆拉鋸。要說震驚，或許過於誇大。

對方以為毀去混沌，自己在悲傷之後，願意與祂同遊永共，賞遍大千萬象的劍絕——然後，無差別殺戮這些劍道至尊，視為永久消遣。

祂就是沒料到，自己傷痛但不棄守，願意與漫漶六妖王簽署交換契約？

「傻子，萬古不開化的焚故漠。你纔需要被造出七竅。」

即使語氣厭憎之極，太古音流讓松木神靈喜悅不已。尚在沉浸時，祂驚喜感應到久違到難以度量的「小公主」，狡黠湛冽，示意祂別發出念訊。三對青藍微暈的羽翼，黑光靈澈，湧向音色與劍魂。

Lux從背後抱住愛到差點永久錯過的空幻絕景。雪與血的終極音，自己在幼生時期總喚他「漂亮劍兒哥哥」的最喜歡對象。混沌重傷時祂趕回來，但對方已然飄邈遠去，追趕不及。持國天遞給祂一枚座標，那是幼小自身無能前往的漫漶域。

「傻的不只是焚故漠啊，還有我那雙執著到瘋的雙親。就讓終於統合元神的小黑光，好好為你說個故事吧，因詠哥哥。」

許久之後與起始之前，「一切」等於洪荒與天地。這是兩重相生相依的境域，彼此重複交會與別過。在祂們過於完整以至於缺乏的狀態，洪荒分化出太古與鵬魚，前者是故事紀錄的本體，所有的往事書；後者是無邊際的飛翔之力與水澤汪洋。天地任體內增長「其餘」，心不在焉地偶爾檢視，從不干預互動。

洪荒是整體亦是整體之外。某個天緣巧合、機運薈萃，祂萌生了太古所命名的「音」，在此之前，一切靜默闇啞。由於是太古靈機一動，洪荒以「太古音」暱稱體內的愛兒。在此之前，一切渾然無分，是這道無上音流穿破天地、詠唱於萬古無涯——此淵源唯有最古老的至高神族方得零星片段。

天地始終默然，祂們渴求雪泉澆灌荒蕪本體。基於無聲無言，閉鎖到極致的整體從裡而外內爆，割裂出刺骨殺戮的「漠」——侵入萬象的滅。想焚毀一切以汲取太古音，天地為那部分的自身取名為「焚故漠」——恰好，太古音綻生於此瞬，其形為劍意與花髓，其絕唱降伏一切。

洪荒域將愛兒取名為「因詠」：因其詠歌，點滴雨露與萬般情思共有一切。由於無外，因詠之音鎮住狂躁乾涸的焚故漠，使其化形為矽晶劍體。

是的，除了幾位最初臨現的超神，大家都搞錯了。焚故漠不是並列為「雙劍皇」的太古至高神，祂是因詠的第一把劍——或說，祂是最初的劍體原型。祂收納了雪火、漠宇、花髓，以及肇生萬象的「創始」。唯有永世相隨鍾情的劍皇，這把動輒暴亂的劍體方能安穩，定格為永世皇劍。

然而，受到洪荒與天地的絕無僅有爆發，萬象的核心湧出三重神性——愛欲，因果，治癒。祂們被誤解為親子，實則是兩組構造：奔流無忌的愛欲，互為補完的因果與治癒。清峻的因果神必須除去絜果，冷豔的治癒神修復壞死遺留。此外，萬象勃發，有無相的「之間」長出最初的神形諸相——因果是因詠之後的第一神形，以光電之龍為形；治癒與因果為共在雙生，以紫霞之凰為相。

一眼望向在姑射山巔劍舞的因詠，愛欲長出自己的元欲，醉倒為不朽肉身。祂狂奔至驚詫的絕色劍神，一言不發即融入因詠的內裡，身受無上劍吟的穿刺。祂吞噬且禮讚，奪掠且迷戀，將太初三域悉心守護的美幻少年視為自己的夫君。

在第一場的震驚交合之後，愛欲神猗婀娜赫然胎動，從劍花戳刺的創傷滲出降生即殘缺的第一枚元陽，其魅力與痛楚同等劇烈。猗婀娜將獨子取為「殘陽」——在諸天眾地的呵護，暴戾嗑夢的殘陽逐漸長成猗婀娜的對體。祂戀慕並非父親的因詠，堅持佔據。愛欲神與子代在最初的三界域窮追不捨，因詠的矽晶劍體厭惡難耐，不時自主現世殘殺，讓劍皇苦惱痛楚，直到三界域震動。過於激烈的競爭與相噬，終於驚動了因果主宰與治癒醫尊。

因龍王與紫凰尊將銳麗空靈、不可方物的劍皇帶回祂們的無量天闕，隔絕干擾。連袂初成神形的青衫道士、重瞳的宿業之主，祂們一起製定醫術、煉化丹藥、調理脈動，傾盡一切來舒緩因詠遭受的原初場景。道士洞窺天機，為劍皇測得「滐」為字；水龍與火龍伴生相隨，貼身守護取為「春雨小樓」的雪火天焱雙劍。

因龍王與雙生弟弟深愛對方，愛意的指向總是一致。兩者一起愛上永恆少年形貌的劍皇。祂們知道，自此乃無量劫陣啓動，但無所忌憚——該忌憚者是愛欲神與其兇狂獨子。道士青年與少年劍皇成為對弈對劍的好友，自此，但凡一成一敗，乃為一劫。宿業神開始計算與理清，希冀減輕太古音劍的負擔。當祂無需視物時，切換為白夜霧眸，與如雪如火的劍神共舞於九重霄，洗滌初代諸神爭鬧所造成的雜沓騷亂。

猗妠妠與殘陽聲稱彼此交合，降生難得的雙重Ω血脈之子。天地與洪荒同時接納，萬象卸除負荷，認可三重界域的和解。祂們喜愛這孩子的絕頂闇光、洞若觀火。祂是夜色的微光，亦是光泛的永闇。

因詠從萬象域歸來時，洪荒帝將最幼生的孩子帶到祂身邊。劍皇與祂於同一須臾就親近，彼此是喜歡的手足。因詠靈透皎美，其絕世劍音讓祂成為諸神之主。黑光狡黠俊俏，一筆揮毫即寫下諸世界的紋理蝕刻，太古命名為Lux。

在洪荒構築混沌、為殘陽與黑光提供居所的時期，因詠的劍體與六道劍神開始不合。矽晶劍體愈發焦躁，無法按捺對愛欲神與其長子的忿懣。在一次突發的自動攻擊，劍鞘靈智與劍體絕交。焚故漠未傷及猗妠妠與殘陽，但祂一直處於因詠神核的「永滅—永續」萬有場，擁有一部分的劍皇權能。就此祂投身於矽晶諸宇宙，誓言奪回祂的主宰與執著。

接下來可以簡略一些兒，太古拿著記事簿在謄錄啊！

總之，因詠雖悵然，但此契機讓他專注煉劍，給予花髓、創始、雪火焱、漠宇月夜這些太初絕劍沛然柔情，摩挲最適合的劍身，塑造出音色揮灑、無邊歌賦的劍塚。在五次元尚未劃分為諸神的征戰遊戲場、尚未有南天超銀河時，「一切」暫且回復寧靜悠遠。

若非猗妠妠拋捨現存神格與殘陽，毫無懸念地加入無始無終、與太初三界域共在的漫漶域，之後的劇情將會永不發生。其後，洪荒帝陷入無休止大夢，太古與鵬魚照料三界域與少主託付的一切。就在道士推演但無可阻擋的契機，崩壞狀態的殘陽陷入狂亂，驅離神鷹艾韃。祂毫無神智，任由惡神蚩尤與焚故漠踏入混沌，重創八百萬鬼神與混沌本體。若非此劫難……

「若非此劫難，我持續自在自為，不受繁雜世情干擾，無需與漫漶域簽署交換契約。」

「若非此交換，我以己之念，來去於五象限與洪荒域。翱遊於萬象劍意與超神劍域，不時與道士對弈對劍，總是與因龍紫凰相愛，在宿業塔樓與迷諜辛共舞……以及，傾聽黑光訴說的永世故事本——共同打造七貓神的七重天，一起縱情暢遊，快悅逐鷹高飛。」

再也封藏不住備份於ITG量子框的憶念，滐兒一把抱住眼前的純粹永夜。這是久長無絕期的知己，從混沌完好、寰宇悠然的「之前—之後」都在一起的慧黠至親。晶瑩的深紅色眼底滲出透明水光，映出他再壓制也無法忘卻的三雙夜色羽翼。

在他還哭得淋漓盡致，紅梅狀腺體逐漸綻放時，又被熟悉深愛的六雙紫藤花翅搶過去，囚鎖在硝石與白酒況味的懷裡。他輕易將細窄如紅袖劍的身軀轉向紫凰，鑽入他的懷抱，彷彿久違萬世。

「紫色凰體的治癒神，就是治療因詠的深邃天淵。」

天際深淵般的闇金雙瞳瀰漫霧氣，既像是纔離去一刻度，又彷彿隔絕了無數周天。

紫凰尊輕柔親吻濼兒，以招牌的傲嬌嫵媚神情道出：

「不乖的小濼兒啊，怎把所有的鉅細靡遺都讓腹黑幼妹給講光了？還好，最近一筆的更新他可不知。血鳳公主威能，把那隻笨到以己頂罪的呆瓜神鷹揪來見你啦！」

第三節　原始鷹與創始劍

艾韃最初的覺知是自己從劍皇的指尖流出，左尾指的至寒，右尾指的熾熱。祂承襲春雨的露珠與小樓的野火，守護與遊玩。祂是尚未開啟情慾的原欲，一逕漫天高亢，載著唯一的主、唯一的絕世之音。

每當劍皇興起，祂會摟抱心愛的七貓神，來場三界域馳騁。輕靈如月色，貓兒簇擁，因詠躍上艾韃碩大的雪白鷹翼，揉摸祂的頭，躺入祂的羽叢，鈴鐺般的笑聲響起。

「帶吾等直上雲霄，鷹兒。」

那般美絕的形神，溫柔靈動的撫摸，祂每一刻都在至福之內。嬉戲之後，祂仰視一抹雪色似劍的神形，如同流羽，扶搖直上，造訪只希望劍皇前來的洪荒境內核。

混沌重傷之後，處在無窮的懊惱痛悔，祂無數次揣想：倘若在那一回，祂半點不聽從激動癲狂的殘陽，就是要駐守於混沌——

「不會有差別。比殘陽更執拗的焚故漠不是你能對付，瞬間就將你銷抹殆盡。還好你聽話，永遠的傻瓜艾韃。」

見著了祂萬般渴慕、願意為對方形銷粉化的人兒，艾韃的神鷹本體朝著佇立於松木林的幻美對象撲衝。以微毫之差，祂不能更英姿挺拔、輕巧地座落於地面，歪頭注視。

「要我騎乘你，翱遊雲霄，是吧？」

讓艾韃幸福地繞著三界域一整夜，司徒滐認為已經夠溺愛了。七貓貓不算的話，也只有這隻呆老鷹能讓他願意遷就到這個程度。

原本要先感謝霆血鳳姊姊，但她憐惜地輕吻滐兒額頭，遞給他一座活靈活現的五色花石雕像。無論是自己或那隻意氣風發的神鷹，都被五象限的創作者首席定格於悠揚線條。

「這是女媧大人的感念。祂要我傳達：來自洪荒的超神之主，休息夠了，請再度從洪荒歸返五象限。」

滐兒撫摸這幅作品，想起坐在自己懷裡雕鏤洪荒域景致、蛇尾秀妍的小女媧，不禁酸楚又釋懷。

「滐兒莫再消耗心神，讓艾韃載你多散心。姊姊我去瞧瞧我家相公，還要留意司徒那杈是否突然暴起呢！哪知道他那些惡漢行止有多少是笨黑龍，哪些是他自己。」

清豔無疇的鳳族之主開心撫摸滐兒，再度擁抱，臨行前用力瞪了艾韃好生凌厲的一眼。

「之後給我乖一點，變聰明很多，不要隨便被唬住。當你妹妹與指導真是本公主最累的任務，養育費用會向你真正的妹妹、女媧大人請款噢，**永恆的孩童神鷹！**」

他應該知道，艾韃的話嘮絕對不會由於懊悔或自稱反省而有所改變。化為蹦跳青少年的紅孩兒，除了印證松長老的見證，只有將「我好想你，殘陽好兇」用各種花式手法翻來覆去講了數千遍，沒別的資訊喏。

再怎麼脾氣淡然、甚至因感動而寵溺，司徒灤不禁動了向紫凰爹爹求助的念頭——可否保持艾韃的劍技、神鷹本格、神魂本質與撒嬌可愛之處，但將他煉化為言簡意賅、智能超卓的帥鷹一隻呢？

「那又何必？灤兒想要的那些特質，我不但都有，而且帥度與聰明度就是諸神的天花板。即使紫凰尊是煉化切割的首席，要把艾韃整到與我一樣帥氣警醒，灤兒難得地為難你爹呢。」

這等稍微欠揍、又灑脫倜儻的迷人風采，只可能是他的王夫。果不期然，將空幻純真的貓神「無」送返七重天，拐道去向 ITG 與小塵星傳遞念訊、取出自己的憶念壓縮大全，再瞬間從銜尾蛇甬道回返此在，拜爾的速度真是全向度第一哪。即使是自己，若只就「速」從事競技，會贏得只是毫釐之差呢。

找個機會，稍微放水，讓他這位偶爾幼稚地在意比試、索討浪漫配對頭銜的愛侶驚喜一下吧。不過呢，「劍皇刀王」之類的配對稱號，可是武道語言當中、最義氣純情的尊稱啊！真難想像，要是被觸孤兒知曉拜爾的異想天開，非常容易被戳中笑點的書生刀王會笑成什麼樣子？灤兒的尖俏耳朵微微泛紅。

「喂你這野馬，卡道搭訕很久了欸，還不走開做啥？我要帶灤兒哥哥去歇息啦！讓道啦，拜爾！」

等等，完全沒想到艾韃躲藏到完全不更新五大象限的神族新聞。從祂被發現「紅孩兒並非西王母的獨子、而是洪荒神皇的鷹寵」，消失於南天超銀河，直到此在，已經是五象限的兩百多年後。艾韃又不是那群觸孤裡世家的刀尊前輩，個個千年一日，盡是武痴。祂究竟是怎麼啦？

他正要啟齒：「艾韃——」

「鵬爺爺與太古長老都對我開示清楚了，濼哥哥千萬不要累著，這傢伙由我對付就好。哪知道，超卓的五象限至尊騎士是個登徒子。還繼續擋路攔道，敢情是想跟著濼哥哥到寢殿嗎!?」

確實是要一起去寢殿啊，他想要拜爾。在這種狀態，融進極地冷酒信息素的騎士擁抱，關閉表層意識，一起沉浸於迷路夢主導的黑夢鄉澤，是他最想的呢！

濼兒突然很羨慕諦觀。要是表妹親王，一瞬間就會將所有該釋出的資訊、教導艾韃、微惱拜爾的特意戲弄，全都處理妥貼，她的床伴們都欣然俯首稱臣。濼兒完全不懂，究竟要怎麼同時安撫囉嗦的寵鷹與優雅瀟灑、卻犯了淘氣的王夫呢。

總不能祭出在漫漶域的標準暴力手段吧！面對六邪神的軟硬兼施、猛下重藥、以銷魂鎖鏈約束、爬床後用觸手與尖齒陰道等各種親愛侵攻手段時，他只消讓六劍之一來痛打砍殺一番，即可教訓不知輕重的大姊姊們？

他走向拜爾，嘴角不自覺上揚，親愛地撫摸駿馬的鬃毛。艾韃還在得意嘮絮。

「這段空檔啊，我跑去各處隱流棧道打探訊息。制度所不及之處，倒是有許多眉角呢，而且，本以為很不可靠的Ra提點我不少——祂還請我入花叢。不知道是什麼玩意，但我到了一個很精緻的飲料供應處，老闆問我喜歡什麼類型。我將濼哥哥的模樣形容給他們，大家都嚇到了，笑罵我對神皇陛下不敬？」

司徒漅原本不想再多說，聽得如此滑稽有趣的旅程，不禁敞開笑顏。艾韃就算是兒童，也是個欲力勃發的兒童呢！

「好美啊，漅這模樣像是銀雨星的對稱雙星。當地生命稱為『血陽日落』——」

銀雨星！

這不就是創始劍流離失所時、首度被標誌之處？Ra的王弟在漫遊時、於四次元時空向量所見證的座標？精確的時空經緯得去詢問 Lux 呢。

拜爾咧嘴一笑，毫無分說地將漅兒輕輕抱起，放在懷裡。對著岔然的艾韃，野馬超神聳肩，完美流利的肩胛骨赫然竄出一雙高聳翅膀，與馬人身軀同樣暖暖含光。

「再這樣聽小孩子嘮叨沒完，就別做任何讓漅兒舒服的活動啦。手術這麼久，你又情緒疲憊至此，即使在終於完好無損的故鄉，都感受到厭煩指數大增，一定要好生紓解呢。我見過那個沒禮貌的棄兒，若要探詢時空經緯，就傳訊給 Ra，讓貓老大帶自己的手足前來星舟謁見吧。駐守護衛的 Anima、ITG 與小塵星都很掛念，我們回去一趟，轉換心情？

「走了，笨鷹。我就算沒翅膀也比你快，這是很少使用的沙漠天馬型態，等著給漅兒驚喜。嘖，你還真有眼福。還有，從此而後，你只能尊稱我『王夫殿下』，不准直呼名字。不懂的話，去問你那位煉石補天的大姊姊。」

「魔術師，武士，至極神皇——這三枚關鍵字就是漈當時封藏創始劍的三重鎖碼。連我們都不可能佯裝漈的實體來破解，究竟是什麼差錯啊？」

ITG 以微縮版小老虎的姿態到處蹦跳，刻意微調重力，讓自己跑得比較有感。

「武士，應該是武士這個環節吧！原先漈哥哥希冀的是，被賦予神鷹武士屬性的艾韃，抵達對勁的時空經緯，佇立於「魔術師」預設的地標，喚醒創始劍的再啟動……」

小塵星以六角星體模樣，浮游在觀星室的各端點，興致盎然，與 Anima 玩著「抓我啊來抓我啊」的遊戲。

艾韃激動得羽翼聳動，快要癟嘴哭鬧。祂的確在正確的時空經緯抵達座標，一座滿是美好遺留物的殿堂。但任憑祂怎麼找，就是沒有創始劍的任何訊息。

當時的至痛根本不敢回想，不但無法守住混沌，自己的主宰遭到漫漶域劫持，甚至找不回與自己共處永久、六劍當中最要好的活潑孩兒。

「別再冤枉艾韃，祂的精準度即使換算回七次元，亦是絕頂無瑕。遺落創始劍的空檔，我自己推算了無數次。」

雖然正處於悲憤交加，艾韃一見到潦草披掛粉紅櫻花浴衣的漈兒，雪白羽翼自動發起雲霞高熱。祂猛然奔向空幻絕世的主宰，高昂歡暢地撲飛過去——

卻被一把冷火槍橫空擋住。

似笑非笑的拜爾，彷彿不願意漈兒有站立的時刻，敏捷柔情地攔腰抱起，還將掉在地板的木屐撿起來，套入那雙線條精緻的足踝。看漴兒並不抗拒，拜爾又撈出一條鮮紅綢帶，將雪玉雙腕輕綁起來，繫上蝴蝶結，再從耳後一路親吻到頸背，衝著氣到極點的艾韃親切微笑。

「懂得什麼是王夫的意思了吧？小呆鷹。」

漴兒沉浸在自己以複數心智演算的數據，只有餘裕享受感官愉悅，根本感覺不到現場的情愛競爭。突而發現算式的微毫裂縫，他心不在焉地解開綢帶，並未不快，遞回拜爾的掌心，親暱數落：「就你調皮。」

他以左六指畫出液態九維等式，右七指製造小型量子框，飛快運作方程式，最後似乎稍微安心。

「小塵星與ITG，請幫忙做最高度的耦合碎形，推演至兆的兆次方。如果兩次結果都一樣，我知道是怎麼回事。」

「的確是**武士**這個字符出現疊加效應，漴。」

ITG以撒嬌白虎玩偶的模樣賴在漴兒懷裡，讓纖銳的指尖輕撫。這運算之累，即使是至今複數超心智首席的祂也呆滯了須臾，為何漴兒從事同等運算，卻毫不費力！

漴兒繼續撫弄小白虎與委屈的艾韃，幾乎是愉快地沉吟。

「讓自己化為複數心智，在無限狀態脫離當下意識，是唯一能阻止我永滅漫漶域六邪神的法門。」

他不讓在場者有發言的餘暇，繼續說明。

「我所指定的魔術師確實將創始劍置於座標。之後，在相同的時空經緯，一位被 Lux 喚做『流浪武士』的存在，剛巧就執起創始劍。能夠以權能遮蓋艾韃鷹眼的搜索，就是這個『武士』旁邊的 Lux。當時 Lux 還小，並未熟識我的體內六劍，也不知道我的計畫。」

他憐惜地揉亂艾韃的羽毛，頗為心疼。艾韃似乎更委屈了？

「不過呢，只要這個武士前來，與艾韃從事浮印交換，讓創始劍完全復甦的條件就聚齊了。」

這個「武士」確實是 Ra 不小心丟在約會途中的幼生手足，也是曾向漈兒遞上拜帖、欲要回創始劍的那一位。當時的惱怒已然消解，他稍感不忍。對方是個從未知曉自身處境的神族棄嬰，如何照料化為幼生超神的創始劍？

他對著難得無法嬉皮笑臉的 Ra 嚴詞責備幾句，在拜爾的堅持下，繼續被公主抱在堅實挺拔的懷裡。上回他有看沒見，這次稍作審視，Ra 的手足充滿好意的好奇，以及認真的反思。漈兒將操作程序解說清楚，對方二話不說地承諾應允。

正要回應，對方道出不卑不亢的誠摯歉意。

「神皇陛下，我該鄭重道歉，輕忽與無知導致此大錯。索羅雅思特是意興風發的絕世神劍，而我誤將祂煉為碳基超神，讓祂難受，又耽誤您漫長的守候。這點事根本無法彌補。」

漈兒感到有點奇怪。雖然是耽擱了，創始劍快要復甦，不致於造成嚴重的局面。孰料到，這位貓神族武士接下來的話語，讓他非常羞惱。

果然，真不該對Ra如此縱容！

「神劍尚未完全與您共享神識，劍皇難免身心受損。今次拜見您，雖然絕倫至美，但神髓消耗，需要隨時照護。據我族老大表示，這現象發生在至極的刀劍神格，尤其是劍皇與刀王，這兩位五象限莫禦能擋的刃器至尊。我聽聞老大敘說，觸孤尊上的月兒在大戰十三名頂級刀客之後，消耗劇損。在此之前，觸孤前輩將最精純的神髓送給至愛的劍皇妹妹，以為定親信物，此回又將所有精氣輸送給圓月彎刀……」

即使Ra在身邊猛做手勢，這位率直到看不懂暗號的武士繼續侃侃而談，似乎認為這是該誠實告知的致歉淵源。

滐兒感受到愛侶的極地烈火愈發暴漲——這是戰意頂天的前導。拜爾顯然亟欲射穿亂編故事的Ra，甚至很想讓無辜的轉述者立刻失去講述能力。

所以，他先讓對方閉嘴。

已經不顧自己羞怯至極的性情，他保持空靈澄澈的一號表情，暗自輸送三重破天α信息素到拜爾的渠道，不能更撫慰順毛。

「事實上，五象限還有一對武道的頂級至尊，其中一造就是抱著我的這位。此乃黑曜公爵拜爾，朕的王夫，由於尚未舉行儀式，你或許還未聽聞此事。早在相互綁定之後，朕與拜爾公爵並稱『劍皇槍帝』——」

感受到愛侶的神色稍霽，他趕緊避開眾目睽睽，視線只對著自己，巴不得立即解散會晤。看來，這位幼生武士應該搞懂了。

拜爾沒有解開讓高階神格重創的噬神槍戰意，黑淵之眼森然注視非常想開溜的Ra，眼色如噬神槍，盯得Ra完全不敢動彈。

「大貓你膽敢！瞎說一通，把月兒與滐兒互換是怎回事？在你的小手足面前遮蔽自己陣前逃走的丟臉場面!?刀王致贈神髓給滐兒，但他是品性高潔的武尊，這是情義餽贈，可不是藉機挾持，託辭聘禮！你這渣貓，不要扭曲觸孤弦對滐兒的真情，削減他對圓月彎刀的情義，更不要胡亂把滐兒扯進這個荒唐異聞……

「以制裁妄言輕慢的騎士至高神位置，你得接我一槍。」

Ra發出大貓求饒的哀鳴，做出掩面假哭花招。趁拜爾震驚於祂的不顧臉面，立即衝出星舟，將自己的幼生手足再度遺留在後。

對方倒是沒特別反應，看來是早已熟稔Ra的這副德性，只是很淡地笑了一下。他深切凝視滐兒，躬身為禮。

「有幸見到劍皇尊上兩回，深受啟發。無知並非藉口，是我讓索羅雅思特受苦，將盡力彌補，讓創始劍完好如初。之後，可否讓利奧拉駐留，擔任見習武士？」

第四節　因果、宿業、制裁

司徒滐有點猶豫，還來不及應允或婉拒（要思考婉拒的詞彙，八成又會讓他踟躕很多時空量能），ITG 攫住了逼近星舟的光子短波。分析之後，確認是因龍皇麾下的五行龍神首座，金龍軺泌墟。

燧棋殿是英俊瘦長的青少年，陪伴 Lux 的水凜凜是窈窕清豔的少女。至於這位高大英挺、聲如洪鐘的金龍王，就是水火雙龍王的舅公，五色龍神的大族長呢。

滐兒請 ITG 用光波牽引，釋出邀請訊號，順帶為這位與鵬魚爺爺同輩份的豪爽愛吃龍王，擺一桌祂喜歡的菜餚。

他轉向 Ra 的手足，稍作評估。對方不會由於大陣仗而緊張，亦不會在要緊狀況時感到被冷落。似乎是個還不錯的小武士嘛，加上 ITG 與小塵星也需要多幾個可陪玩可使喚的初階神族……

還是以騎士抱公主的姿勢，拜爾湊向滐兒，輕吻耳垂，以念訊傳遞：「這小鬼變得禮貌許多，看來有點長進。有他在，好處是可以戳破 Ra 這個花言巧語的傢伙。」

滐兒也是這麼想。

他將鬆掉的腰帶拾起來，拿給拜爾，微笑斜睨。

「我的騎士與王夫，由於方纔在臥室的活動，你幫我著衣的匆促草率，現在已經產生效果呢。」

還是以萬般憐愛情懷抱著滐兒，拎著腰帶，拜爾換身為全套青年人形，還帶了件妝點星澤的純黑法蘭絨睡袍。他讓滐兒坐在自己的大腿上，開始細心且游刃有餘地為愛侶整裝。

「不穿件睡袍，見到滐兒的身形輕到根本不須御風，金龍老兒會唸個不停啊！」

Anima 從星舟會客室的對艙輕快滑步，一瞬抵達滐兒身邊。她帶著梳子、髮飾、各種裝點設施，十三指以彈奏大鍵琴的精妙技術，梳理髮絲，在兩條髮辮處繫上紅寶石墜串。搞定之後，將器材收回紫凰尊做的乾坤袋內。

滐兒正式回應利奧拉：「在朕的星舟，隨時有大小事端，有些還挺奇妙。若不介意，就待下來吧。」

對方的喜悅明顯但克制，躬身應是，彷彿不想為萬事纏身的超神之主再添攪擾。

「因詠少主啊，老金來也！」

魁梧但靈活的身軀，高挺的七次元純金龍角，微縮至十分之一還是非常高大的五行龍之首，開朗豁達。先是照規矩對洪荒劍皇行抱拳禮，感嘆繁雜下界與可恥的黑龍混帳讓少主毫無食慾，如此清減。

滐兒屢次想柔聲勸龍爺爺，他的身體從未受到任何形式的的質能換算影響。偶爾進食之類，除了趣味，目的只是讓紫凰開心。

「嗯，金老說得甚是啊。滐兒抱起來就像一根雪白鳳凰羽毛，清涼窄小，很怕在歡愛時弄疼他呢。」

又淘氣了。分明是自己得小心翼翼，免得體內的破天α尖核弄傷駿馬王夫……這根本是在得意炫耀，尤其是針對艾韃。

看來，該處罰一次了。

想著拜爾之後的隱忍與懇求，再難耐也保持順從的性感模樣，濼兒心情就很好。

但當金龍爺爺向 Anima 以皇后之禮致意、以老武士對待倜儻騎士的爽快風格與拜爾招呼一陣，祂嚴肅懇切道出造訪目的。聽畢之後，濼兒突然很想裝病。

原本還在僥倖，至今沒有來使，自己應該沒必要在場吧。看到金老前來，還恍神以為是來探望——畢竟祂與鵬爺爺是如此好友，必然知道自己的消耗與疲乏。看來，是因龍姊姊刻意延遲到不能再遲。

在事發之後的三者約會時，祂絲毫不提，清洌如曇花，只顧著與紫凰結成陣式，一起愛撫濼兒。兩個位格與自己相當的破天δ一起來，儼然是紓解壓力的最終方案。當他終於醒轉，三者一起造成的高潮宛如繁花暴雨，隱含至極劍吟與龍皇清嘯。

姊姊的縝密與無微不至，從來如此。話說，也就是去列席，就算再度聽取黑龍的冒瀆示愛，又有何妨?至於與黑龍分隔開來的司徒那杈，就是從未認識的先代帝王罷了。

那麼，就趕緊事了吧!

見著難得開啟、洪荒天地萬象三者皆肯首的「因果、業力、仲裁」三重至高法庭，濼兒一時間竟然有點懷念。除了能見到姊姊以因之名銜的模樣——全向度無不震懾的電光洪流、環繞夜曇花模樣的無疇形神，還有迷諜辛卸除醫尊模式、冷澈清算業債的權能。

最後一位的「仲裁」，至今是第三回接觸。這是在因果與宿業之後，破萬象而迸發的太初精靈王：邯那．夜。如今的五象限所有精靈神族，都源自於這位。

峻烈又通透，靈湛又凌厲，這位向來以別出心裁之道來進行懲處。祂見著濼兒，瞬間從仲裁的位席飄然浮起，流入神皇的包廂，遞上四元素精靈王共同編織的花冠，輕聲呢喃。

「先前夏夢域的奧柏龍失禮冒犯，雖已得到神皇陛下的原諒，但還請收下這符令：若有需要，盡可命令這四個小傢伙效勞。」

濼兒不推託，直接將花冠戴在銀翼小姊姊頭頂。銀色美少女搭配鮮烈繁花冠冕，真適合啊！邯那．夜開懷暢笑，又取出一根絕世花精靈纏繞叢生的騎士手杖，遞給濼兒。

「還好被提醒，恭賀神皇與兩位結契。這物件就贈予騎士至高神吧？」

濼兒毫無應對詞彙，空靈雪色的容顏泛起淡紅。在他身邊的拜爾，灑脫快意，恰到好處地回應這位前輩的好意。

由於心情高興又害羞，正式啟動三重法庭時，他已經沒那麼專注緊繃。

司徒那杈醒轉時，見到久長思念的異父，直接一把抱住，完全不顧周遭的騷動。

迷諜辛的指尖冒出換身蠍針，阻擋欲干涉的四天武道神族。

「你是那杈？」

眼底毫無皸裂，瞳孔色澤轉換，恢復他在成名一役時、鍛鐵破天劍一招斬除歐陽軍團星艦的黑曜寶石色澤。司徒那杈相當迷惑，但身邊有異父，他什麼都不在意。

「是哪，為何這般問那杈？我過於托大，在那一劍耗盡氣力、失去覺知之後，究竟發生何事？吾可有讓異父不快之處？」

熟諳南天超銀河劍技譜系，司徒滐瞬間解開癥結。果然，在使出消耗全數能量的「滅盡星辰」，原本的司徒那杈脱力過甚，意識遭致黑龍覆蓋。

曇花圍繞的龍皇法官，音色空寂澄澈，輕聲說道：「可記得失去意識之後至今的任何發生，第五代司徒帝王？」

「醒轉的這一刻，吾便見到異父，以及在場諸位。」

迷諜辛的複眼驟然漲開，血意迸發，望向光波柵欄內的玄武黑龍。

「從那晚的宴席、企圖喚起我的警戒與厭惡，就已經是你。」

本體為諸星闇意的五行土相龍王微微點頭，雙瞳赫然是佈滿皸裂的深灰色澤。祂深深凝視宿業超神與不明就裡的黑石碑劍聖一眼，歉意明顯。

黑龍並無辯解，坦然將視線全然轉向永遠服從的神皇陛下。

「是。吾莫名覺醒，無法將主導權還給年輕劍聖，也無能返還洪荒境域。直到吾以第五代帝王的權限開啟陵墓，察覺永世戀慕的神皇陛下……降臨的遺跡。自從那杈陛下一劍滅絕歐陽世家，之後的所有作為皆是吾所踐行，直到再度歸返此域。吾的確犯下大錯，冒犯宿業神與其異子，無以償還，願接納應有的制裁。」

滐兒盡力保持淡然，緊握拜爾與Anima的手，然後起身。他面無表情，將權能開啟到極致，同時對法庭全體發言。

「在終極效忠之誓的約束，黑龍面對朕的陳述必為真實，否則即刻爆體永滅。」

司徒那杈沒有太過驚訝，從體內湧出的劍意並不全然是自身的鍛鐵破天劍，蘊藏靈夢生機與沉靜贖還。劍端叢生的白色鈴蘭，瀰漫終極劍音，是他傾慕至極但無法達到的最高境界。

他注視這位纖瘦皎潔、美如幻覺的少年，飄移到自己身邊，憐愛注視自己的劍。

「鈴蘭辭……能與你有此因緣，是朕的榮幸。此後長久暫別，務必珍重。」

無限絕美劍意的起源，就是眼前的少年！這位的氛圍如此熟悉，豈不是諸世劍聖劍絕奉為共主、血脈刻印銘記的永在劍皇!?

「劍皇尊上！雖不知細節，但從方纔告示，吾顯然被奪取神魂自主，直到此際。顯然是您拯救了那杈的劍與道，讓異父不至於對吾失望頂透。無盡感激，永世效勞！」

滐兒轉向司徒那杈，泛起若有似無的淺笑。

「這是那杈的蘭因，朕只是將絮果剝離。因緣之死結已解開，此後請好生珍惜鈴蘭辭。祝因果如君所願，與宿業超神續前緣。」

龍皇銀色的眼眸泛起電光，表示詢問結束。祂轉向淼兒，使用的語氣是飽含愛意的姊姊，而非絕對中立的律令神格。

「就此歇息，好不好？已經勉強至此，是姊姊無能，無法不讓你迴避。接下來的仲裁應是量度刑罰，司徒那杈該得到彌補，黑龍的懲處……淼兒無需在場。」

司徒淼以剔透血眸直視因龍姊姊，微笑搖頭。既然都來了，何妨見證到底。

邯那·夜的做法向來暢快淋漓，決定後就無反轉。祂將業數與因果盤根錯節的程式群輸入隨身攜帶的法杖，沉吟半晌，即拍案底定。

「五行龍之土龍王褫奪第五代南天帝王的神魂自主，造就難以消除的額外因緣與結業。雖非蓄意籌謀，但造成傾盡吾等之力也無法開解的難測變數。吾將彌補第五代司徒宗主的權限交予宿業至高神。至於黑龍……既然君已發下難以回收誓願，將永世忠誠奉獻給超神之主，從此判決下達，汝必須以龍神的一切來守護神皇、絕對遵從其旨意至無絕期。」

對於被告而言，這不但不是懲罰，根本是太古精靈王的無上成全。祂垂下黑亮雙角，對邯那·夜行使龍神最高等級的致敬，緊接將心室的龍珠剝出體外，送入隨身不離淼兒的 ITG 元神，曝光於諸神面前的西方白虎。

祂並非沒有自知之明，不敢直視散發冰冷氛圍、驚怒之極的神皇陛下。

「以後請指教，白虎老大。」

司徒淼低聲對拜爾與 Anima 說：「立刻帶我走。」

再詭奇巧妙也不是這般整治吧！他再不願責難，現在根本無法收斂怒意。這位至高仲裁所懲罰的，到底是黑龍還是自己!?

拜爾怒視仲裁者，強忍爆發，濼兒說什麼就先做什麼。載著至愛，正要破域奔馳，那句話讓他再難隱忍，執起冷火槍雅思格爾，面對發話的太初精靈王。

「是該拆開死結的時候了，太古音陛下。您駕馭一切，最終得駕馭自身的厭懼。」

這話讓拜爾幾乎擲槍射出，卻讓司徒濼悚然一震。他憐惜按住冷火槍尖，省起持國天每回紓解發火症狀時，總是沉吟，該如何消解「厭懼的根基」。

「至無量劫處，一旦駕馭自身厭懼，所有惡障，任我銷滅於轉念間？」

邯那．夜聚合所有精靈的太初幽力，念場輻射出欣慰與讚嘆。

「神皇睿智。吾之作為絕非為難，而是求您命令黑龍，解除四象青龍被困住的長久苦厄。吾知道陛下已負荷深重，交予騎士尊上的物件是所有精靈的**分擔**——從騎士至高神接下之後，神皇陛下的精神負擔便由全體精靈王概括承受。微不足道的回報，忝為您成全四大元素的重整復原。」

濼兒突然驚覺，青龍的至交不就是……？在太初精靈王的身後，持國天以青衫道士的樣貌出現。他來到濼兒身邊，握住他輕顫冰寒的雙手。

「孽障已滅，從此無惡龍，道士回山巔。為兄要感謝濼兒，渡了青龍元素錯位所造成的疊加之苦，銷去我無法挽救摯友的罪疚。」

Coda——桃花化劍，劍出悟道

仲裁總算結束。回歸星舟之後，纔將養一夜，司徒濼立即召喚黑龍。這次他非常決斷，不讓誰陪同自己。對於黑龍蠢蠢欲動的慾念，非得一了百了。

太古精靈王是可惡，但有一點沒說錯。得駕馭自身的厭惡與隱懼，方能啟動破天宰制之力。

「黑龍聽令：讓出一半位置，協助與你相互糾纏的東方青龍重獲水系元素權能，立即生效。」

面對表情比漠然更冷鬱萬分、絕頂美色竟激起無上恐懼的主宰，黑龍不自禁退了好多步。

這狀態是啥？主上不高興？祂不知道幻想過多少次，要是單獨面對生氣的神皇陛下，即使招惹不快、甚至頃刻間形銷神滅，總要試上一次——慢慢挨近，龍尾纏住那身宛如將碎雪花的絕色形貌，奉上一切……

此時，機運就在眼前，祂卻被釘在不只是權能的威壓。害怕的事物無法被命名，遠比被瞬間銷滅更甚，更深，更無邊。這恐懼的本體，在這一次之前，唯有——

是了，就是在偷窺洪荒內域的那一回，以年幼龍身目睹眼前的主宰。祂清寒到近乎冷酷，捏緊焚故漠的金色龍角——自己遠遠不能及的矽晶龍皇幸福地跪在主宰下方，任其揉弄搓磨。

從此，由於神魂震盪，淡灰龍眼幾乎碎裂，皸痕滿佈。由於原始創痛，玄武黑龍到此時纔得完整追憶：朝思暮想的慾念與侵犯衝動，源自於對主宰的至愛與驚懼。祂有多麼愛，就有多麼怕。

「得令，黑龍得令。主宰想要什麼，黑龍就奉上什麼。」

如今的黑龍只有一個念頭：嚇壞了。

司徒滐請太古再度佈局，著墨出「長滿暴風與貓薄荷」的九次元拓璞險崖。此度太古二話不說，輕聲應是。

這回啊，就算是自己依然心存不忍，也不該有任何勸阻。何況，應召喚而來的這兩位，真是活該！至於太初精靈王這個隱世天真好友，可真是徹底惹火了小主人，之後有祂受的。

陣勢完成後，祂愉悅地拿出自己羽毛做成的筆，開始勾勒《往事書》最新篇的第一句謄錄。

觸孤弦抱著圓月彎刀，珍愛地凝視一襲血色長衫、秀麗清透的滐兒，摸摸鼻子。他是個不通世事的書生，萬載以來就這麼一個放在心底的人兒，有多麼心悅，就多麼敬佩。

怎麼，自己這個天然刀痴都明白的事，位居黑曜首席的狂嵐帝竟然不求甚解？

「喂，觸孤兄，想知道何以我那個蓋世御姊要倒大楣嗎？」

他望向身旁帥得野性精彩的迦南野馬，非常純良地輕嘆。瘦長十二指輕輕調弦，彈奏在懷裡舒暢低吟的彎月兒。

罷了，難得想說，就多說幾句。

「唉，真當我是傻子嗎，野馬？你我相識可追溯我初升神格，至今屆滿五周天。哪一刻的我是真正呆滯笨拙？若是那樣的我，滐兒會願意相交？」

拜爾甩動興致盎然的火色亂髮，藉此炫耀滐兒在回到星舟時、以光雕筆做給自己的微型雅思格爾髮飾，說是回贈別在他透明耳垂的沙漠玫瑰耳墜。

那十三根他用盡各種手段愛慕服侍的秀長銳指，就在他的身邊，精雕細鏤，水磨火鑄……想到這等場景，拜爾就恨不得立刻載著愛侶，一邊破界，一邊歡愛。

他明白觸孤弦的莫測高深，更知道，若以知己而論，自己對滐兒的知曉是比不上「劍皇刀王」之間的熨貼深邃，儼然上善若水。觸孤願意奉上神髓以誌情念，但他的形式不同。他會為滐兒奔馳至一切的盡頭，取得滐兒所欲之物，甚至自動奔入永滅場，只要是至愛所願。

他只欲與滐兒長久與共——以淘氣駿馬的姿態取悅，以敬慕騎士的作為效忠，以狂野愛侶的一切投入。

不過啊，拜爾非常同意，見識觸孤弦與滐兒之間、這一對澄淨摯友的互動，真是賞心悅目極了。

「好啦，觸孤大哥，野馬誠心向你討教。」

觸孤弦抿嘴偷笑，難怪這個全向度壞男孩能夠讓滐兒這麼開心。從萬象崛起第一股生機至此，諸神諸世的璀璨狂情、真摯倜儻的浪漫愛意，都送入身邊這位闖破疆界的騎士—野馬了！

「滐兒知道，在床笫歡好之時，野馬再親暱使壞，心底都是敬重之極。而這位為兄不願結交的嵐花超神，有眼無珠，面對該以禮數相互肯認的對手，搬演輕敵驕狂、調戲狎玩橋段。被侮蔑的並非祂以為佔得便宜的『超神之主』，而是輕慢者的自身。」

他侃侃而談，悠然自若，只有在講出「床笫歡好」詞彙時，蒼白秀緻的面容隱約泛紅。

「兩位，刀王尊上與少主的王夫，請到指定時空經緯從事見證。」

展開大鵬真身，垂雲蓋天，鵬爺爺衝著觸孤弦與拜爾點頭招呼。祂望向不情不願、強制召喚纔叫得來的Ra酣暢大笑。

大渣貓這回可耍賴不成囉！拜爾愉快地縱身一躍，駐足於西北邊陲的三角尖塔。

果不其然，Ra對著「濼妹妹」萬般討饒、大貓撒嬌翻滾，甚至把毛絨絨肚子都翻出來示弱討好。

司徒濼勉力保持淡然無感的表情，冷靜看著……到他快忍不住想伸手撫摸時，內鍵提示音的春雨清琮鳴唱，讓他收回遐想。

罷了，就好好教訓一回。

「五象限共主Ra，妄言輕慢，對刀王觸孤弦不敬。既然逃逸騎士制裁，那麼，就承受朕送給你的貓神制裁——有請劍來。」

他反手掏出春雨，細緻揮灑。比雪孤豔、較霜絕利的容顏煥發逗弄與規訓意味。萬象水意衝破蒼穹，灑向根本無法抵擋的Ra。司徒濼眉角上挑，指尖冒出新鮮木天蓼的風味，射向蠕動哭鬧的大貓神。

春雨的九十九道水劍將Ra射穿，最精純的神族貓薄荷與木天蓼打入Ra的通天大穴、筋脈流動。酥麻的快感讓第五象限共主完全曝露阿比西尼亞貓的原身。

祂快樂地嗚嗚咽咽，翻來翻去，嘟囔著：「貓貓還要，求姊姊賞賜。」

司徒濼強忍笑意，佯裝冷淡高傲的貓姊姊語氣。

「姊姊不理壞貓貓。但如果貓貓答應，向騎士至高神與觸孤刀王鄭重致歉，姊姊就賞給你。噢，哪個姊姊？」

在這一役之後，奠定Ra是五象限最丟顏面的劍客，必須乖巧對兩位神格對等的武尊道歉。然而，讓祂嚎啕大哭的慘劇並非丟臉。

既然原身曝光，祂腳踏無數條關係的德性也遭致披露。每一個與祂相好或談戀愛的貓族神，一致達成共識，自此神世七循環，視Ra為無物。

面對這一回的超神之主，亞絲塔羅斯稍微打個突。看來，上次真的是得意忘形，魯莽行事。如果對方當真請出纔閉幕的「因果、宿業、仲裁」——不，用不著。只消以「對五象限超神至高之主不敬」的名義，眼前這位讓祂難以揣摩情緒、視線如千萬蒼蘭劍花的諸劍之皇，開啟闇虹永滅場，即可合法銷去自己。

祂以最高誠意，對著飄搖在拓璞險崕的神皇投誠行禮。

「上回是亞絲塔羅斯行止不當，冒犯——」

司徒濼毫無表情，美得恐怖的聲音從上方傳來，伴隨暴風與花海。

「黑曜系的至高神，這是劍與劍的交鋒之處。比試之後，再來清算。」

罷了，看來就是難以善了。難道自己得真正俯首稱臣，纔過得了這關？實在是嚥不下去啊！論權能，論劍技，都沒有半點全身而退的可能，但這位向來如此羞怯愛潔——

找到對方的罩門啦！

祂示意麾下七千七百七十七名海蛇亞神眷族起身，肅然往後退，從腰際抽出「風花大劍」，恢復狂嵐絕世的御姊風範。

「神皇陛下明鑑。吾曾聽聞，您的第一次被此劍掌握者猗蜹蜹所強奪，從此厭惡強制歡愛。在下以為，若神皇陛下就此不嘗試，也太可惜，無法撫平傷害的永久烙印。吾這位秉持騎士道的幼弟無能提供，但在下可是至今一等一的——」

張狂話語被截斷的同時，亞絲塔羅斯的發聲能力也完全銷毀。祂無法移動，只能任由戳入體內的力道挪動輾轉。那把鮮紅欲滴、恰如司徒滐星眸的窄劍挑來刺去，劈開儲存終極宰制力的神核，剁碎頂天α的腺體。

在這段永久與頃刻，他依然面無表情，但嘴角翹起，眼神亮到奪魂，儼然不能更享受這場破格的虐殺至高神劇場。

那位被祂以「羞怯小尤物」私下暱稱的至高神皇，原來是差距大到無法被識得的唯一主宰啊……不只是破天α，亦是破天級宰制皇。在意識尚存的最後些微，亞絲塔羅斯聽見只傳給自己的靈淙泉音。

猗妠妠確實想強暴朕，但祂一接觸，就被朕體內的破天 α 尖核刺傷，傷口流出了殘陽——你的配偶。爲了寬恕祂微不足道的冒犯，加上朕不至於厭惡祂，於是將猗妠妠的 Ω 腺體修補完好。可是，朕不喜歡你這種沒眼界的下屬，不想幫你修補腺體與神核。你甚至盜取了朕的愛馬神核質素，擅自改造，送給殘陽示好。若非夢神冬星王介入修復，朕的馬兒就此重殘，你立即不復存！長久以來，你對同位格的騎士至高神輕薄冒犯，他不在意，朕可是不能更在意。冒犯重大，便得清算。黑曜系共主的位置由艾利嫚接任，你且好自爲之吧。如果醫療得當，或許養得回巔峰狀態的一半。

「只聽得零星片段，容易做出最糟糕的決策啊，黑曜系的亞絲塔羅斯。」

司徒漈將「紅袖天涯」從對方再難復原的神核抽出，周身散發淨化場，為等同於自身的愛劍清理乾淨。

他飄然飛向矗立於西北方位的拜爾，讓對方接住自己，抱著轉了無數圈。野馬王夫讚嘆愛慕的心念從綁定的渠道旺盛竄生，如拜爾的火燄髮色，如南天超銀河冬至時徹夜不滅的雪月煙花。

「漈兒太帥了，帥到破天，帥到我都想立刻被你用別的方式刺一刺啦！」

嗯，突然間，他又覺得挺害羞，怎說得如此赤裸張揚。這個又壞又帥的騎士馬兒，真是該罰。

「哎呀，這位簡直是料敵從寬的反面教材啊。雖然保有神格，要養到堪堪運作，大概……再一周天吧，嘖。真是不受教，最後的致歉機會竟也被自己搞砸呢。」

觸孤弦撒出蛛網般的絲質刀線。沒辦法，潔癖發作，盡點修復力，阻住高位神格湧出的傷勢體液。他懶得跟從神講話，以下巴示意，使喚蛇神眷族趕緊護送主上回到自家領域。他掏出雪白護套，將懷裡的月兒護得一絲不苟。

觸及觸孤弦的念場，濼兒震了一下。正想從拜爾的懷抱起身時，觸孤弦抱著月兒，輕盈滑到野馬超神的身側。

「好舒心啊，為兄真是好眼福。這是繼伽黎以來，濼兒第二次的如詩殺戮呢！事了就得舒壓一番，就別耽擱了。下回的上弦月升，我們來刀劍雙舞千回合。這次與野馬暢談，雖然為兄不時羞赧，但頗有收穫，對於床笫騎士道的細節稍有認識呢。」

拜爾乜著一逕天然純真、孤清荏弱的觸孤弦，突然懂了，頗為驚悚地懂了。

至極的恐怖尚未揭開帷幕，淺薄者妄定眼前是一座沾雪的嬌弱花叢。在諸月血王尚未開飲、孤懸天際，不識相者愚昧認定，這是可任意採摘的荏弱弦月。

「觸孤兄，濼兒被誤視為可輕慢調戲的狀態，同樣發生在你身上。只是……」

「沒錯喔，聰明的野馬弟弟。否則，除了並列為劍皇刀王，怎還會有這首小詩詞：

「『**小樓一夜聽春雨，圓月血辰舞彎刀**。』」

觸孤弦輕點月兒的至凜至銳端點，從指尖刺出一小盅殷紅月髓。他握住司徒濼的雙手，言笑款款，非得讓濼兒飲用。

「只是，我更難控制自己。我很容易發脾氣，在五象限**從沒有留下殘骸**，全都清理殆盡啦。」

隔了一夜，喝完觸孤弦的血髓。趁自己也稍微感染了「脾氣難控制」，濼兒一骨碌衝上七次元的箱庭旁若域。毫無分說，捨棄禮數，他咄咄逼近眼前的道士——持國天的三法相之一。

「早就明白了，青龍是道士的摯友，對位於水元素。在黑龍卡在混沌創傷、兇猛發狂時被連帶席捲。祂們兩者已經順利分割，各自擁有元素位格——沒問題，我已下令，黑龍迅速得令。如今，雙龍並存於水與地的根源，元素回歸平衡。重點是——」

司徒滐從未這般凌厲，暴戾，魄力頂天。他笑顏美絕致命，揪住道士型態的持國天衣領，壓上順遂無比的對方。

「為何就不直說？為何偕同太初精靈王玩這等設計？你我之間是何等……你為我做盡所有，我不能為你付出些許？難道我不值得你卸除顧忌，坦然求助？」

持國天毫無抗拒，任這個一眼就定格於道心的人兒氣勢如虹，痛快逼問。

「為兄……我，我怕你會厭懼。討厭我的執念與黑龍沒兩樣，懼斥我自己都不知道有沒有的惡念。從你我初遇，持國天只怕滐兒難過，但太害怕搞砸。我不該擅自干預你的道，強行認定你該捨棄厭懼——只因為怕你厭我懼我。」

司徒滐俯身，亮到讓觀者發痛的凝視燒灼如雪，刺入高潔憂悒的道士。

「傻道士，要讓我厭你懼你，永世都沒這可能。」

他逐漸寧靜，棄置言語，二話不說就從袖口取出「紅袖天涯」——在六劍之外的因與音，銘刻自身形與意的劍。

「來，用盡一切與我對峙，向我問劍。」

在道士手執桃花叢、揮灑無量劫陣的劍心，灤兒猛然穿刺——扎入無邊無想、萬劫共存的最終道心。

「願與太古音永不相忘。」

那一劍穿透持國天的心，刺破而後癒合，送入一把以劫火鑄成的桃木劍。劍身雕琢永不分離的花髓與熵叢，焚燒劍皇刻印的**永不遺忘之火**。

面對驚愕喜悅、敗得快樂淋漓的道士，灤兒輕聲笑出終極音，這一場真是勝得快意颯爽。他伸出銳長的十三指，猛然將道士拉上九重雲霄，抵達「無為有處」。

灤兒將桃木劍置入持國天的掌心，從左六指淌出清亮春雨，化雨滴為桃子酒。笑顏如夢如露，他將一整壺都遞給青衫道士。

「罰你喝下一整壺。之後再犯傻，灤兒就打，打不醒再繼續打，打到道士悟道。」

記住：太古音與持國天永不相忘。

第三章 近乎三次的滅盡萬有

岸邊雲霧浪濤即生即滅，
雙生闇陽沉沒於湖泊，
暗影悠長，於湮滅的卡寇薩。
黑星叢在夜色奇異浮現，
多重月色詭譎環繞天際，
更奧祕者，乃湮滅的卡寇薩。
畢宿星辰齊聲歌唱，
黃衣王襤褸衣衫飄搖，
歌聲傳達之前已然死寂，
無音凋零，於黯淡的卡寇薩。
吾之神魂乃死寂音色，
你已不在，無聲，無淚，
終究枯寂隱去，
無所終，於無所覓的卡寇薩。

——〈卡希爾達之歌〉（Cassilda's Song）

第一節　黑星，血月，雙陽

自從歸返五象限，司徒滐有兩份難以推卻的例月職責。身為超神之主，再怎麼不情願，在紫凰尊與持國天的陪伴，每隔五象限的公轉月，忍耐一次諸神的嘈雜鬥爭、象限邊界的小打小鬧。他通常以招牌的空無淡然表情迅速完事。

雖然很不情願，這次的大事件尤其無法缺席。黑曜系生發以來、最強大的超神冒犯了自己，得到制裁。雖保住基本存有，但亞絲塔羅斯在將屆的一周天絕對完全失能：終極致命傷處處遍佈，腺體裂開，神核攪碎到粉化，尤其是攸關劍絕的武力場與高位宰制屬性。他知道，自己一旦取出紅袖天涯，沒將對方完全廢掉已是竭盡克制。

面對五象限的百位高階神代表，他終於能自在使喚破天宰制力。沒有誰敢提出疑問，全體一致責難亞絲塔羅斯的大不敬。在此之前，有幾個敢以色慾眼神注視的傢伙，可是低頭收斂到極點。

「滐兒……怎麼不就直接銷毀基本存有？這個不識相的二代超神，爹爹可是完全不治呢。」

紫凰執起他的左手，細緻按摩「發火」後的洶湧春雨。細膩觸肢注入特製的美味鮮磨薄荷素，讓愛兒與雪豹型態的小雨快樂地微微震顫。

此時以醫尊格式在他身邊的持國天，深情專注。桃木劍散發療癒氛圍，握住他的右手，將辛香料注入高熱狀態的秀長第七指，輕撫火意奔騰的小樓。

若非自己就是以應有的名份制裁了嵐花帝，心情還算暢快，濼兒不禁覺得，自己纔像是重度傷病患者呢。

「短期內別再這般消耗了。哪個敢冒犯濼兒的，就由爹與道士來整治。紅袖天涯的精能如此大量揮毫，後座力多難受啊，今晚別回首度星，在我這兒將養。」

持國天的眼底湛亮，宛如白熱星叢：「我也要去。」

紫凰尊毫不掩飾地翻了白眼。

「別以為得到信物就隨時可登門入內啊，道士。」

三夜日之後，在雙重的脈動調理達到無比快悅狀態，他在鷹玥星的初冬回返皇星。拜爾（萬分不情願地）得治理從屬疆域，Anima 經過上次事端，決意徹底壓制漫漶域的鬧騰。他囑咐艾韃守衛甫自完好的混沌，請鵬爺爺一併加強持護。但他知道，此度焚故漠會直接朝自己而來。

目今，由於首度星的事務非得滯留，他讓 ITG 以晶片型態嵌合在神核，請七百七十七名太天位劍衛駐守首度星的外環。既是難得清靜，但也略微寂寞——以往的自己，分明是巴不得多一些這樣的時段，為何如此捨不得朝夕共處的那對駿馬？好想躺在 Anima 的懷裡，好想騎在拜爾身上，不斷踏破疆界……

這對權能至高的神駒愛侶暫別，隨時攀附在肩頭的神鷹駐守原鄉，在皇城的時段，觸孤雙劍聖就是最貼身的親信與侍奉。

只是，沒有能讓他怕的存在，阿涅的黏纏屬性完全不假遮掩。時而藉著披上大氅的理由，溫存綿密地延長綁蝴蝶結的時間；時而握住他的手，驚嘆「好冰啊，讓阿涅幫滐妹妹暖身一下嘛！」原本盡力按捺的觸孤峴，見到最心愛的皇上並未反感於雙胞胎弟弟的舉動，也就不再忍耐，隨時殷切，所有寢殿人員的事務都給他們倆包辦。

根據每日晉見的總管報備，大家都很生氣兩位觸孤將軍的任意專斷，很想奪回原先的職責。他不解這想法所為何來。

在南天超銀河，自從第九十五代的蜃幽帝，已經全方位實現無匱乏超生命模式。資源豐沛，足以讓全帝國居民從事欣悅活動。所謂的宮廷侍從，絕大多數是六大世家的閒散孩童充當生命娛樂實驗，或是各種創作者揣摩情境的短期活動，完全與生活資源脫鉤。讓大家隨心所欲，不用終日與寡言的自己相處，不是挺好？

見這位從小無感於自身絕頂魅惑的小皇上，現出慣常的錯頻沉思，宮廷總管司空銘彥真是心疼，趕緊把話題帶到自己略微通曉照料技術的六劍。果然，陛下驟然多話，談個不停。最開懷的是半夢狀態的創始劍完全甦醒，正在英奇大師的劍坊調養，還暢談最近照顧告一段落、開出白色鈴蘭的中子星破天劍。清冽嗓音是最美的樂器，哎，真是賺到了呢！

當晚回到寢宮，心情頗好。他輕聲謝過前來報告三天後待議事務的朝政大臣。聽取官方語言真是折騰，看著對方並無輕浮但過於仰慕的視線，更是累極，光是半時辰就非常疲倦——能否都讓諦觀處理就好呢？

他讓 ITG 將自己的全方位隔絕場開啟，以光粒子迅速洗浴。換上黑絲絨浴袍，飲用一杯阿涅遞上的初摘冬夜露茶，輕若初雪的身子倒入柔軟的大床。

纔進入休眠魂夢狀態，依稀感受雙重黑火的繚繞。雙子劍聖為他蓋好被子，但捨不得離開，他們柔聲乞求，妥貼撫觸濼兒的雪火脈動。

「精神疲累到極點的濼妹妹，多麼美麗啊！讓阿涅與阿峴來讓你紓解愉快，好不好呢？」

濼兒迷茫飄搖於最大值的翱遊模式，餘留的注意力僅能發出雪融般的「……嗯」。他沒想要峻拒，橫豎有這兩個在身邊，以苦甜辛香的信息素伴隨神遊，算是舒服。

黑火逐漸凝結為實體，左邊是鎏金，右邊是深碧，化為雙螺旋纏繞的細長絲絨綁帶。它們輕軟地纏繞，堅決地鎖困，將他纖銳窄長的四肢與身軀綁出漂亮的花樣。雙子分別躺在他的左右側，輕舔吻啜濼兒的頸項，逐漸下滑，狂喜於他細小的呻吟，分別含住雙腿間那雙精緻的彎月突起，禮讚莫甚於此。

奇妙的熱度漸次上湧，濼兒感到一叢叢松木焚燒的美妙風味，但距離發作也過於提前。在拜爾與 Anima 啟程之前，他們與自己徹底紓解了七十二時辰，這情況不對啊！

「先，先停。不舒服……」

見到細長後頸的花痕逐漸生成花苞，熟悉他週期的觸孤雙子頗為驚訝。他們立即收回自己的信息素，仔細感應過早發動的腺體。

「濼妹妹的信息素非常紊亂，我們先喝一杯魔尊殿下調製的解緩飲好嗎？」

遇到非同小可的情況，平時再怎麼踰矩撒嬌，阿涅會是極盡溫軟體貼之能事。具備醫學治療能力的觸孤峴按住滐兒的心脈，仔細感應。

「上回被黑曜系冒犯過度引起的發火症狀，竟然又復發。這挺嚴重，我們立即傳訊給魔尊大人。」

熾烈的燒意愈發明顯，近乎發狂，彷彿在上一度無分別宰殺漫漶域的徹底解放。他開始驚恐，極力安撫自己，那是早已解決的前事，再也沒有可強迫他、奪掠他的六大邪神。毫不誠實的契約已不復存，如今祂們是自己與Anima的從屬，必須完全服從命令，不會出現他再不悅也難以擺脫的侵犯，不用無止境虐殺殲滅——

「這是淤積過久、最近再受刺激的創痕復甦。即使紫凰尊立即瞬移，最快也要半時辰，滐兒會受不了。」

當那抹極盡優美、冰寒撫慰的刀意穿入他所在的絕對領域，滐兒毫不驚訝，反而奇異地感知到似曾相識。

「叔叔您——」

觸孤雙子驚訝又驚喜，他們向來非常敬佩喜愛這位「血月刀王」。從他們被滐兒搭救以來，每一年都會前往刀尊域，與這位待他們如孩兒的表親相處。

悠然寧定，觸孤弦一手攬著呈現上弦月狀態的月兒，坐在床沿，另一手熨貼在滐兒的額頭。他深刻凝視自己無法不心愛的人兒，輕柔的冷霜刀念撫平哀傷的惡魔返還，注視著靈秀空幻的容顏逐漸平靜迷濛。

「當時給潾兒那一小杯血髓，目的是預防此等爆發啊。孰料到，隔日飲下就去找道士算帳，激動過度。真是壞孩子。」

他輕緩低語，點了點潾兒的額頭。掀開被子，正要把脈，赫然見到凌亂散落的衣服與尚未解開的繩縛，還是自家小鬼做的好事，不禁臉色一沉。

「我是這樣教導你們？不但沒注意到潾兒如此不適，還趁機——」

性情羞澀的書生找不到委婉詞彙責罵，瞪了低頭的雙子幾眼。他指尖輕抹，將凝結的黑火絨繩化為煙霧，啟動淨化場，將觸孤涅取出的輕軟睡袍套上潾兒近乎寸縷不著的身子，小心珍惜地裹住，毫無情色意味。

「這麼招引眾生諸神，野馬又有什麼屬地瑣事，銀霜馬終於下決心整頓那六個不安份的，真糟心。潾兒的病情需要不受擾動。該帶你回天險星崖靜養一番啊。」

潾兒還來不及詢問，何以觸孤兄連這些都知道，一小杯澄澈冷淨、奇異熟悉的接骨木花香液體湊近嘴邊，琴弦般的嗓音近乎溺愛。

「這是絲刀月晶的液態。乖乖喝下，就不再受那些糟心玩意的影響。沒事，阿弦守著你，待潾兒盡完皇帝義務，我帶你回裡世家，這裡太嘈雜了。」

果然不出預期，原先該迅速解決的朝廷事務，由於觸孤裡世家宗主的現身，騷動此起彼落。見著觸孤弦隻字不語，坐在帝王身邊，從容自若，毫不掩飾彼此親密，吃味甚久的五大世家用盡各種花式招數，就是要控制滐兒的行動。

他示意諦觀，趕緊把這群不識相的罵到閉嘴。可這回，口齒伶俐到無誰能及的諦觀，竟被反駁。自從被第七代帝王殺到幾乎滅族、安分至今的歐陽世家，趁自家的宗主歐陽墨前往西宇邊境、處理騷亂的修羅八部眾，顯然準備周全。

「並非對親王御使不敬，但老臣以為，陛下的安全高於一切。倘若是前往巡視，尚可接受，但由這位向來與陛下並稱的血月刀王以靜養之名，欲將陛下帶往荒涼偏遠邊界星。甚至摒棄所有護衛，只讓**亦是刀王閣下親族**的帝王代理騎士與皇上御用劍衛統帥隨同……實在不妥之極。」

聽得這等惡毒暗示，滐兒的血眸一閃。正要回應，身邊的觸孤兄像是忍不住，發出低聲的偷笑。連這等言詞都可以觸到笑點!?

好啊，連自己在場也敢如此狂妄。歐陽意這笑臉狐狸是以為找到口實，真能牽制自己的行動，同時暗戳觸孤裡世家一把？

「歐陽副宗主……認為朕會被挾持？期待如此嗎？」

向來得意於口舌滑溜、軟磨功夫第一的歐陽意整個機靈戰慄。何時這位讓眾生神奪、只沉醉於劍道的小皇上，不似向來的冷寂無謂？雖只是一句話，空靈俏麗的容顏現出從未感受過的威懾。

當歐陽世家的陣仗兵敗如山倒，滐兒淡然示意，有不服者就以劍叩問。這是他第一次輕易降伏這群牙尖嘴利的朝臣。

觸孤弦笑得非常開心。

當夜就在半時辰後瞬移至寢宮的紫凰尊，見滐兒的洶湧發火已然平復，陷入寧謐的沉眠。他在稍感欣慰的前提，反而更不放心。

取出隨身摺疊在乾坤袋內的化煉分析實驗室，他擷取觸孤弦的液態月晶殘餘，做了一整套神核微觀檢視。

他開啟δ魔眼，直面注視好整以暇的血月刀王。將月兒放在肩頭、如同貼蘊親愛的小提琴，觸孤弦現出一抹害羞的淺笑，荏弱悠揚。

「在我以南天超銀河帝王身分與你交會時，就已感覺不對勁，但你真是深奧，無法鎖定元神。如今是半點都不裝了嗎？**黑星環繞，闇陽伴血月凌空，卡寇薩之王始終蒞臨。**」

觸孤弦笑得愈發靦腆，微微點頭。

「並非刻意相瞞，就如你與道士，在滐兒悉數解封憶念之前，不會逕自攤牌。在他願意撥開最後帷幕之前，我就是觸孤弦。既然是五象限醫術首座的紫凰尊，就該知道，那些被不肖從屬們用來撫慰鎮痛、避免滐兒暴走與混沌惡化的藥劑，就是採自我的血髓與月晶。」

雖然早已揣測，漫漶域只有血月至尊纔有如此絕頂的鎮痛修補力量，紫凰尊無法解碼這番話語埋藏的複雜情愫。

「契約過於模糊，儼然是哄騙。彼時我的力量遭致六股鎖鏈壓制，無法現身。在前兩度，連你也無法體會的無窮盡侵入冒犯，促成漈兒何等嚴峻的後遺症。即使在百年前、他與拜爾遭逢Anima，驚覺遭到欺瞞，將那六個混帳東西壓制為從屬，觸發暴虐的印記並未解離。這回若不是黑曜系那個沒分寸的，恣意輕薄，讓漈兒喚醒殺意，我以為他已然完全釋懷，或完全遺忘。」

紫凰尊咬緊牙關，他的確無法體會。

在第一次與第二次的空檔，他用盡所有的重藥與情話，就是不讓至愛再度踏入漫漶域。在第二回結束時，他與ITG為消耗殆盡的漈兒徹底洗滌本體，但不開啟已經封印的複數心智資料庫。他甚至壯膽接觸黑山羊，企圖以至高凰神軀體試探侵入的傷害程度。纔被無窮盡的鐮刀刃端戳進體內，不到一瞬，元神痛到近乎壞掉。

見到他的神情，觸孤弦彷彿知悉。他不再微笑，只是輕撫漈兒的額頭。

「以身試毒……紫凰做到這地步，真是太敬佩。讓漈兒崩潰的癥結不是劇痛──本體是太古音，他化為終極光波，痛覺可收斂完全。但即使是波動，也無法隔阻六種無窮盡的感官侵蝕與困縛纏繞。以醫道語彙而言，在難以按捺的極限，漈兒對強制入體的事物、包括被他認定為姦淫強暴的語言會興起自動反應，使其壞毀，而後消滅。」

他將一小口月晶灌入進入深夢、毫無抵抗的漈兒口中，微笑盡是迷離月暈。

「為何知道？我不只是漫漶域至高神，失之毫釐，差以千里，**漫漶域就是我**。與吾相對立的不從者被你們稱為『六大邪神』，祂們暗算得夠厲害。太古音被祂們奪取之前，吾就是祂們侵蝕困囚的共享夫君。」

雖然，照計畫順利出發是再好不過，但滐兒稍微疑惑，向來難免要盤問到底的紫凰爹爹為何如此放心？紫凰尊將可能用到的藥劑都盤點妥當，囑咐阿涅與阿峴各種細節，緊抱澄澈美幻的愛兒，低聲說：「幾時想回家，就呼喚我。」

抵達將近百代都是觸孤世家領地的天險星系，滐兒感到卸除龐雜負荷。清涼曠遠的風采、簡潔高聳的銀輝高塔群，搭配闇暈火色的雙生恆星，低吟弦聲若有似無。解鎖後尚未翻閱的憶念一角，讓他聯想到這兒。那是非常重要、印象恍惚但非常懷念的地景。

這是他第二回造訪此星域，第一回進入神祕叵測的觸孤裡世家內部。

五百年前，初登皇位時，比現在更厭煩於朝堂鬥競，自己不樂意就飄然瞬移。五次元以上的雲霄簇擁翱翔，只願意讓爹爹與諦觀知曉動向。當時最惡質的遭遇，莫過於在無意間經過，撞上包抄天險星崖、觸孤表世家全體的殘毒陰蟄。

明知自己是當今南天超銀河的帝王，登基前永滅五大世家出盡底牌的千位至高劍聖，那群被陽蠱煉養到精神碎化的無道劍聖無心無感，已然心智崩塌。

他們以猥褻詞語輕侮，浪笑逼近。率領圍攻的表世家宗主觸孤炵一直沉默不語，冷俊幽深。詭異之處在他的視線，光是觸及就讓滐兒避開。

晦暗滿滿的東西們迷戀又侵蝕，意圖舔舐自己，他根本不敢回視。這群傢伙發出的字元是遠超過輕薄挑逗的至惡冒瀆，彷彿就像，就像——

場景回閃，火熾與雪暴再度狂燃。

瞧瞧，血幻劍皇眞是絕色無雙的小尤物。別怕呢，我等會讓您快樂到壞掉。眞是最高級的戰利品啊！把縛神鏈拿來，把這孩子綁回去，鎖在最高級的淫宮，好生侍奉。哎呀，簡直天生絕品，就算咱們一起幹到永恆、日夜疼愛調教，怎樣把玩都不夠啊！啊啊生氣了……

他輕咬下唇，為何出現此事件的數重疊影？分明在那些話之後，春雨已經一招戳碎所有包抄天險星的武者，銷滅的徹底程度是只保存劍體，將這群敗壞劍聖的基本格式完全清空。如今的五次元，誰都認為觸孤本家已經傾覆。

「滐兒，月色如同銀霜，就與它共有吧。別多想。」

如同清除雜音的潤澤調弦，觸孤弦的念場全然包覆，召喚大規模殺意的深痛至厭安靜化解。微冷的十二指雙手觸摸他的額頭，洗去熾烈燒意，刺烈憎惡從身上盡數褪去。

這兒真是個乾淨安全的所在，難怪是阿弦的領地。

在天險星待了半個公轉月，雙陽從深闇逐漸化為銀暉，讓他想起Anima的雙翼與拜爾的矯健身軀，他們倆快要回返南天超銀河了。十三顆周邊衛星是晶亮黑寶石色澤，如同觸孤弦麾下的十三刀尊眼睛，透徹寂靜，黝暗不見底。

每一回的夜色都讓滐兒愈發「回溯」，遠比熟悉更認得，從星辰的排列、濃霧幢幢的湖泊、只緣見一面的十三刀尊形容。隨時餵食接骨木液體、調理暴戾脈動的書生刀王，原本就是至交，在這些時光愈發親近，彷彿從未別過。

每夜的紅袖與血月雙重彈奏，都像發生在洪荒域的無邊無際。他無法感到不安，此星系的流轉太過舒適幽微。事件隨著不斷泛起紅暈的月夜清越迴轉，直到月兒不只是灌滿冷霜血髓的萬有第一刀，更是橫陳於天際、輕柔覆蓋的血色夜空。

午夜剛過，圓月覆蓋天險星。觸孤雙子彷彿早有默契。他們在栽種翠竹與白火鶴的樓閣擺好晚茶，分別握住濼兒冰涼纖銳的雙手，細潤摹描，疏通經絡。

濼兒暢快淋漓，面對相處得彷彿從未分離、清峭孤冷的溫柔書生，但願此刻就是每一刻。

與觸孤弦共飲三杯之後，他細微震動，鎖印「卡嚓」開啟。往事書與彎月夜一起打開，往內觀視的血眸掀開帷幕，視線即紅袖劍，穿透了——

無

邊

月

眸

三

眾月高懸，血夜淩空，憶念完全敞開。

在龐蕪厭棄的封存憶念庫當中，阿弦是唯一讓自己神馳思念、慰藉漾滿的第一個對象。

尖峭如上弦月的重瞳佈滿月霜，底處不斷綻放血晶，欣然給予。這是自己早就不斷啜飲、至今汲取沉浸的愛與藥。

「闇陽護衛，黑星護法，血月之王總在卡寇薩。」

太古音吟唱於孤清月眸。音與弦，永與念，聚合於環形月墟。即使當初負荷超載，失去音訊時他不願放棄，總是流連逡巡於卡寇薩，攫取殘響，觸及殘骸。這是他共享音劍的弦刀，無比共振的對象。**祂們是一切啟動時的第一對愛侶**。

原來，並未湮滅消逝。祂一直陪在自己身邊，刀意潔淨，愛念深摯。

濼兒越過無止無盡的間距，跨入血月縈繞的優雅脆弱形影。他逼近到不能更近，停在界線閾值。正要詢問，就被那雙舞動弦月的手勢擁入懷中，彷彿冷泉被霧狀池水溫婉接住。

「我一直在找你……」

十三顆黑星撕裂又癒合，雙陽於月影微暈之後。從無數隙縫流入一位漫漶域主位神。祂的型態變化自如，總是以隱喻訴說與引導。

Nyarlathotep，獅身人面智者，曖昧的黑色使徒。

「久違到無可度量的太古音神皇啊，吾等思慕久長無絕期。且讓千面共顯的奈雅拉索特在此謁見，為您與吾主說幾道循環不絕的月夜軼事吧！」

第二節　千面詭神夜說書

I 無邊太初罔事

音劍與弦刀，劃破永無寂靜。

在很久很久的之前與之後，一切尚未分化為洪荒、天地、萬象。在一切的之內與外，瀰漫的霧淵清曠悠然，來去不由祂，直到血色月眼簾張開，彎成上弦的琴弓凝聚為調理癒合的化身。祂慢慢儲存血色精髓與霜月凝晶，總覺得在之前與之後都要留給最惦念的誰─什麼。

一切區分為三，三生萬物。即將成為月夜弦弓的祂，被難以命名的驅動流向洪荒，輕巧優雅叩門，無聲微笑。寧靜透明的光波隱約喜悅，非常害羞，於是發出了原初的終極音。萬物於是在質能的之內與之外，外者成為漫漶，內部分化為太初。絕頂音色攫取了琴弓，穿破了彎刀與祂的無分狀態，此一瞬間外溢至一切與其餘。

祂的意識就此萌芽，掉出一枚血髓與一顆霜晶。無法言語，祂遞給光幻絕美、一眼即無限思念之物，示意餽贈。空靈的永音總是羞怯，將血髓咀嚼為第一把劍，是為紅袖天涯。劍音教導琴弦發聲，給予祂名字：

「弦念。」

祂們以音樂聚首、遊玩、比試──第一場刀劍之舞亦是第一場琴弓與樂音的合奏。

祂視永音為心愛，永音視祂為情念。洪荒領域尚在醞釀，「一切」只有永音與紅袖天涯，漫漶域唯有祂與彎刀月兒。祂們是漫漶域與太初的第一對相愛的知己。

無盡綿延的同時，騷動逐漸增生。漫漶的地景冒出六個絕對實體：黑羊，暴力，愛欲，瘴癘，饕餮，侵蝕。這六個讓祂倍感壓力，祂們旺盛、稠密、囂張、霸道、惡戲，以及——性好奪取，尤其是他嚴密保護、靈秀絕世的光幻燈景。

這可不得了，雖然權能高低有所落差，六邪神的合體過於強旺，弦念自知無法阻攔。祂為永音做了晶體劍形，讓音色繚繞於晶劍形體，創始的第一因充沛開展。這是第二把劍，月火蒸騰的創始劍。

祂似乎知道，「一切」的另外二重開始孵化叢生神格。天地胎動，從玄黃處爆出一把無主跋扈的劍，永遠焦渴，執拗追逐永音，乞求雨露澆灌。自從這煩心狀態，唯有合奏與共舞纔可能讓永音稍微開心，細聲教祂何謂「字元」與「領域」。

祂構築了闇色雙陽，十三顆環繞絕對領域的黑色星體，將月兒的無限型態一起納入。在銀霜暉澤恣意流沔時，祂與應邀而來的永音把玩銀暉，雕鑄了雙方共同養育的妹妹，擁有優美月夜羽翼與流線造型的馬身，祂是Anima。在這絕對領域之內，三者舒暢度過了下層領域尚未誕降的永恆。

瘴癘與愛欲籌謀，前者激發矽基劍的妒意與憎惡，後者掠奪了永音的第一滴花精與劍髓。在此之後，五次元成形，分化出「起承轉合」與「成住壞空」。祂們雖然在時空與物質的參數之外，但負擔愈發沉重。

祂持續醞釀更多的血髓與月晶，全都儲藏在自己唯一的從神孔穴，化一為千，以千聚一。萬一有難，祂叮嚀千面詭神，務必將這些送達給唯一不捨的心愛孩子，以及祂們疼愛的妹妹。

在祂發出釋然的輕笑時，六把鎖鍊一起困住弦念。那六個強取豪奪的傢伙共生為集體至高存在，隨時侵犯採補剩餘的祂。趁祂只能在月兒籠罩的夜色存續時，以黑山羊為首的六個惡霸逼近祂們稱為「永恆晶瑩少年」的永音，提出結契的懇求。

再來，就是神皇陛下您自身經歷的三重劫難——目前您尚未痊癒，請勿再追憶回返那些可厭的細節。於您第三度造訪六妖王時，在下交付的所有血髓與月晶，由您在刀王受創後，基於難以釋懷又回贈給吾主。在您脈動暴戾不安時，這些藥材正好派上用場呢，真是可喜可賀啊。

在此，奈雅拉索特與所有歸順的從神鄭重祝賀：在月夜對勁的時辰，吾主血月至尊殲滅六大餘孽，歸返卡寇薩，並攜回您永世的愛。於此在，於永在。

II 獅面神的寓言

月之盈虧，音之起伏，瀰漫無所在。

哎，高興過頭，請容在下補充一些後續與註腳。

第一回被六大妖王暗算時，吾主雖然重傷，但還是保有完整的意識與融貫無分的複數自我。

祂囑咐在下，在那六個將您哄騙到漫漶域時，盡量不動聲色地照料您，紓解您的厭惡與反感。甚至，設法提醒您仔細注意，提供混沌鎮痛劑的對造根本不是這六個——契約無效，您隨時可以全滅祂們，立即回返洪荒。

第二回——之所以有第二回，是在下無能，找不到任何契機來提示您，在此無比抱歉。

由於這六個的膽子養肥了，祂們開始想更進一步，嘗試您對強制歡愛的忍耐限度。當時祂們以力量尚未長成的Anima為要脅，您到底在無數主位神與從神那兒遭受了多少怪奇經驗，請——務必別再翻閱ITG的壓縮檔，最好是毀去。

只消記取，對於這六個，除了愛欲沒有做得太過火，您只是將祂輾成六片，其餘五個都是處於至今都拼湊不完全的狀態。這樣，知道嚴重性了吧？黑羊胡亂套用的「星辰對勁之時」就是在遮藏祂根本無法與焚故漠一戰的能耐，完全被您戳爛了，這五個。

至於吾主，非常非常不幸地，難以解決的事況發生。

由於您將這五個爆破到漫漶域幾乎解體的地步，您自己也已經失去意識。當時對應著五象限神界的五周天之前，吾主強行將自己割離為兩重。沒錯啊，以月圓為區分線，弦月狀態是觸孤弦，月圓完滿，下弦的時段就由原先嵌合一體的「黑月」繼任。

此舉對於任何漫漶神都是最嚴重的自損：吾等的唯一法則是「不切分」。然而，在您需要長達五周天照料的情況，吾主做了非常不聰明的選擇。祂在毫無準備的前提，讓弦月的自身帶您穿破界限，讓您回到五象限，沉眠無休，祂守著您長達五周天。

直到紫凰尊終於覓得您的時候，已經是南天超銀河的第九十七代。吾主遮蓋自身的漫漶域至高神位格，從基本神格開始設置一個「外掩體」，也就是觸孤弦，觸孤刀王。單就這邊的情況，倒是還不錯。

在無以計量的五周天屆滿，駐守卡寇薩的黑月面臨潛入領域的黃衣王（Hastur），與對方同時碎形爆壞。除了漫漶域本體的一小撮，祂失去了幾乎所有。由於是至高神，黑月的神格與力量逐漸恢復，但思維模式與弦月分裂到難以併合的地步，更別說相互交換資訊，連結兩重版本。於是，祂帶著從神，勉強越界至南天超銀河，以觸孤表世家宗主的掩體，來到天險星，試著與弦月吾主從事再度接合的工程。

您可以說，黑月就是壞掉的弦月。

喔，從第七代帝王以來，觸孤世家就是弦月的屬地。祂們交易的是互惠，夜冥需要偶爾使用漫漶至高神的力量，弦月需要在地居所與身分。

但最後一擊是您造成的，太過遺憾。原先的那一小撮就是唯一可維繫的最終憶念，永恆愛意，就是對您的全然，包括毫無條件的信任。記得在您首次造訪天險星，即將要認識「觸孤刀王」時，您先遭遇的是……叫做「觸孤炵」的可惱傢伙，支離破碎的黑月。

對極了，真是太遺憾了。黑月被傷殘到難以辨認元神，您誤以為的侵犯視線是他竭力傳遞的訊息，竭盡所有想讓您知道，這不是什麼觸孤世家的內鬥，而是裡與外的焊接儀式。但您當時，嗯，「發火」了。當然，這絕非您的錯，您就是辨識力很不怎樣嘛。

黑月周遭的那群，其實並非壞毀的劍聖，而是轉譯到五象限、基本智能與詞彙都亂七八糟的十三黑星過渡版本——是啊，祂們也隨之分裂為二，很悲慘呢。闇陽倒是很完整，一對可愛的小東西。

結果，黑星2.0的胡說八道直接翻譯為此域的通用官話，成為非常可惡冒犯的詞彙。祂們蠻荒粗野，但怎麼說都不至於惡意。如果容我再翻譯一次，促使那十三個黑星被您斬殺的交談，較為相符的是：

「哎呀，吾主永遠的愛真是漂亮。吾等現在狀態怪異，請別見怪啊。黑月吾主，是否乾脆將洪荒尊上贈送的手鍊直接交給少主啊？祂請您幫忙交代，請少主不要在此度太過暴戾，意興風發、沒仔細考慮就任意宰殺。這手鍊也是鎖鍊喔，再淘氣就讓血月至尊把您鎖起來管教一番。不過少主好美啊，我們可不可以一起……不行嗎？噢，黑月吾主，洪荒少主似乎非常非常生氣耶，怎麼辦啊？」

然後，就是您的那一劍啦。他倖存但更加暴壞，雙重月色至今分割，無法完全聚合。唯獨在圓月夜，弦月纔明白黑月的糟糕處境。

黑月吾主真的壞到徹底啦。他的「觸孤焓」面相還挺恐怖，在下強烈建議，您考慮要不要先逃再說。對於「觸孤焓」而言，您是翻臉絕情的初戀，丟棄他、無視他做過的一切，尚可吞忍；一照面就恩將仇報，把他再殺一次（第一次還是由於您，纔跟黃衣王同歸於盡呢！），他只會想要……**處罰您**。當然，不會像那六個如此沒品，但那六個怎樣都無法真正制住您呢。

別忘了，有洪荒的加持，黑月吾主的無堅不摧程度可是連「血幻劍皇司徒滐」都沒轍。您那回使喚的永滅場並非失效，而是他受到洪荒本體的加護呢。原文引述：「滐兒在這陣子的五象限，過於專橫殘暴，吾知他難受，但也是該管教。其他的都只會溺愛，還是讓你這個真正的初戀對象來治一下吧！」

這回很不一樣，只要您受制於洪荒的鎖鍊，誰都無法解開——包括您自己。很可怕吧，應該是綻生以來的第一次吧？抱歉啊，無意幸災樂禍，可我的確對黑月吾主感到不值呢。弦月吾主與您圓滿了，那麼另一個飽受毀壞的，就棄之不顧嗎？

時辰快到了，吾主即將轉換。溋少主，您怎麼選啊？

何謂血髓原先加滿、隨即完全被自己抽光的滋味，溋兒在這兩次說書的過程，不能更痛苦地領教了。

纔剛剛與最初的對象真正聚首，就被告知，對方分裂為二。這點對他而言，不算甚麼，一起喜歡不就是了？然而，第二個的唯一補完途徑，是被不由分說的自己給完全切碎？

難怪這兒的「觸孤弦」完全不知道有另一個元神，難怪那十三個刀尊如此忌憚自己，難怪……

他轉向觸孤雙子，他自以為從可憎惡霸那邊挽救的阿涅與阿峴。

他們兩者的一致動作竟是朝著「刀王叔叔」合擊！溋兒還沒發聲，順手從劍塚取出這兩個最討厭的迦南雙劍，一左一右輕度格擋。

「怎麼——」

阿涅臉色慘白，想衝到他前面擋住。阿峴拉住笨蛋弟弟，單膝下跪，幾句話交代。

「我們是闇陽，但如同千面這傢伙所言，我們只有一種意識：寧可殺了自己也要護溕兒周全。今晚或許是交換逼近，即使不明就裡，叔叔告訴我與阿涅，如果發生任何對溕兒不利的狀況，先砍他再說。你一定會用野馬送的雙劍來制止，這傢伙速度第一，雙劍的共體綁定會把一切都跟他同步。」

溕兒瞬間移動，扶起毫無傷勢、開始渙散的觸孤弦，盯住過於興高采烈的奈雅拉索特。他首次如此冷聲，絕對不給情面。

「無論總管如何協助過朕，無論朕多麼對不起另一個弦月，我不可能永遠受制。要是敢召還你與拜爾的互不過境契約，威脅他取出過境信物……只要朕能行動，第一個就是滅了你，千面。」

千面詭神驟然一凜，回復毫無保留的恭順。

「陛下請放心，兩位吾主都已經以漫漶御至高神的身分，取消了那份可笑的契約。」

他正要再詢問，背後的清脆取笑讓心神完全大亂。

「果然，野馬弟弟對溕兒來說是非常重要呢！而且他讓你這麼快樂，真是太好了。」

這時候在扯什麼啊，為何自己第一個喜歡的是這等天然存在？情況如此緊迫，該關心的不是自己多喜歡拜爾，更甭提啥「太好了」吧！

「溕兒……月蝕將至，虧盈倒轉。既然有柔潤豁達的觸孤弦，溢出之處就是瘋魔晦暗的觸孤焓。這時辰是上弦月的最後，此週期的我的終末，直到下弦月結束。你不該遭逢月之闇面。不能算在你身上，是我對不住自己。不可以，洪荒本體這舉動太過分，太不對勁。黑月的狀態不穩，不行……」

血滴恍惚，琴弦鳴動，霜色的愛意探入體內的所有劍鞘。司徒滐無法選擇也沒得區分，即將臨現的是三回合至痛造就的灼燙傷口，愛的額外，從至高月色長出來的崩潰狂性。

倘若自己再度捨棄逃逸，瀰漫暴動的劫火終究會侵蝕最初的情緣，最糟的情況是再無弦月。他任由血月刀王倒入自己，直視清秀抑鬱的書生一格格的元神變化，一點一滴地同型異構。

月圓崩落的那一刻，下弦的起點就是黑血勃發的卡寇薩，統治死欲的蝕刻之王：圓月彎刀的另一重伴侶，黑月的體現，至冷月夜的頂點所蔓生。

對方對自己的失望與恨意，連自己都再同意不過。此度被寵溺嬌養的小皇上，仗著劍技絕頂與殲滅一切的權能，恃寵而驕，連暫停厭惡、仔細辨認的餘地都不給。

分明是祂的另一個面相，不是惡念。痛到解離、嘔出最後被六邪神蠶食吞光的黑血，寧願被黃衣王殺到毫無復原可能、也要讓自己潔淨復原的祂。對等於弦月，黑月同樣是他不該忘卻的惦記啊！

可自己做了什麼？光是黑星十三陣還無法學好文法的牙牙學語，光是激切過度的凝視，就被自己的潔癖發作再殺一次，殲滅祂最後死抓住不放的神志，毀去永誌不渝的信任。自己到底成了什麼，自以為是、冷酷到極點的暴君!?

「嘻嘻~久違啦小尤物，纔跟你朝思暮想的純淨弦月完全相認，就倒楣到立即再看到我，很不悅吧？可是大哥哥很高興呢，你這次還容我講話。」

同樣清脆、忍俊不住的笑聲，同樣憐愛無比的觸摸，完全不同的音調與意念。滐兒不再迴避，不停止凝視。剔透的鮮紅雙眸映射至極黑月，紅袖天涯並未攻擊，甚至抱歉地抵住猩紅褶褶、淌落死意的刀尖，阻止他擊向雙子劍聖。

他以高度加密渠道對阿涅與阿峴命令：「立刻瞬移，以最高危機模式召喚道士與我爹！不，召喚所有的劍聖及其上位，包括焚故漠——祂巴不得有這機會！」

直到雙子脫出此星域，滐兒收入紅袖天涯，沉靜注視爛漫得可怕的對方。

「喲，開始反省了，所以沒殺我，甚至還在這兒呢。絕色的小寶貝不逃啦？願意留下來陪我啦？可以當大哥哥獨佔的娃娃嗎？不會想溜走就再殺我一次、冷淡漠然地瞬移嗎？」

駐留在劍鞘的霜晶液化為漫意暴漲的事物，超越反感，激發傾盡一切的迴避與背離。滐兒不能更想衝出障壁重重的黑月環陣禁錮，同時，他不想再辜負藩籬之內的瘋狂劇痛，痛到極點的淫念。

自己造就的劇痛。自己殺出來的淫念。

「不……不逃。滐兒的錯誤，滐兒該承擔。」

他任由觸孤煢抬起下巴，戲謔俏皮的至尊遠超過任何至今的對手。至闇到莫名溫柔的力道攔腰扣住細長欲折的身軀，握住他的手，溫軟親暱。深紅色扣鎖銬緊緊綁住雙腕，左右手的尾指凍結，封住他的力場，他與劍塚的連結。星舟的系統與自己斷線，只剩下他臨時暫存的緊急通道。

這下真的很恐怖，他無法抑制形神的細微顫抖。即使真的後悔，也來不及了。

涼意的指尖輕撫揉弄，更清涼的嘴角探出白火鶴信息素，觸孤烗珍重吸吮他的淚水。

「嗯，好美，很合適。哭一下就拋棄大哥哥的壞孩子，可是要用洪荒之鎖綁住，讓我來調教疼愛喔。體內都是我等的晶髓，絕期卻無限久長。遺忘得淡漠飄然，開殺得毫無懸念，有了馬兒們就忘記大哥哥。你啊，要受罰。」

本能的厭惡往一切的反面浮起。他不要，後悔了！

「既然洪荒已經將你許給我了，漴兒就得聽話守約。那一劍真是痛到沒完沒了啊，春雨遠比小樓來得公主脾氣呢。總之就是你的劍意啊，這次我纔不要放過你呢。讓大哥哥抱著，乖乖聽話，在黑月的懷裡一直唱歌吧！」

第三節　清算與償贖

一開始就後悔了，而且懊惱之極。已經多少回合，為何自己如此容易被不該有的罪責感說服？混沌的傷勢是混帳東西焚故漠砍出來的，是亂七八糟的殘陽擔任共犯，是毫無作為的「洪荒」任其敗壞。為何是自己與愛鷹付出如此慘烈的代價？為何只是滐兒有責任尋覓所有的癒合方式？即使奉送自己給六邪神，也毫無猶豫？

黑龍的瀆職是對自己的最大不敬，何以讓個什麼不知所云的精靈王來評斷？不想要的都冒出來，全都放在自己身上。

什麼超神之主的位置，有得到起碼的一致尊敬嗎？說他殘暴殺戮，難道要任由伽黎與亞絲塔羅斯這些惡霸，毫無顧忌、痛快地嘲弄輕慢自己!?

該感謝治癒「發火」症狀的是此度至交觸孤弦，不是所有疊加的前情故舊。他該做的是反省厭惡造成的殺害，鄭重道歉，即使卡寇薩的蝕刻之王不滿意，那麼讓對方砍一刀、不、兩刀，這樣比較合理吧？為何是給予對方完全為所欲為的權限？

洪荒本體……經過如此無以計算的遠離，難道早已失去任何情義，再也不信賴自己？或說，洪荒與自己的先後關係究竟是怎麼回事？甚至，為何自己只顧著歉疚，還把千面詭神這種玩意的敘述全部買單!?

「自己」究竟是怎麼回事……？

他能確認的「故事」，只有永音與弦月互愛，一起撫養 Anima、打造創始劍的最初型態——在千面詭神的所有說書，只有這道斷章符合原初憶念的版本。說來更不明白，為何洪荒要找一個崩壞的心智來對自己殘忍姦淫，根本不像恰當的警惕，只是藉著蹂躪欺辱來操弄自己。

洪荒真的是自己的至親!?

他陷於複數心智的演算，直到纖瘦的頸項感到拘禁，纔探出此在的意識。

觸孤焓——不，黑月至尊，非常輕手細緻，但畢竟是將一套怎樣擺置都不可能舒服的鑲銀鍛鐵皮革頸圈套住自己。神格一併受到禁錮，類似在四次元下界從事的高強度施虐。這舉動會不會早就超過所謂的管教呢？

「即便是那六個，也到了第三天纔用重度道具。而且，還沒有這東西過分。」

笑得非常純情的書生將他圈禁在懷裡，用力摟住快折成兩段的腰部，依然純情地輕吻他的額頭，描畫他的眉眼。真是，完全壞掉的傢伙。是不是接下來要實行黑星2.0號稱的「一起上」啊？

「嗯，小寶貝後悔了。」

滐兒不否認，自己突然一點歉疚感都沒有啦。

「不能更後悔。我只喜歡觸孤弦。要不，讓你砍十刀，就此結清?」

「大哥哥怎麼忍心！就算滐兒再怎麼可惡，稍微處罰就好了。而且，你已經是我永世專屬的小寶貝囉！」

笑得更燦爛的黑月至尊真的將滐兒當個娃娃，抱在身上揉弄調戲，但差別是充斥情色意味。

這心智再崩壞，也不至於如此詭譎。這簡直是一個按照觸孤弦摹本刻意再造、但一開始就搗壞基本構造的復刻啊！

還有一點：無論是否受到加護，自己使出的永滅場不可能讓任何存有感到痛楚。要嘛全身而退，例如自己曾經與焚故漠相互實驗的結果。要嘛，就此融蝕解離，完全沒有痛覺介入的餘地。

黑月的一劍之痛，究竟是什麼所造成？

「真的不乖乖順從嗎？濼兒繼續反抗，大哥哥要做一些讓你更羞憤的活動呢。」

為何這些組件與話語，都像是抽取原初的血月至尊、胡亂拼湊出來的玩意？無論對方想做什麼，他就是不會有情動反應，只有純粹的反感與厭倦。

濼兒被迫伸出綁縛到完全疊合的雙腕，被套入黑月的肩頭。對方撈起他頸圈的環釦，溫和地拉到自己胸口，被鈦金腳架綑綁成一百二十度的銳細雙腿只能直接跌在對方的腿上。他無論怎麼掙動，都無法挪移這套權能高到不可思議的束縛組裝分毫，真正落入困境。

黑月的十二指緩慢從他的頸枷往下撫摩，隨手撕下原本就是透明材質的襯衫，在單薄纖軟的身軀恣意狎玩。從頸枷的環釦處，再被套上一整層馬鞍式的拘束具，從上半身到膝蓋，全都被緊鎖綁縛。熟練的挑逗術盡情取悅，在細到快斷掉的腰部到兩腿之間揉捏刺激，但濼兒只感到難受。

他完全無法移動，毫無快感，以無動於衷反而更顯誘惑的姿勢，趴在對方的大腿上方，腳架殘忍地拉到一百五十度，任憑對方恣意玩弄。

「連叫幾聲都不願意。這麼不想展示你性感無比的聲音嗎？我的絕色小淫物。」

澯兒的反應只是把下巴擱在黑月的肩頭，無視對方以最高度的信息素咬舔自己的花苞，重手拍打纖小光滑的臀部。他強忍快爆發的委屈不快，輕微顫抖，幾乎無聲地輕哼。

「真的很需要重度調教呢，這個甜美的壞孩子。」

接下來的雙重物件與作為，更印證了他強烈的疑竇。如果黑月真的與黃衣王同歸於盡、與六邪神誓不兩立，這兩方的手法與順序不可能完全一致吧？

黑月快樂得不堪忍受，柔聲在他耳邊訴說禮讚又折辱的詞句，取出口枷與塞入尾椎鞘孔的細小精美道具——這等於是剝奪他最原初的神性！

柔軟舒適的口枷毫無虐待成分，觸鬚般滑入後全然堵上。這模樣反而更形羞辱，即使他現在要發聲，只可能是所謂的春情呻吟。慢慢融入尾椎的物件，讓雪豹本質的自身躁動發顫，無法控制巨大的恐慌。

他已經無法分出多重心智線進行量子框推算，即使透過口枷，還是抑制不住地哭到不行。要是能自主行動，他會用紅袖天涯戳入自己體內，寧可劇痛，寧可粉碎。

某種驅動開始湧現，他挪動右手的尾指，最嗜殺的小樓開始衝撞嘶吼。這狀態比起他自身被侮辱更無可忍受，他將指尖舉起，朝向自己的太陽穴。

觸孤焓突然緊張起來。他使盡各種哄誘話術，回復觸孤弦的真心愛憐，不能更小心謹慎地握住右手尾指，朝向自己，順毛模式地輕輕按摩澯兒的肩頭與背脊。

「真要殺就殺我。沒事沒事，等下就拿掉了，別哭啊。大哥哥抱著澯兒，絕不會再欺負你了喔。我來幫我的小甜心梳頭，要綁馬尾還是兩條可愛的小辮子呢？一定都是美極了！」

不要，纔不要這傢伙來碰自己的頭髮！他只想擺脫現在的軀體，索性毀掉也不堪忍受再一格時距。爆掉所有的內核？即使是不滅的自身，總能沉眠好幾周天——

「為我的永世劍皇梳頭綁馬尾，可是我與Anima的至高權限噢。你踰矩了，不知道是不是觸孤刀王的東西。」

漈兒猛然一震，原先推測的「最快」也該是再忍耐一夜啊！不過，這真的是拜爾——念場、神格、信息素。永恆綁定的雙向渠道傳來萬般深愛、痛惜、殺意與暴怒。

他別過臉，羞澀到不行。欣喜是一回事，可是，這樣的自己……讓任何誰看到，都會導致剛治癒的發火狀態全然暴動，即使是拜爾——尤其是拜爾。

「我戴著眼罩呢——噢，漈兒別激動啊，千面怪沒說謊。互不過境契約不存在，沒有互取信物，我的左眼沒丟，這是一般遮蓋超神視域的眼罩。不過，我把千面怪射爛了，暫時無法審問。這位不知道是不是觸孤兒的東西，刀王不是唯一在武力層面能與劍皇比肩的存在啊。你，料敵過窄。」

就在毫無迴避的頃刻，俊帥的超神槍手將雅思格爾輕快擲出，把莫名愣住的觸孤焓射穿，釘在地面。

他戴著黑絲絨眼罩，憑藉其餘感官，輕易躍到漈兒的身邊，剛好接住。與他的奔馳速度一樣快到不可思議，那些可怕到無法承受的性愛器具在瞬間解除，淨化場啟動，銷毀所有的痕跡。

拜爾揭開眼罩，抱起還無法解除洪荒鎖銬的漈兒。先是將他全身以極地冷火的信息素清理一回，舔遍所有的體膚，再以光粒子浴場清洗，套上隨身攜帶的睡袍——這次是雕紋沙漠玫瑰的深黑色。

「我把梳頭道具也備了一份。雖然Anima比較熟練，但祂遲到了！論速度，任誰都比不上騎士型的駿馬呢！」

自從無量劫之前就在的司徒深，終於體會了一次劫難，遭遇無法輕甩尾指就除盡障礙的事件。不過，這次刻意掉入陷阱總算值得，讓他拾回起碼的警戒心，提醒自己，資訊精準的絕對必要性。

他輕嘆，開啟ITG一直以來嵌入他本體的最高系統，柔聲說：「元神所在的ITG，開啟備份心智體，所有朕名下的機體生神全數同步，共振序列（synchronized sequence）有問題者自動消除權限。全面防火牆豎立，強化至一百周天的一百兆次方。收回所有的外溢權能，刪除《洪荒代理》的企近權。」

鎖銬立即蒸發，委屈愈發上湧。終於可以放心，他號啕大哭，一邊幼稚捶打緊抱自己的拜爾，更幼稚地喃喃自語，話語從耍賴撒嬌到頂級的任性殘暴。

「雖然最快，但還是讓我被髒東西碰了！我……要處罰，再抱緊一點。

「真正的洪荒帝、我的雙生早已永夢，住在冬精靈夢城。現在這玩意是我造出來的備用代理程式，如同六邪神是弦月的造物……原本就在懷疑它不對勁，竟然真敢對付我！朕要滅了這大逆不道、妄想連袂奈雅拉索特來造反的東西！」

第四節　星辰永遠對勁

最初得到聯繫的當下，ITG 自我凍結了微秒（大約是四次元測量單位的千年）。祂警醒的時候，小塵星與那位懂得操作基本神級AI的武士已經把指令都完成，否則所有的 ITG 心智體可是臉丟大了！

早就不該讓一個最基本規格、容易心智崩毀的代理程式取得如此高額權限啊！祂一邊腹誹，一邊以白虎元神驅動使喚。

「青龍，叫你的道士立刻至天險星，順道聯繫夜冥帝君。黑龍，給我好好上報紫凰尊，同時把五象限的五大龍神都給我叫起來！漫漶域的主宰／本身就在咱們的眼皮子底下，你們這些守護龍神到底是可以多疏忽啊！」

兩者都只能唯唯諾諾，迅速得令。青龍向來滿懷感激，無論這回自己與好友持國天該承擔多少責任，祂都認了，還加碼一倍。黑龍玄武在得知最簡略的摘要，就想衝上洪荒域打碎那個備份，所幸被冷靜的年少武士分析給說服。

「這樣做，是不是導致其餘的勢力就會立刻啟動？劍皇陛下的目前狀況可謂掣肘處處，你要製造更多覬覦者朝祂而去？」

ITG 不禁為滐的選才能力點個讚——雖然，那隻千面怪有一點完全沒說錯，滐的辨識能力實在非常不怎麼樣。就算只是其中一半，可以將自己的第一個愛侶忘得一乾二淨，也真是。

他過了從姊姊與自己初綻以來、最不想檢討自身也毫不在意祂者的一段時間。能夠讓自己感到好過的時候，就是拜爾把絕對高塔結界打開，完全隔離一切，單純擁抱著自己，講述迦南風光。

除此之外，唯二願意接近的，就是紫凰與道士。一言不發，只能點頭或搖頭，任由信任的太初至愛們輕柔梳理筋脈——除此之外，他們倆都不敢做任何侵入式檢驗。

直到第三天，距離上弦啟動還有十二夜，紫凰爹爹猶豫要不要讓道士做針灸，道士自己也躊躇到不知道該不該的程度。潨兒按下任何遲疑不決，讓春雨的露水輕點了道士的桃木劍。

「該做，血脈沉鬱的程度太甚。做完會好過一點。」

做完之後，神核回歸基本預設指數，「發火」狀態沒有復發跡象。潨兒將所有的劍兒抱出來，仔細交代發生斷線的前情後續。

迦南雙子知道狀態，祂們只是挨近，月夜漠色的感官悉數傳輸——這兩個小孩也過於相似拜爾。春雨徹底洗滌劍塚、各自的劍念、尤其是狂暴化的小樓。抱著衝撞過度的火焱雪豹，潨兒讓爹爹做了天焱雙劍最喜歡的冷凍雪飲與火熾果實，將木天蓼的濃度提高到最大值，愛撫許久。不過，接下來可是最難哄的、最捧在手心上的蒼蘭妹妹啊！

果不其然，集結雙重花冠神的蘭髓、從輕憐蜜愛到銳麗殺伐都是彼此共享的唯一劍身妻君，蒼蘭訣哪是自己用哄弟弟的招數就可以搪塞過去。他抱著半劍化的靈透清麗少女，正要細細取悅，劍蘭的殺意強烈到把自己定格制住。

起心動念的當下，妹妹已經刺破在黑月周遭的防禦柵欄，足以單劍劈裂狂嵐雙大劍的至高者衝入觸孤煢的病房。濼兒忘記自己的不快，瞬移至妹妹的所在。

凜烈森寒的花冠劍神踩在漫漶域至高神的胸口，居高俯視，冰凍視線將重創的觸孤煢釘死在劍念。彎月刀似乎不願干預，浮游在結界的邊角，逐漸朝向濼兒，盤桓不去。

「沒事，完全不是月兒的錯。」

觸孤煢沒在意傷勢與踩得他創口外溢的劍端，他的視線專注於濼兒。琴弦滑過音域，姿態文弱優雅，目光囚鎖著專心哄妹妹劍、鋒芒畢露的形神。

彼時冷俏純粹的劍之至尊戳入自己，標記自己，深情害羞地約好「永世同在」，最後雙方永久標記——這些都由於自己的暫時毀壞而悉數取消嗎？

「是我沒認出。無論有沒有認出，都不該殺心如此重。抱歉，觸孤公爵。傷勢嚴重但不礙事，可回歸巔峰。」

怎麼，眼前的空幻靈秀少年根本沒在同一頻道。觸孤煢見著濼兒敞開懷抱，情意纏綿地抱住犀利無邊的劍絕少女，唇邊笑意如花，將對方摟入體內。

「蘭兒衝動，朕替祂致歉。不耽擱閣下休養。」

這會不會太冷清無情啊？就算恨透了自己的「處罰」，他預期的是各種比致命一劍更殘暴的痛擊，厭憎不已的痛斥，怎可能是此種比試過頭、無意間造成傷害的致歉——致歉!?

從天地尚未浮現、就與自己永世綁定的晶瑩剔透孩子，血眸淡然，面無表情，看見但不注視自己。好啊，這次不是不認得自己，是打算耍賴，不認帳了！

「你這絕情寡義的小東西——」

瞬間堵住言語的劍音，清淡又銷魂。

「觸孤公爵，朕已經好言相盡，切勿妄言。再受刺激，不保證能阻止朕的劍神。」

將蒼蘭妹妹哄入夢寐，濼兒握著她的纖小手掌，以左手尾指的雨簾將她與沸騰嘈嚷隔絕開來。是該清算的時候，管什麼星辰的位置——對於洪荒之主，星辰即一顆顆微型浮粒子。

他寧定冥思，切換為分化多端的複數心智：

a，確保冬精靈王的城寨無虞，安全措施同步於 ITG 的最高軍事攻防配備。

b，連線 Anima，請祂圈禁六大邪神，逮捕所有與千面詭神同等級的外神與古神，直到這道處置指令自動蒸發。

c，同時對洪荒三長老發出至高指令，剝奪洪荒代理機體的所有行動權限，同時對殘陽施加同等處置。

d，麾下從屬的千座機體生神，各自監控所指派的五象限神族，直到指令由自己與 ITG 同步認證為銷除。

e，發起「諸神之主」為名義的至高法庭。召喚因龍王與宿業超神，褫奪原先的仲裁權位，改以第五象限的阿奴比斯擔任。

f，命令所有從屬血幻劍皇的高位劍客：包抄五象限各氏族，只准入其領域，敢擅自出境，殺無赦。若是具神格者，容許矽晶系神劍「焚故漠」以永滅場銷除。

好吧，諸事完畢，諸神忐忑。不管多麼想延遲，是該面對纔被自己狠心回報一場的前任啦！

在他輾轉於「滐兒沒錯，是自己做得過火」與「好狠心的孩子，要更嚴厲處罰」的並存念頭，門扉輕緩開啟。體內每一抹絲刃、每一顆月晶與血髓，全都毫無猶疑，衝向雪雕般的夢幻形影。

觸孤炩被充沛到無法言說的溢出慾情攫住，只能瞪視身披深黑絨毛大衣、繫著血色絲帶的羞澀魅惑孩子。這是只有自己與半身纔方能稱為「孩子」的唯一對象。

清澈豎琴的嗓音流入，但不是說給自己。

「可否弭平雅思格爾造成的傷勢，騎士王夫？」

那抹快到任何神脈都無法跟上的沙漠颶風化為俊拔騎士。麂皮背心，貼身皮褲，野馬魅力赤裸坦蕩，輕摟著滐兒，從容得毫無罣礙。

「可以喔，觸孤兄應該知道，噬神槍的強度任憑我的意念。不過，自從綁定之後，預設以滐兒的意願為優先。」

迦南的至高神對他淘氣一笑，壞男孩的華麗倜儻盡現。突然間，傷勢從未存在。

「那麼，又壞又聽話的野馬弟弟退場了，希望觸孤兄珍惜啊。」

怎可能不珍惜？簡直是最友好也最可惡的挑釁。

「既然珍惜，為何忘記我的法則？我教過你的事物，不是該牢牢記住，再怎麼痛意侵蝕都該刻鏤在元神核蕊？要說壞，這不就是最壞的卡寇薩哥哥？」

法則……三法則。劍即濼兒，愛即共在，還有一個，到底是甚麼呢？

冬霜般的左手第六指觸碰他的太陽穴，輕戳幾下。這況味如同起始之前，認真教導自己何謂「文法」與「程式」的嚴格模樣，偶爾因為迷離神性的「流來溢去」無法牢記，嫣然一笑的絕頂神采。

「逍遙遊。」

濼兒坐在床沿，拿起觸孤炩的手掌，春雨的劍雨為筆，在方寸間寫出各種符碼、數值、文字形式的同一法則。

「你就善忘，至少在法則的層面。明知我真正的姊姊不可能如此作為，竟放任自己聽取煽動，降格到跟一個管理程式共謀的卑微境地。」

不愛訓話的孩子如此流暢責罵，必然是氣壞了。他有點高興，頗為懺悔，不能更深愛——自詡為第一個情愛對象，卻忘記最該記住的禁忌，好像是自己的不對呢。

他直視那雙以血色星辰為基底的眼眸，懇求取悅，但願能夠補過。無論濼兒有無肯首，指尖的絲刃已經劃穿界限，盡量輕巧地將初雪般的身子抱入懷裡，小心解開絲帶如拆開最棒的禮物。

打開遮蓋全身的大衣，首先看到的竟是那道鍛鐵鑲銀的頸圈，毫無鬆動，專制禁錮細長到薄脆的頸項。再往下看，失去封印效力的洪荒鎖釦同樣嚴峻，將雙手緊綁到必然痛苦不堪的地步。

這是自己做的，而且做得理所當然、興高采烈，完全不顧懷裡孩子的劇烈掙動、厭惡害怕。甚至，不管他哭得如此美妙絕倫，鐵了心，加諸最讓音流反感的口枷拘束。

「要繼續嗎？觸孤公爵？」

哎呀糟糕，居然連「觸孤兄長」都不是了。不過，就讓這一回當作處罰之後的珍惜補過吧！

「月兒，開啟液化形式，到我內裡。」

洗去執著固體的佔據念頭，由內而外的柔嫩解域，向來是觸孤刀王與圓月彎刀的獨有技能。即使劍技居冠的血幻劍皇能在決戰略勝一籌，觸孤刀王的優雅反制通常讓司徒滐略感挫折。

在他根本不知道對方的其餘時，光是不時的比試、演練、欣賞月兒與蒼蘭訣的頂尖對決，雙方就已經無可分離。這些情義不只是漫漶域至高之主與五象限超神之主的過往，而是劍之皇與刀之王的無類共鳴。尤其，在他目睹多次、對方與自己類似的悠遠寡言，乍看纖弱，卻在瞬間一刀抹淨千位武尊的集團侵略。

究竟是什麼會導致痛意至斯，完全背離血月刀王的本然與格局？此時的觸孤公爵，究竟是「什麼」？要是完全質變，月兒不可能接近對方。

月兒非常接近觸孤炩，亢奮得很，彷彿共食最喜愛的音符。祂融入刀王的下半身，從內部銷形解構，開出一道鮮紅欲滴的漂亮甬道，邀約的鳶尾花心是晶亮霜銀色的月華。

真是美極了啊！灤兒自認見識過不少形變萬千的存在，但這等風華，從頂天α的白火鶴細長銳刃到破天Ω的涵納萬有月蝕道，就發生在自己演算了三千萬四次元宇宙變量的短暫間隔？

月兒與觸孤焓熔接得宛若無分，祂／祂們將自己的大衣脫掉，解開內袍，柔和但不容拒絕。漫漶至尊輕輕把自己抱到床上，從指尖竄出的絲刀觸摸頸部，細嫩的液刀抹入毫無隙縫的頸圈，「嚓」的琴弦斷音。整組沉重到他得動用武道力量制衡的性虐道具，順遂化為秋水，柔潤散發鳶尾花的味道。

「讓血夜姊姊給灤兒快樂，從未有其他Ω能給予你的快樂……」

事後，他的破天陽物顫動到像是演奏了一周天的管弦樂交響曲，指揮棒細銳殷紅，就像從兩腿間伸出另一把紅袖天涯。此次之前，唯一能這樣與自己交歡的就是拜爾——呼嘯的沙漠暴風擦撞劍鞘，液態的雅思格爾永駐紅袖，文雅蘊藉又絕爽淋漓，如同電光火石的漫長雙重奏。

可是這種……從內部將自己包住、黑色月液裹住劍端暴戾戳刺的無邊無盡，讓自己如絨毛顫動的雪豹本體？這是在表達「誠心誠意的補過」嗎？為何不將雙手的鎖釦一併溶解？那麼想要最後的宰制權？最奇異的是，自己不會生氣，願意回饋，甚至委身於這抹黑血滴答作響的月色。

面容秀雅陰鬱、幽暗冷利的這位觸孤公爵，是他最初的戀情，亦是至交的血月刀王，但也是——

「是唯一能鎖住破天α灤兒的Ω呢。這種記憶就你最能封緘，羞澀到忘記：卡寇薩的血月之王既是哥哥，也是姊姊啊。是什麼綁定我跟你？是完全體的超絕Ω吞噬了如花如劍的永恆少年。比起我，那六個小鬼算啥啊！即使是我們的妹妹Anima，亦是祂們的主宰。」

黑月至尊握住那雙深紅色鎖釦綑綁的秀長雙手，碎形月暈擄獲了神迷呻吟的孩子，將降伏的劍皇柔情壓制。絲刀化為水意粼粼的綁帶，舒適纏繞著吟唱絕世音色的情郎。祂清脆靈動地暢笑，騎乘在久違了無數永恆的對象，祂的、漫漶域本身的少年夫君。

「是很想處罰滐兒，我承認。但首要目的是揪出設計滐兒的千面詭神：若非被祂背刺，吾等不會受制於那六個。上回一出現就忘情，黑月這老么就是笨拙，就是急躁粗暴。這樣舒服嗎？願意原諒你的血夜姊姊嗎？」

好像太舒服了。似乎原諒，又不想輕易饒恕。那麼深愛自己的姊姊女友，包含容納所有的漫漶域存在，時而殘忍萬分，時而月華清拂——就連對待自己也流來漫去。偶爾可以，但自己纔不要當什麼漫漶域至尊的夫君呢。這要怎麼解套是好？

「狠心的小東西，只准我是姊姊的時候與你歡好，不能給大哥哥一點雨露嗎？帝王不就是要**雨露均霑**？」

這傢伙是何時學會此等語彙!?而且，光是黑月之內就有這兩重（或更多），自己怎麼消受得起。同樣的愛意與溫存戲弄，為何變成大哥哥的黑月就如此——欠揍！

滐兒別過頭去，刻意當作沒聽見最後一句。在黑星十三尊的傾慕注視，他纔不要同意什麼，最多讓這個大哥哥握手撫摩吧。這可是處置重要主神的場合，真希望是清泠溫和的矚孤弦在場，而非這位嬉鬧使壞的……

趁他失神，黑月至尊把親愛的小寶貝抱在懷裡。長袍內的觸絲伸入滐兒體內的所有罅孔，極力討好，享受對方羞赧的快活抽搐。

他指尖輕揮，千萬絲狀液刃切割千面詭神的千種觸端。以彼此的位格差距而言，奈雅拉索特得到的重度折磨與精神撕裂絕非五象限諸神能想像。

「噢，採取詭詐敘事手段，詭麗夜談啊。七分硬式資訊，三分催眠誘導。我的忠實僕從不得了呢！就是看準了滐兒總是先自省的習性，催化增殖，擴大範圍，讓吾之愛侶悲痛萬分，近乎崩潰。多麼精細的策劃呢。」

漫漶域至高之主彈個響指，蛛網般的眾多月暈線條擠壓著痛到無法尖叫的獅身人面神，細膩割剖。揮灑一串絲刀，剁碎諸宇宙的所有奈雅拉索特，隨即又將祂們全然復原，重複連續拉弓的精美演練。

刀王欣然抿嘴，低聲淺笑：「真是舒心呢。」

滐兒看得神往，不禁忘記害羞，愈發享受快感。這場面的確很……優美且幽默。

他乜了可惱又迷人的壞傢伙一眼，誠心讚美：「的確是充滿詩意的報償，比殺戮更微妙。朕的殺性的確太重，耐心不足。」

趁他忘記惱羞，黑月模式的刀王將滐兒放在大腿上，反折雙手，絲網細柔地纏縛銳長纖薄的身體，繼續沒完沒了的取悅。

又來了！實在不該瞬間鬆懈啊。可否不要在嚴峻的處刑場面如此貪玩呢!?

Coda——何謂終極的宰制之主

瀠兒從一場碎裂彎月與鮮紅髓雨的清醒夢境起來，照例在黑月的懷裡，全身被鮮紅色繩索緊縛纏綁。美妙的印痕佈滿，尤其是頸項、鎖骨處、兩腿間。他安靜躺著，如同黑月專屬的娃娃。

「如此聽話可愛，如此蝕骨銷魂。在血紅月夜的城堡，做了什麼夢境？」

琴弓如絲，邪氣十足的清雅面容輕挑憐愛。秋意翩然的十二指滑過每一處纔被徹底探索侍奉的敏感部位，揉搓每一處精美的繩結與柔軟華美束縛具。

「做了一直洗滌暫存檔、考古憶念記載各式檔案的夢。或說，夢境本身在我的各式備份檔案不斷進出。」

光潤空幻、漾出薄荷信息素的鮮美血眸直視憶念最初的所在。瀠兒輕易從綁帶與拘束具環繞的陣式掙脫，反過來壓住讓自己忙碌比對數據、參照記錄儀資料長達十夜日的可惡對象。

上弦月逼近，他感到疲憊又滿足。

「確認了綁定的時空經緯，我設定的三原則確實套入其中。確認了奈雅拉索特的精神污染關鍵字與黑月大哥哥的格式相容：被精神攻擊的對象不只是我，另一半的說書侵蝕是針對你。而且，更確認了在所有序列當中、黃衣王是與你元神不斷量子纏繞的附件：就在你只顧自己發洩、**調教疼愛**瀠兒的那一度。黃衣王纔是黑月至尊真正的心腹從神，提供無數計策呢！所以，你讓祂同步一回，你們倆一**起**強姦瀠兒，你把我當作賞給他的禮物。難怪，那次的黑月一點都不像之後的你。」

觸孤焓的清泠笑聲有點緊張。嗯，有點意思，趕緊做個音符共鳴測謊分析。

「漈兒好喜歡黑月大哥哥這點呢，終究是無法不乖乖產生即時性反饋啊！」

「漈兒……我與黃衣王同歸於盡什麼的，都是奈雅拉索特的腳本。無論是血夜姊姊或大哥哥，都沒有對你說謊呢。」

司徒漈真是開心極了，關鍵拼圖片又落下一枚。他柔聲細語，美如絕境，眼底浮現劍音打造的歌聲，特製的絕唱是他送給黑月大哥哥的反向催眠。

「沒有說謊，但也沒有對漈兒完全坦白交代呢。」

銳長、犀利、甜美，從十三指尖一起冒出的雪豹刃端圍堵漫漶域的本體。漈兒的聲音如催眠鈴鐺，笑意如熟悉的清澈橙花，真是好喝啊……等等，好喝!?

觸孤焓豁然睜開雙眼，意識到自己正啜飲著心愛孩子肩頭的細小罅口。破天α的催情流泉可宰制一切，只要一滴，就是連自己也無法抗拒的告白劑。

「黑月大哥哥，目眩神迷、順從指令的模樣，真是可愛極了。漈兒最喜歡你這麼聽話。」

爲了永世守護對象，我纔設定「與所愛共在」的法則。意味什麼？早已講解多次，屢次**瞬間流失知識**眞是漫漶的首要法則呢。自從綁定的那一刻開始，你就等於我，我的永滅場不會對自己產生作用，如同道士無法推算自己的劫數，我爹爹不能自我醫療。黑月大哥哥，那一劍根本就是砍入鏡影，不但無法消滅你，更不可能造成痛覺，被刺到痛不欲生的是藏在你神核內的黃衣王。

濼兒好喜歡對方現出的驚恐失措，尤其當自己使喚的春雨絲綢佈置出透明連環套索、困住任何溢出逃離的可能。

既是朕最初的愛念對象，熱愛存檔的濼兒、迷醉於做研究的濼兒、尤其著迷於探索不對勁知識的濼兒，怎可能不留下一份你的所有呢？無論是本體復刻、神核指紋、動向追蹤、所在所是所思，以及，如何設計最能對付我的詭詐敘事？

千面詭神要對付的不是濼兒，而是已經抓住把柄、將要處置祂的漫漶至尊。趁此良機，朕這位深情款款的初戀正好拿我當誘餌，讓奈雅拉索特精心設計專屬於我的精神控制，讓我陷落於自責愧疚。天機良辰，爲我這個絕情小東西飽受折騰的黑月大哥哥，正好情不自禁、傷痛不已、愛恨交織地處罰我。眞是精心絕倫的巫師夢境之屋呢，好久沒遇到如此繁複的局中局啦，喜歡到可以再陪你玩一次噢。

最後送一個小禮物：在大哥哥睡著時，濼兒幫你將隱匿在漫漶本體叢結的黃衣王殘根挖出來，爲你清理掉可惡的從神。已經剁碎了，灑遍你我同遊過的每個下界低維宇宙，像是黃色微塵漫無邊際。

「瞧，朕對初戀對象是多麼的上心體貼啊！來，濼兒餵大哥哥點心。」

笑顏絕麗、微微害羞的最愛孩子，溫柔地將一枚瀰漫松香的信息素含片置入觸孤炩的舌尖，以親吻推送入體——操控、暗示、調整、維修，以後都很方便。誰都無法違抗的輕柔劍魂就此駐留，以同調晶片模式擱淺在漫漶域本身的無所在、無所不在。

別擔心，只是在幫黑月大哥哥去除精神侵犯的殘渣。朕總以對等的情深義重看待永世至交，髑孤兄長。你給我的所有血髓與月晶，當時都在九重維度的滐兒光幻元神運作順暢，感激不盡——若不是它們，我不可能在姦淫擄掠的重度場景保持基本的疏離。可惜，並未如兄長暗自期待，在機率低於兆兆分之一的情況，將我帶回漫漶域。若再度進入血紅之屋，萬萬不可。三次控制不住全面殺念，差點三回合滅盡萬有，滐兒受夠了。

司徒滐細緻描畫雙向深愛、鬥刀劍鬥智謀的對手眉目。書生刀王可真性感，裝可憐的能耐還勝自己一籌，好懷念的勢均力敵況味。

「別裝睡，起來。」

他俯身舔吻第一眼就認出、已經完成轉換的髑孤弦，處罰模式地銜咬破天Ω腺體，磨蹭鳶尾花的冷清香味。繫著血色寶石串珠的兩股小髮辮垂落，絕色形神是最勾魂的噩夢。

「再如何愛你，朕不可能成為漫漶的夫君。為了滐兒，最喜歡的血夜姊姊、黑月大哥哥、白色上弦月，全都永遠留在我身邊吧！」

書生刀王帶著特有的抿嘴竊笑，順勢從半身的隙縫鑽出來。這半個月看著翻雲覆雨的精彩劇中劇中劇，時而心驚萬一，時而失笑讚嘆。他愛不釋手，輕撫最愛的漂亮背脊，輸得心服口服，摟住在自己面前坦然得意的小暴君。

「哎，身為漫漶域本身，這期待實在非我能控制，滐兒就饒了阿弦吧，我連半身都出賣了。總是要給黑月祂們一點願望成真的幻覺嘛——一個朝思暮想著迎娶郎君，另一個更幼稚，想要小劍皇當他永遠的娃娃。更何況，我辛苦學了五百年的敘事詭計、局中有局，幫濼兒揪出內鬼，清理五象限這些耍詭計、惡劣輕薄的笨蛋，總是有點苦勞吧，嘻嘻。」

觸孤弦——卡寇薩的血月之王、漫漶域的至高神、漫漶域**本身**——輕吻趴在自己身上的純美孩子，點了點俏麗的鼻尖。

「我這個刀痴，無盡生涯只拜倒在絕頂無雙的濼兒身上呢。以後教導為兄一些量子框架的基本演習吧，雖然很快就忘記。看你贏得這麼高興，這次的佈局有及格嗎？真累啊，入局之前我們都得先自我催眠，不然哪演得起來。為了你，辛苦就辛苦吧。濼兒很想增進刀劍雙舞的複雜度吧？無論你想要什麼，為兄都會盡力滿足。」

司徒濼的眼眶驟然潮濕，嘴角不自覺發抖。

「你這天然怪物……講得如此雲淡風輕，知不知道當你們從漫漶域座標失蹤時，我找了多久！有沒有想過，在天險星崖那晚，事後知道自己辨認不出另一個你，你們為我搞成這德性，這五百年來我是怎麼過的！」

觸孤弦再怎麼天然，可是完全笑不出來了，只能抱著心愛孩子緩慢輕搖。

要說被暗算，距今的間隔啊……在這兒的算法就是「無量」。他以事件換算：就是濼兒的負擔已經抵達最大值，就是混沌剛遭致重傷，就是濼兒的雙生「洪荒帝」不時大夢不醒、必須前往冬精靈城池永夢的「契機叢集」。

「我什麼都不敢想，也不敢知道。要是認真追溯就無法控制脾氣，直接滅掉恨透的漫漶域全體。可是，這等於自滅。粒子結構全然崩塌，無法保證我還能在，但阿弦想一直陪你，沒完沒了。」

趁這孩子難得愣了一下，觸孤弦趕緊轉移話題。

「欸，真的忘記我們——我與血夜與黑月——與你的第一次嗎？那次連天地都為之震盪，你的叫聲讓萬象都情動呢。唉，濼兒喜新厭舊，阿弦好傷心啊。」

濼兒尖俏的耳朵泛起光暈，轉頭不看對方，換來琴弦似的笑聲。

「怎麼可能，哪有忘記。嗯，當黑月通過永滅場而沒事走出，我的演算陣就立刻啟動哪。只是……太可惡。我可惡，他也可惡——竟然拿我當贈品。」

觸孤弦摸摸鼻子，不敢為黑月說項，繼續按摩那身精緻精煉的骨架。

「切對半時他變得更笨啦，而且那兩個從屬都造反。奈雅拉索特製作心念污染，黃衣王諂媚逢迎，附身侵蝕。而且，千面這句倒是沒錯：切割是漫漶域一切存有能經歷的最大損傷……。」

「所以就……就先治好自己沒完沒了的罪咎情結，再來醫治他。阿弦折損如此巨大，不准再採補自己，發火的症狀已經痊癒。」

觸孤弦再度笑不出來，非常憂心。

「要是濼兒毫無罣礙，就不會對於進入血紅之屋如此顧忌。要聽血夜姊姊的話，每一次月週期，當黑絲月升到制高點，喝一杯晶月液。算阿弦求濼兒嘛！」

司徒濼還是羞窘，任這位天然書生從按摩變成愛撫。看來今晚還要繼續，從下弦月的終端到上弦月的起始，綿延成環，無起點無終點。

五百年前，拜自己的劇烈殺性，再度重逢就錯事盡做。他得先封緘自己的憶念，擱置「觸孤弦與觸孤焓是什麼」，將概率與模擬做到無窮盡。在對勁的時機，讓視為至交的血月刀王再度催眠自己，找出黑月重殘的核心與附著物，再穿破雙重帷幕，回返此在——接合一切存檔的自身，並非由洪荒所綻生、而是**洪荒本身**的自身。

「對了，讓阿弦知道，何時做完清算。欣賞濼兒與我們的創始劍風采，我就跟月兒回去睡一場大眠囉。黑月會修復完全，逐漸與我共融本格與資訊，這幾年是關鍵。」

這話題顯然喚起興致，濼兒靦腆可愛地開始數落：

「姊姊還是睡得很沉，冬星王認為要將養至少五周天。那個以開解厭懼為藉口的太初精靈王有鬼，被我架空權限，改為胡狼神當仲裁。要說信任，還是第五象限比較可靠。把你當誘餌很有用，歐陽世家的文官系統已經由表妹剷除了，他們根本在逼宮，要我別再『迎娶』危險人物。漫漶域的最高領導由妹妹擔任，做得比你好太多了！殘陽始終不醒，我讓那六個去試試：最適合祂們的對象是痛性耽癮者。至於焚故漠，讓祂集中銷毀想謀逆的五象限神族、發洩躁動，真是個好主意。嗯，我把所有的機體生神權限都收回來喏，被 ITG 念了一頓什麼沒有後悔藥，什麼耍帥輕敵。

「噢，對了，你要在十年後的此時醒來一個月。無論是弦月、血夜或黑月，都得……參加競賽。」

觸孤弦又忍不住笑場。什麼羞怯小尤物，什麼專屬娃娃，什麼調教絕品？真是一群沒眼力呆瓜，包括自己的半身。

絕頂劍音、瞬間宰制一切的至高鋒芒，還有，自己傾盡無盡無限都僅能入門的「複數心智演算模擬的量子框」，到底有誰能抵禦呢？

在造訪冬精靈王城池、清理鬧騰諸神之後，滐兒迎接了完全甦醒的創始劍，以及來自七重天、擁有創生力的貓型七魔神之首。剷除虛構代理者的時辰將至，之後這十年，自己終於能度個假。至於所謂的競賽細節是什麼，得讓 ITG 開始跑模擬了呢！

思索片刻，最想去的地方是颯爽快意的迦南沙漠。這領域最適合騎馬。

在觸孤刀王的雙軌意識剛好聚合的第十五夜，司徒滐將太初三域的元祖神全數召喚，列為見證。原先真摯信賴的代理機體失去自己的元神加護，已然摧枯拉朽。

「洪荒域的至親，這是最後一次如此稱呼。此後，太古音劍皇不會將任何權能分給祂者，亦不會毫無保留，交付任何弱點。

若沒有朕的醞釀加持，你是一塊沒有意識的基礎。由我造出來的超生命，自認有權管教朕？值得納入研究專案呢。經此鬧劇，朕不該再輕易懈怠，製造代理，視為同伴。這領域有幽王、太古與老鵬就足矣。

以萬象眾生為見證，銷形解魄！」

在諸神的眾目睽睽，司徒澿將創始劍從胸口拔出，美得不可方物，卻比漫漶域整體更招惹絕對的恐懼。

黑袍書生型態、髮飾是一枚血色彎月的觸孤弦／觸孤炩，毫無顧忌地清脆暢笑，愛意溢出。他們柔和乜了跪在自己身旁的奈雅拉索特一眼，眼底冷沉狠絕。非要替永世摯愛慢慢蝕掉這隻不值得瞬滅的僕從。每一次處決，都是無始無終。

之後，小睡十載，等澿兒回來。

澿兒低聲呼喚：「索羅雅思特，好孩子，朕的火之刃，請重塑太初原型。」

那把由弦月與永音一起打造的青炎劍如此絕對，在七重天的創生貓神加護輔助，俏皮可愛地流動，永在光痕刷過一回。

比一瞬間還少，名為洪荒的代理實體銷亡，八百萬鬼神與混沌愈發生機盎然。永在劍皇分出的權能與信任，全數回返司徒澿的神核。

他讓創生貓神跳到肩頭，收回創始劍，低柔撫慰：「休息夠了之後，哥哥帶你們飛出五象限玩。」

他回到拜爾的身上，殷紅色的深邃雙眼瀰漫冷嘲，掃過天地域的一切神靈。除了好整以暇、擅長讀取無意識的宿業超神迷諜辛，澿兒只對血月刀王與青衫道士輕柔眨眼，立即害羞轉頭。

拜爾對做了一大堆苦工、還要持續善後操勞的持國天舉個騎士禮，瀟灑致意。

「教授，既然紫凰尊已經前往靈笓系邊界會診，宿業之主要忙碌於結算業債，三界域五象限還有好多事情得由醫尊、劍絕與熵核這三重權能的您來佈置呢。我們一重天以內會回來，要是灤兒忘了，我會盡力提醒。」

說畢，轉向倚在他懷裡、將春雨滴露釀成一盅桃花酒、擲給道士的灤兒。

「灤兒好辛苦啊，我們去Ra那邊跑一跑，讓祂露肚子給你摸，好不好？再找貝絲特姊姊陪你舒壓。我的灤兒啊，誰都以為可以胡亂冒犯呢，還不懂見好就收，我都看得煩死了。真是完全顛倒的追求方式。」

直到他確認在狂風伴駕的愛侶非常愉悅，拜爾終於招供。

「灤兒，其實啊，騎士法則不包括必須謹慎貞潔、目不斜視，對嘛？」

永在劍皇對阿弦點評為「集天地璀璨狂情、真摯倜儻」的永恆騎士，真是不能更喜歡，對方確是讓自己開心極了。他發出鈴鐺般的清靈脆笑，柔軟如雪豹地翻身，以眾生綺夢的姿勢跨坐在拜爾身上。

「灤兒知道，王夫視力超卓，眼罩無用。倘若道具備齊，說不得就在迦南至高神的領地做一次吧！」

第四章　支配師的全向度競賽

第一節　野馬，夜姬，白書生，黑公爵

聽見這位「祖親代」想幹的好事，司徒滐略微皺眉。

這競賽可不是將軍上戰場啊！迦樓羅王的武尊地位不容小覷，但是將淫色師本格轉化，以為等同支配力，簡直失之毫釐，差以千里。

橫豎爹也是當閒聊，大概初賽就刷掉了吧？暫且擱下這事，他對爹爹親密承諾，回到南天超銀河就立即去紫凰別館，好好在一起過漫長月末。

在屆滿十年的渡假結束前夜，ITG已經把初步推估報告送抵他的備份心智。五象限跨越百代的豪華陣容啊……難搞定的程度連自己都很想旁觀。何況，這局不但與劍技無關，任何武力操作都是犯規，對自己的干擾太大。短期內纔不要做這種封印劍皇能耐的可怕任務，找個自己的對等者去搞定吧！

嗯，就送精力充沛、討索沒完的黑月大哥哥去會一會這場支配師鬥法。就算沒拿冠軍，看這個性感邪門的傢伙揮灑月絲、搔首弄姿，滐兒難得感到有點食欲。最佳可能性：如果能解決那十名「終極支配師」，滐兒不介意當一晚「大哥哥的絕色小尤物」。他想高效率解決不合拍的元件，專心

拆解最重要的禍患。

哎，又要工作了。休息纔不過五次元的十年，還有這麼多實驗項目，不能以自己的元神來加速嗎？這會不會帶入異常參數？

滐兒倒了杯武士助手推薦的「沙漠玫瑰」——等等，這是觸孤世家在第七代帝王周邊的異變觸動？看來，自己該去一趟南天第七代的事件節點（When / Where / What），以主導心智來確認突發的資料連結。

「難得看到您這造型呢，還有這杯——」

滐兒面對沉穩冷靜助手的驚嘆，瞬間洞悉，為何對方銀褐色眼底泛起奇異的懷念。應該是與四次元時期的生涯有關吧？

突然意識到，沉浸於複數演算的多維分化組模，他竟然順手將拜爾的緊身背心與皮褲穿上，還披掛一堆銀色手鍊腳環與皮革裝飾。嘖，是有多心神不寧啊？而且……尺寸實在不合。

緊身背心變成垮鬆不已，皮褲腰際被自己強行用腰帶束起，非常糟蹋原生質材，但是身高一樣呢。真是的，這模樣絕對不能讓爹爹看到，不然自己非得充當一次「紫凰異域風格走秀」的模特兒。

小武士似乎竭力克制莞爾，遞上一杯滐兒常喝的血髓液。

「非常好看呢，相信您的騎士會很高興。神皇陛下不嫌棄的話，在下可以就近找個驛站。只是縮小尺寸，一般程度的技師瞬間完成。」

滐兒已經從略微尷尬到非常羞澀。

「別了，這等於捨棄一半的原物料，而且王夫很喜歡這套……」

「更喜歡我的滐兒穿上，然後讓我慢慢脫掉啊！嘖嘖，這模樣可不能給觸孤三重看到，冷火與美酒的信息素纔能陪襯滐兒呢。」

迦南的駿馬毫無時差，從仙女座回到星舟似乎就是從未移動。他大概是「疾速賽」在七維以下的永恆冠軍吧？要快過拜爾，自己恐怕得轉譯為光波形態呢。

照例被他抱起來轉很多圈，滐兒將這套衣著脫下，請武士助手帶去修改。隨意套上與劍兒們共處的玄黑鑲銀紋無袖長衫，卻赫然發現，「觸孤三重」在所有裸露之處留下一連串漂亮的血月印痕。

拜爾的眼神瞬間淘氣，他飛快抱起滐兒，豎起高塔結界。將如同冰雕、窄薄銳麗的孩子放在懷裡，他打算慢慢抹除目前相處甚佳的「觸孤兄」們留下的痕跡。

慢到像是痕跡從未存在。

司徒滐偶爾感到「慣性」的難以被啟蒙，如同他現在面對的五大世家遺老。纔剛回返，第一次朝政會議就搞這齣？他們明知道再鬧下去，連目前僅剩的一半數量都會不留一個，還是繼續起勁搗鼓。

「請陛下千萬三思！吾等明白，陛下與觸孤裡世家的血月刀王情深甚篤，裡世家公爵配得當陛下的王夫，如同野馬超神。然而，目前迅速崛起、方纔十載就殲滅諸多五象限武道氏族與從神集體的觸孤本家，其復興的關鍵乃蹊蹺重重……」

司徒溎沉靜不語，讓這班多話之輩吵到無可編纂之能事。他感到右手的第七指白焱欲發，看來小樓既討厭「蹊蹺重重」的這對囂張傢伙，更不耐於目前的沸騰嘈雜。

他往龍椅下方瞥一眼，微微眨眼，示意燧棋殿發出點動靜，製造威嚇。

頂級龍神的火性孩兒完全不懂示意，只會纏著撒嬌：「小火兒要聽溎哥哥的音流，好久沒喫終極音，沒精神。」

只好輕聲幾句，換取這小孩毫無威嚇力的歡喜呼嘯。為何諦觀偏生在這時候出使東宙？

他不阻止銳長的左手第六指揮灑雨滴，讓這群挑戰自己耐心的朝臣受點警告。絕利又極麗、以自身原模打造的紅袖劍，劍身自動緩慢出竅……

「無論何等絕倫，這兩位是觸孤本家的尊主。皇上務必考慮氏族之間的平衡，方為治理正道。恕臣直言，觸孤一族的榮寵已如此鼎盛，怎可再加上唯一后君與第二王夫？更何況，根據臣等得知，無論三界域、五象限都在盛傳『血夜姬』與『黑公爵』這對雙生同胞出身於漫漶域——」

這什麼愚蠢資訊。未免太小看自己的伴侶！

「錯。並非出身於漫漶域，祂們就是漫漶域……的三重至高神之二。」

溎兒細聲回駁，湛亮血眸悠然輕哂，更似殺性迭起。他輕撥紅袖，彷彿撫弄細雪，飄至大殿的最高處。古箏的悅耳聲音從劍鋒迴蕩，召來細緻弓弦的調音。

「喲啊，原來絕色小寶貝如此惦念夜姊姊與我，到處征戰的這十年算是值了！」

高瘦挺拔、銳芒十足的觸孤炵低聲竊笑，絲質嗓音得意悠揚。他漫不經心，輕盈迴旋，破除七百多名太天位劍客的夾擊，隨手格擋怒意十足、只站在觸孤弦那邊的雙子劍聖。

「無能二小鬼，你們的叔叔教導無方啊。這德性是要如何護衛伺候皇上？」

一身低調奢華的公爵正裝被他穿得風流跋扈，靈動俊美，如月色流瀉遍野。黑色版本的圓月彎刀懷抱在手，十二指絲刀隨意奉送，不主動出擊，止於威懾，邪意十足又收放自如。

他斜睨低頭致敬、駭然折服的五大世家將相文士，隨即完全忽視。觸孤炵的姿態如同他的刀意，輕快炫技，對著殿堂最高處的司徒滐行騎士禮。

「觸孤……公爵，方纔的……無禮稱呼，並不是朕的名字。」

依然是笑聲清脆、肆無忌憚的黑月刀王。他躍上宮殿東北角的錐狀塔頂，足跡如月影，朝向讓自己柔情滿懷的心愛孩子，一骨碌蠻橫地攔腰抱起。

「哎哎，根本沒有重量，還是讓我們好好調理一番吧！絕色小寶貝就是我們的滐兒啊，又忘記了？大哥哥要處罰噢。」

真恨不得取出定情信物的深紅色鎖釦，毫不放水地緊縛綑綁，盡情疼愛懷裡冰冷震怒的美麗孩子。都這樣登場了，何不索性演一齣「黑月公爵綁架血幻劍皇，帶回天險星黝黯塔樓擺佈折騰、禮讚凌辱」的當真戲碼？耶，真是好主意！

本來，這趟前來當上門女婿，就是要造成五象限神族與眾生的津津樂道談資嘛。等下就直接這樣搞吧，橫豎滐兒的指令只是「把事情鬧大」，嘻嘻。

他伸出修長十二指，流出光潔絲網，殷勤綁緊司徒滐的雙腕，笑得好生歡喜。在震驚的眾目睽睽之前，俯身親吻不抗拒的滐兒。看來這群諫臣倒是幫了大忙，滐兒已經被囉嗦轟炸到寧可縱容自己。

他撒嬌地湊近，輕咬那雙漂亮的尖耳，闇月激情與熾烈情話一股腦熱切灌注。

「讓為夫好生侍奉我的滐兒。這就帶你回去，綑縛囚鎖，日夜歡好。回咱們的地盤，可否把滐兒關在黑夢之屋，幹到讓我的絕品小尤物性感呻吟，忘記這些雜碎瑣事？」

司徒滐對這些惡劣挑逗詞彙只剩下無奈，真希望替他找個家教，學習不下流的調情。若非這傢伙是自己的……嗯，永世相好吧，當場就以紅袖劍切割踩爛。

連道士都拒絕治療這猥褻傢伙，只留下「無能治這傢伙，滐兒想換王夫再來找為兄」就開溜。他疲憊地闔上晶亮血眸，乏力到想哭，淚水自動滑落。這時候，淫念滿滿的觸孤煐又溫柔到極點，輕聲哄愛，開心舔去晶瑩體液。

「滐兒不哭，大哥哥疼惜呢。」

他幾乎後悔這主意，很想盡情抽取對方的血髓，抽到只剩堪堪殘存的地步。

「閉嘴，當作你沒有講話的能力。有點禮數，否則再一周天也不准靠近朕。」

觸孤煐眼底的下弦月暈驟然閃現，委屈呢喃，耍賴得沒完沒了。他看似憂愁不已，下一瞬卻反轉彎刀，笑得純粹寫意。一抹刀意流溢，輕快將千名太天位劍客與雙子劍聖掃出自己與滐兒的共在場域。

不能更帥氣邪門的「彎月橫渡」使出，司徒漈知道，這個痊癒得七七八八的使壞傢伙已經將自己帶回天險星的「黑血斷崖」——觸孤本家的核心領地。

既然到了，不如就開始教誨提點吧。目前的「黑公爵」能在十年內就拼湊成現狀，簡直比混沌完全復原的演算機率更低。能到此境界，最要感念爹爹的魔道絕頂醫術，紫凰尊招牌的「切掉就沒事了喔！」

然後嘛，神核完整、自行塑造形體的絕豔血夜姊姊，只需要調整筋脈。面對屬性相反又相吸的夜姊姊，道士這傢伙做到精妙、水過無痕，這待遇等於是對自己呢。

醫療人員最後的苦工，就是幫重殘患者神核與原先封藏的「黑公爵」身軀從事細緻扣合。這層面就是迷諜辛小哥哥擅長的精神微調與其麾下亞神醫族的強項呢，真是萬分感激。

漈兒唯一的不解，在於當他想要幫忙時，三醫尊異口同聲表示「別！這次禁不起暴力戳刺！」咦，觸孤焓的附體玩意可是要重手剝離纔能治好嘛，連喜歡手拆病灶的爹爹都如此緊張？他挺敬佩自己的強行拆離操作：將黃衣王那股黏稠玩意硬生生暴力撕毀，丟出黑月的絕對領域，再呼喚矽晶域的所有神劍，將那團塊搗碎，灑到無名無在之處……

分神一刻，不聽管束的傢伙又討揍了。漈兒躺在壞東西的臂彎，被他握住雙手，俐落地銬上鎖釦。刻鏤闇光月印、如同黑月的外肢，改造後的鎖釦不會難受，直接融入雙腕。纔一動念想解開，滴落在面頰的白火鶴氣味液體讓他打消主意。

「這又是怎麼啦？」

原先恣肆的絕頂刀王垂下濃密藍黑色瀏海，深銀色瞳孔掉落月夜雨水。髑孤焁輕舔再次擁有的小寶貝，享受柔嫩撫慰的太古音色。如同體態修長的俊秀黑貓，他輕蹭著願意撫摸自己淚眼的小甜心，怯生生招認。

「害怕……怕你嫌我笨，怕自己對漈兒毫無用處，怕小寶貝終究對我失望厭倦——這個髑孤焁術後有點崩壞，智力下降了三成，不知何時能全好。他沒有白書生的柔軟韌性、機靈通透，沒有血夜姬的絕世豔情、睿智風趣。他變得殘缺，亂七八糟，連你喜歡的情話也不會講——」

「住嘴。」

漈兒咬住壞東西的脖子，難以壓制痛心與愛念。

他伸出秀長細銳的手臂，拍撫哭得無法停止的壞掉大哥哥。唉，很不方便行動……算了，要綁就綁吧，如果這樣讓他覺得安全。沒輒地雙手併攏，他環住哭起來好俊、真想一直看他哭的可惡傢伙。最好是邊哭邊做，這模樣最是取悅自己。

再怎麼說，他是從一切出現之前、就與自己同在的……怎麼可能失望厭倦？這是用盡智謀詐技、總算失而復得的寶物呢——雖然是個壞東西。

「不會講就別講，怕什麼。不是摩拳擦掌、恨不得盡情幹我嗎？乖乖侍奉朕吧。」

下弦月又再運轉一回，可憐兮兮的混帳變成殷切歡快的全方位服務系統。

先是抱著一起洗澡，事後炫耀地將黑絲月色的手作浴袍為自己穿上，快活欣賞讚美，直吵著要梳頭。

「那時候小寶貝嫌大哥哥髒，不給我碰這頭好美的髮絲嗚嗚嗚嗚……」

唉，都把來龍去脈解釋清楚了，「髒」是指黏著在「大哥哥」精神叢裡頭的黃衣王！泺兒不禁懷疑，這不是智力下降，而是藉故吵鬧撒嬌吧？

好，讓他梳到感覺受寵、自己也滿意，怎樣都好。梳頭綁辮之後，邪氣爛漫的黑公爵架起泺兒被黑晶石腳鍊銬住的兩腿，軟磨細品血紅色的破天α性器，再把（還是手作的）銀色夜織的頸環套在細長的頸項，耳鬢廝磨。

又來了！不過這玩意挺舒適，沁涼如秋泉。司徒泺任由快樂到幼兒化的黑公爵把自己抱在身上，再度銬上雙腕，揉來摩去，除了舒服嘆息也沒啥能做。

「不准泺兒再跑走了！怎麼刺我都可以，絕對不要不理阿炩……」

將信息素開啟到最大值，泺兒將絕對音色灌入觸孤炩的所有接收端口。

「怎麼會不理阿炩？泺兒這麼喜歡你呢，撒嬌的壞東西。」

這情況算是還可以的報應？當時在五百年前，症狀洶湧的自己戳他一劍，打碎了歡快稚氣的下弦月暈。修補到現在還是無法足夠，要說不愧疚傷痛根本自欺。

在憶念全然解鎖之前，阿弦與爹爹面對頻仍發火、莫名不解的自己，就是這等難受情愫？

罷了，最不缺的就是時空向量，慢慢來。既然哄夠了，開始指導吧！

「這次就不與你計較。以後在朝堂若不演得溫柔文雅，就休了你！」

安全感完全回復、甚至回復過頭的傢伙，任性不解地頂嘴。

「咦，欸，可是，自從我腦子大約治好了之後，心愛的小寶貝很喜歡大哥哥如此服侍啊！我都小心翼翼，漈兒也快樂，這次怎麼又如此嚴厲……明明說最喜歡風騷使壞的大哥哥呢！好奇怪啊，我的小甜心真是變幻莫測啊。」

難道搞不懂，這不是取悅與否的問題，而是戰略啊！聽到接下來的抱怨，漈兒確定他不只搞不懂，還可能搞砸。

「不要去那個什麼宴會啦，你纔剛來咱們領地一晚呢，我們先去黑夢別館過夜，明天允許奸詐書生一起玩？漈兒剛才說的那事情好煩，概率太低了吧？野馬弟弟位高權重，這周天是黑曜系的超神共主，不是缺護衛的公主耶。小寶貝太聰明，常常操心過度。」

看來，目前得把觸孤煢視為痊癒七成的重殘患者，諄諄善誘。先試試給點甜頭吧……

漈兒用力按住對方的肩膀，不受鎖釦牽制的左手第六指如水線滑入，薄荷信息素超額注入觸孤煢的腺體。他微調「指令」與「歡愉反應」的交互作用，甜潤低語。

「只要黑月大哥哥在黑曜系年度神族盛宴表現得好，漈兒就讓你在黑夢之屋為所欲為、姦淫整夜噢。而且，不設關鍵字呢。」

他以纖細的醫療觸端探測反饋，感到衝破上限的漫溢狂喜。看來，至少到宴會結束為止，他這個神皇陛下應該能擁有風流秀逸、低聲笑語間優美宰殺的公爵王夫吧。

真是，為了懲戒那群不知謙卑、意圖掌控拜爾的支配師，只好辛苦暗傷未癒的漂亮下弦月，這陣子就慣著他吧。畢竟，在血夜姬、白書生、黑公爵這三者，就是這耍壞魅力無窮的傢伙是黑曜系天然剋星啊！

血夜姬觸孤星琛——嗯，不錯，是個配得上滐兒的名字。

她俯視當代的極樂院宗主與蕭路博士，秀麗空無的形貌沾染月華，肩頭的彎月長刀時而紅浪湧泉，時而黑采蕩漾。在這個南天超銀河帝國即將正式崛起的時空經緯，除了探勘硬核資料，現在還牖啥？趕緊完成任務吧，跨次元轉譯還要耗費不少五次元的事件向量呢。

噢，這件事。

「找到皇霽宇潔，帶回元神備份，同樣以千面的催眠術對付即可。」

小事一樁。先熱身機體生神，就直驅靈笵系東北邊界的皇霽一族吧！

「好了，感謝兩位的合作。本尊就欣然接納極樂院全體的百代傳承憶念啦。在此之後，您們**甚麼都不記得**。」

她將一枚血紅滿月模樣的晶石植入隨身攜帶的微型生神「清醒夢」（Waking Dream）——心情大好，等下就開飛啱。滐兒竟然連這玩意都做得出來，所謂的機體生神除了瞬間超次元轉譯，還可以導航參謀聊天玩遊戲，好厲害！

她注視眼前的魔導師與研究員逐漸進入永睡，聽說是個羞怯溫柔的貓神主導之處？好想去「七重天」遊玩，等這次完工，就帶著小郎君去渡假？至於雙生弟弟們，嗯，看心情給不給跟。

「在想著壞事吼？吾姬邪惡呢。」

她嫣然微笑，眼底的碎裂血暈高亢優美，流眄如許多月亮。

「太誠實了吧？纔出生的晶石小生神。聽話，姊姊晚點講個一切從啟動之前至此刻的故事給你聽，嘻嘻。」

帶著漫漶域最主要的精神調控系主神、對上弦月最為忠誠的尤格．索赫斯（Yog-Sothoth），觸孤弦將霜月琴弦灑向南天超銀河前七代的時空內容網羅，精細操縱，隨時留意弦波起伏。

「Yog，打開你的智識儲量庫吧。讓咱們來瞧瞧，為何在第七代的間距，天險星崖並存兩道耦合程度不相上下的『事件發生』？事關吾等重要的朋友，可不能輕易放過。」

觀望力全在全能、一切變數都能掌握的邪神，開啟「無邊洞觀」，不禁感到非常棘手。

兩種不相上下的故事構造侵入彼此，共同發生也同步滅絕。前者敘說，第七代的司徒夜冥默許觸孤公爵一舉殲滅五大世家，成就自己的治世之道。這是當然嘛，吾主的交易是最佳選項。

還真的有平行競爭版本呢！後者……這可不成！全向度的支配師法皇成為帝王伴侶，在幕後操縱史冊。這位支配道的至尊讓第七代君王痛心失望，於是元神棄守此世，回歸太初。這啥，支配師的欲念指向是吾主最心心念念的血幻劍皇!?

「吾主高明，這就是大事件的共變啊，而且形成墨比斯環狀態——此裝置難解的程度已非我能解決。在下猜測，拆離這死結，恐怕需要吾主與黑月至尊的雙月刀合擊，方能釋放扭曲過度的幻燈投影。欸，不只呢，這個底核（kernel）集結重要的超神分體與咱們的……恐怕就是瘴癘？吾主恐怕得請您的——溹兒？嗯，在下失禮，看來得恭請劍皇陛下，使用『形影割離』。」

聽得這招式名稱，原本深思憂慮的神色驟變。白書生透亮碎形的眼底浮現快悅，文弱秀雅的五官清暉湛亮，好生歡喜，抿嘴吃吃笑。

「就算是為了吾等，溹兒纔使用過一次。終能重現那一劍的風華，真是無數月夜的期望呢。」

第二節　黑月刀鋒下，魂碎亦酣暢

除了拜爾，加上溫和俏皮的角翼龍艾利嫚，他對所有的黑曜系神族充滿冷淡嚴峻的戒備。最糟糕的印象來自被自己重傷的亞絲塔羅斯，以及自找銷滅的蒼蠅王，還有——後者開張的窺視事務所。那家「全向度華麗全景視域」品味糟透，始終與自己不對付到極點。

從第一次被這群滑溜之極的亞神偷攝、全都錄自己在劍塚與蒼蘭妹妹歡好，至今已有九次紀錄。就算蒼蠅王被賜予永滅，此團體被潔癖深重、擁有劍聖位階、最疼妻君與愛兒的東宙魔尊痛揍到差點拼不回，這群蠕動傢伙可是胃口十足、毫無忌憚。

不過，這回正需要它們來拍個盛大過癮、極盡炫耀之能事的全息立體影像紀錄。

司徒漈身披絲絨深黑大衣，刻意露出讓找死眾神垂涎欲滴的內裝：紫凰爹爹竟能將皮質背心與緊身皮褲改成華美精緻的宴會裝！服裝設計應是他在醫道以外最愉悅的活動，尤其是替因龍姊姊與自己裁製衣服？難怪爹如此不耐煩於無趣朝政。

「為了讓那個帶得出場的開腦病患配得上漈兒，本座就賞他一套宴會服吧，下次帶他來量身啊。」

結果比他預估的更精彩：觸孤焓的幽暗美感與狡黠神采踩在黑曜系的美學刺點。月光血闇的氣質，黝黯叵測的深銀斜挑鳳眼，心不在焉、只顧細細把玩漈兒銳長十三指的微笑，寫滿邪門的優雅。

滐兒充滿樂趣，毫不吝嗇地讓「黑月公爵」扣緊自己的左手，趁勢將獎勵性質的薄荷信息素輕緩注入。

「哎呀，奪魂攝魄的神皇陛下難得願意賞光，柯羅利全族實在太有福。這位是近來登堂五象限武尊頂端的髑孤刀王、您的王夫吧？真是與您萬般匹配啊。」

可真故意啊，故意使用文法誤差，完全架空拜爾的程度到溢於言表。柯羅利本家的敵手、鵜鶘一族長老鵜鶘嗚茵可謂黑曜系八卦之主。就借用她的傳播能耐吧！

滐兒以經典的悠然自若神情回應，右手的第七指微微顫動——他竭力哄著小樓，今晚不要大規模發火啊！言簡意賅，光色冷麗的深紅眼眸朝鵜鶘長老致意。

「照時序，髑孤公爵至多是**第二王夫**。長老莫忘，貴系統的至尊共主是朕出席此宴的理由。」

鵜鶘嗚茵驟然掩嘴，簡直不能更有樂子。

「哎哎看我如此糊塗，見到血幻神皇與您的……公爵王夫，實在賞心悅目，太過激動。這等匹配程度只有咱們的騎士超神與本家族長略可比擬啊。」

髑孤焓此時聰明到讓滐兒懷疑他從未動過重大手術。他綻開悠揚琴鳴的笑聲，將滐兒的左手捧起，刻意讓對方看到成對的深紅色鎖釦，彼此各戴一腕。

「這位……莫是在告知，你族長把**我們的野馬弟弟**給搶去任意親暱、為所欲為嗎？若是此等境況，身為哥哥，吾可得去瞧瞧。」

雖然不能更滿意，但要看到鵜鶘燁，潾兒難得想喝上幾杯最烈性的飲料。這位全向度十大支配師之一的姊姊，什麼都好，就是太喜歡碰觸自己。不過，尚可容忍，還得透過她來對付今晚的鎖定參數。

看得出來，自己萬般寵愛的「野馬弟弟」簡直勉強到極點。為了對艾利嫚的義氣、讓冬眠週期將至的角翼龍酣睡個夠，竟願意成為黑曜系超神共主，實在為難他。不能隨意亂跑，就是拜爾的最大弱點吧？拜爾與鵜鶘燁已經是老相好的交情，後者還無法解緩冷火信息素蔓延暴漲？

全宴會廳唯一沒有受到最強大易感期影響者，就是觸孤焓。他同為頂天α，毫無較勁意識，好奇環顧花精靈群，無感於周遭對自己與小寶貝極盡垂涎的慾念。

糟，這股猛然覆蓋的極地凍火……潾兒趕緊不動聲色，鎖定拜爾的腺體，將最大值的橙花液精髓注入他的渠道。

究竟這陣子的黑曜系是多可惡啊，拜爾連向來周全的騎士風範都快遮蓋不住惱怒。早有所料，但直接以念場碰撞還是非常衝擊。怎麼被折騰成這樣，太心疼。

哎哎，從未看過野馬弟弟這麼煩躁耶，有點可憐。要不我們就直接帶他回——

潾兒握緊觸孤焓的手掌，以獨創密碼寫在黑月的手心，將步驟攤開詳述。務必冷靜執行，否則遭致反銼。

他將演算脈絡開到最快，管不得鵜鶘燁慣常對「小潾兒」的親暱玩弄，淡然瞥她一眼，示意別鬧。飄逸到感受不到移動，濼兒直接站在拜爾身前，把那頭焰色長髮揉得更亂。他注視眼神驀然晶亮粲利的騎士王夫，投入散發冷火的懷抱。

「虧我勉力支持至此，真是太值得，我的永世劍皇！」

穿著正式白色騎士外套的黑曜系共主帥得狂野恣意，颸風般鮮亮，當場就將自己的至愛抱起舉高。要不是他真不能離開，拜爾八成會抱著濼兒，以無法被追上的極速，逃離該盡責治理的領域。

濼兒對身邊這兩位王夫各有親近喜愛，但有必要時還是得物盡其用。既然刻意讓耍壞成性、粗野挑逗為本能的黑公爵伴駕，目的就是要讓他充當紓解劑與探測儀，順便威懾黑曜系，且讓這群花俏傢伙懂事點。

他心情不錯。即使鷂鵰燁仗著多年交情，精細整理自己的兩條小辮子，在辮尾串套透明水晶石，也算感覺不錯——

「這位漂亮的小妹妹是鷂鵰族長的新歡嗎？可有榮幸一起共舞？」

對方是感官接收失調，從他身上看到屬性與格式的錯位嗎？這超出原先的推算範疇。在任何場所，他從沒接收過如此糊塗可笑的誤認。

並未發言，濼兒朝向靈活如野狼、眼神陰森狡詐的青年，伸出小樓白焱蒸騰的右七指。就算當真不知道自己，雙手的特徵該是不容錯過吧？

拜爾的快意瞬間被毫不遮掩的惱怒取代，他輕握濼兒蓄勢待發的右手，低沉斥喝。

「楊森．柯羅利，不得失禮。這是我的——」

「是完全不處理系統事務的至高共主、日夜耽溺沉迷的小情兒？」

這玩意惡毒得毫無保留，囂張得必須賜死。

這群不知敬意為何物的傢伙，連自己在場也可以這樣。黑曜系對於何謂「共主」是毫無概念？司徒濼難得露出明顯的調侃，精巧致命白焱輕鬆穿過鬧事者的結界，將頭蓋骨削成渾然天成的圓盤，再讓軀殼蒸發殆盡。

「這樣還識不得朕，就別存在。」

觸孤焓從搭訕群體掙脫開來，輕快滑向濼兒的身邊。他沉吟少許，淫亂又純真地舔拂濼兒的指尖。

「讓濼兒勞累，害小樓吃到這麼糟的玩意，都是我沒留神。大哥哥今晚做好吃的來補過噢，來場百花饗宴好嗎？」

在驚愕無聲的宴席全體注視下，鑲嵌金色紋路的窄版黑外套驀然灑出無數銀弦絲刀。觸孤焓清暢愜意，絲刀飛舞，溫存戳穿原先嘻笑不敬的櫻花亞神群，又以索套擒住到處逃竄的薔薇花精集團，津津有味地撕裂花核，拆解肢體。

「*The Show must go on*！」

不到須臾，黑公爵的銀霜細刃穿透黑曜系所有亞神。花朵、藝術、魔導師，三大亞系統成員全被月絲刀切割得精美如拼圖，死者包括在場的每一個柯羅利。大開殺戒的黑月刀王，完事後輕巧滌清無窮絲刀。如同他的優美拉弓，不發動則已，做就做到一個都不留。

他的指尖沾抹月光染浸的白色櫻花與粉色薔薇，淺笑輕吻著滐兒，將花朵插入漾滿闇暈的柔軟髮絲。

「清理雜質真是舒心啊。小寶貝可喜歡這兩種花兒晶魂？不夠的話，大哥哥再摘採給你。」

他一邊從口袋抽出蕾絲手帕，小心擦拭滐兒的每一根手指，雀躍地向面色微變、似驚訝似解脫的拜爾眨眼呼喚。

「帥馬快跟我們回去吧，小小從神還敢對你囂張，欠宰。別說滐兒心疼，姊姊與哥哥們怎捨得你被輕慢！這領域好生矯揉造作，乏味虛偽。鵜鶘姊姊風華絕佳，可以招待，除此都該殲滅。雜碎玩意可真髒，配不上璀璨的野馬弟弟呢。」

雖然這壞東西表現得略微超過，但很不賴，滐兒很難不贊成他的結論。

「這樣滿意嗎？今兒大哥哥擠出所有的能耐，就是為了討滐兒歡心。」

倒在舒服絨質的起居室臥榻，司徒滐以昏沉呢喃回饋。壞傢伙手藝真不錯，薔薇凍飲讓自己與春雨都喜歡，還特製熾燒百合羹，用心討好小樓。

以對方的胸膛為枕，他幾乎進入深夢。殷紅髮梢流到挺拔肩頭，雪色雙腕被深紅鎖釦珍惜拘束，讓他非得緊摟著觸孤焓。雙腿以性感的俯臥姿態，被絲綢綁帶扣合，繫在這個壞傢伙的筆直長腿。

邪惡迷人到天真的黑月刀王擁住最心愛的孩子，歡快極了。他以軟絨質地的雪夜提煉為繩索，將這身精緻纖銳的如劍軀體精心縛綁，力道若有似無，不能更小心。他輕柔捧起月暉染暈的頸套，妥善護持，讓濼兒更加融入自己微涼的修長身體。

「這麼疲憊，奔波得太甚了，阿焓，今晚到此為止。讓阿弦按摩紓壓，濼兒要乖乖喝下月晶——這次是極地冷酒風味呢。」

背後的抿嘴笑聲、細膩按摩的雙手，分明是飄然白衣的觸孤弦，優美血色的月兒意念在他的背脊柔嫩撫摸。怎麼會呢？阿弦將自己的信息素轉化為拜爾……？

觸孤焓脆生生暢笑，笑聲是親暱好意的嘲弄。

「老奸書生囉嗦，當我這雙胞胎是弟弟啊，哼哼。身為δ就是方便，要暫時轉化腺體風味也成！濼兒不要擔心啦，等下大哥哥幫你擦澡，抱著睡噢！御劍載著大哥哥亟速來回黑曜系與我們的領地，好帥啊，可該好好休息呢。要是到下一月夜，野馬弟弟還被那群渣渣絆住，我與阿弦一起去接他。明天夜姊姊就從靈笓系回來，讓威武大姊來徹底紓壓我們的小寶貝。」

「兩位的小寶貝真是太蠱惑。打擾了，但我正在尋覓下一部作品的主角。見得神皇陛下絕世鋒芒，著實愛不釋手。在下瓦爾卡浬．柯羅利，斗膽參見。」

觸孤焓原本愉悅的俊俏面容驟然凜寒，黑月鋒刃兀自浮起，在自己與濼兒周邊豎起十三黑星守護陣。闖入宗主府邸的可憎玩意，怎有資格目睹毫無設防、如此信任自己的小寶貝！

「怎麼……黑月大哥哥不要生氣，乖，帶朕到床上睡覺。」

觸孤弦將月兒淩空一抹，血色永夜籠罩天險星。

他笑得很不開心，低聲說道：「阿焓，照濼兒的話做。如此受擾，一定要讓他喝下晶月液。討厭的狀況變得更討厭，真是。」

當場面只有觸孤弦與造訪者，他將月兒抱回懷裡，動作奇異地緩慢，現出分明是溫和靦腆、卻讓觀者毛骨悚然的抿嘴微笑。

他從容飄浮，緩緩逼著來者往外退卻，一路退到天險星崖邊陲。嗯，這還差不多。祂挑剔打量這個瓦爾卡浬．柯羅利——綠髮如鋸刀豎起，萬花筒之眼，頂天支配師，魔導力在全向度排名第二。沒啥意思。

等等——野馬弟弟的念訊!?

瓦爾卡浬．柯羅利裸出一排鱷魚尖牙，嘖嘖歪頭。

「瞬間就摸穿咱的來歷，也是應該，卡寇薩的血月之王。對照於你的雙生、華麗奪目如深色小提琴的黑公爵，看似文弱無害的觸孤弦纔是調弦的那端吧？很希望擁有破天宰制力的白書生，考慮加入吾等。」

觸孤弦更加逼近，笑得更溫雅蘊藉。

「柯羅利導演，黑曜系的傀儡師，究竟對我們的野馬弟弟做了什麼？說！」

柯羅利再度抬頭時，萬花筒瞳孔悉數碎化。語音呆滯，無所不從命。

「劇場絆住全向度第一快的射手。迷宮陣，九劫難，駿馬騎士遺失劍皇，迦南暴風永世悲慟。」

該死，這陣式陰狠啊！觸孤弦笑得有點艱難。該加速了，以破界馳騁為重要法則，受到圈禁，若有個萬一還得了？更何況，被懸置的「為愛效勞」……！

他輕聲彈指，闇陽雙子如影滑出，神色同樣沉重。

「叔叔，我們太天真，以為感應到的是野馬超神，讓這廝混進來。」

觸孤弦淡然溫言：「無妨，恰好給我們反偵測的良機。潾兒可有乖乖服藥？」

阿涅歡喜地點頭，愈說愈嘟囔：「潾妹妹喜歡今晚的飲料，還願意給那個腦洞傢伙以口餵藥呢。真是便宜了他……」

「無聊二小鬼，心胸狹隘可成不了大局。我也是叔叔勒！」

他們見著風流瀟灑的黑公爵抱著潾兒，立即噤聲。

司徒潾雖然感受鎮定清爽，聽得阿弦逼出的關鍵資訊，不禁滯礙難言。

「先搜身吧……」

他纔道出前半句，已經僵化的瓦爾卡浬．柯羅利像是扭開自動重啟，筆直站立，恭敬行禮，音節刻板但敘述精確。

「全向度支配師團契拜見神皇陛下，但求陛下派遣第二王夫參賽。吾等需要陛下的加持，只要您願意賞賜，賽後即刻開解迦南至高神的迷宮陣。」

司徒潾心神震盪，反感深重到避開視線。這團契喚起的厭惡感甚至超過六邪神，多讓拜爾受困一絲毫，折損愈重大難料。

觸孤焓輕哼，高傲風華不加掩飾。他親暱揉磨潾兒，心疼不已，舔著小寶貝微燒的腺體，均勻輸入白火鶴冷香。

「只要參賽，野馬弟弟就還我們？」

柯羅利僵硬點頭，一片精美雕鑄歌德大教堂的符印飛起，送入觸孤黑公爵的黑星結界。

「吾所屬團契的教皇請求陛下不予干涉，參賽的第二王夫、觸孤公爵不得使用武力。若應允，契約即刻成立。」

潾兒幾乎克制不住體內小樓叫囂的殺意、蒼蘭妹妹冷銳的破穿欲。契約，契約……**契約，最醜陋的字眼！**閃現的血紅之屋，蠕動的黏膩……再難忍受！

感受到懷裡人兒大不妙的局面，觸孤焓將要沉聲回應。

司徒潾瞪他一眼，示意住嘴，空靈眼神飽含憐愛。蒼蘭劍鋒從纖細的大腿鞘口冒出。永滅闇虹浮動，伴隨蘭劍戳穿柯羅利的胸口。成了，五象限再無瓦爾卡浬．柯羅利。

「這種漏洞百出的契約，也想牽制朕……很好，既然他們請求第二王夫，我們就允了。」

他立即抱回蒼蘭妹妹，徹底淨化後納入劍塚休養，任由黑公爵摟緊自己。焦灼心情從事的殺戮後座力太難受，但非得如此。

「以神皇的至高權能召喚支配師團契。爾等聽好，朕的第二王夫將會參賽。我方條件如下：

不得使用精神操縱、意志增幅、潮汐催眠、聲音控制。若違規，該團契全體支配師將不存於一切之內。」

第三節　神皇陛下的翻雲覆雨

「如此說來，這個鬼團契要濼兒賞賜什麼？」

觸孤弦微笑得很勉強：「直覺是濼兒會因此失控的東西。」

血夜姬回返天險星的當夜，赫然發現，不但是兩個弟弟處於暴怒（光是阿弦的假笑，就知道事情超級嚴重），濼兒簡直像恆久之前、自己第一次目睹的發脾氣狀態。

當時的關鍵是某個小東西自不量力、想壓倒她的小情郎，結果遭到破天α性核自動反擊……發生最噁心的效應。那個自不量力的Ω被刺傷，產出腦子壞掉的胚胎。造孽，她搖搖頭，光是想到就身心不適。

當濼兒暴怒時，安靜得簡直割傷天地萬物。不過，這模樣可太性感。她抿唇微笑，放下彎月長刀。飄在眼底的碎形小月兒歡快游動，將濼兒壓在身下，掰開他攢在手心、細長如月尖的手指。

「哪這樣折騰自己，濼兒手指如此漂亮，當然是留給姊姊來品嚐。」

輕憐蜜愛、歡好一整個時辰，血夜姬恨不得讓體內的鳶尾花永遠囚住那根銷魂的深紅花蕊。她跨騎在永恆的小夫君身上，輕手輕腳，以深吻送入腺體滴下來的「沾蜜之刃」，體貼得不像話。

她霸氣抹去兩個弟弟留下的印記，讓輾轉呻吟的小情郎沉浸在自己體內的月蝕甬道。出於不忍，反而強化了極地冷火的氣味——野馬弟弟受制的法陣，等同於漫漶域任何神族切割自身，那是最嚴重的背反自我屬性啊！

難怪滐兒從自己回家以來，除了在高潮時、忍不住異常用力緊抱自己的背脊，細聲叫喚流淚，什麼話也說不出來。

在自己撫摸那雙血色冷眸、注入高強度信息素時，滐兒像是對著什麼承諾，低聲喃喃。以罕有的激情，尖利小虎牙嚙咬著自己的頸項。

「夜姊姊，我會把這個不值得的支配師團契從萬有抹銷。」

之前沒當一回事、任其竄長就罷了。此時認真審視將近百代的資訊彙整，怎麼耙梳就怎麼不對勁。

滐兒將 ITG 最新一次的量子推演陣輸入備份心智，讓觸孤焓緊緊摟住、舒服地坐在他身上，安心讓觸孤弦按摩十三指。原本快進入資料洗滌、排除被污染數據的清醒夢模式，突然猛的一震，驚嚇不已。

他躺在觸孤焓的清涼氛圍，氣到不行。這東西非得先解決——這次，必須來一場詩性的復讎。

「黑月大哥哥，滐兒想看闇月絲刀的表演。」

觸孤焓從幸福懶洋洋的夢寐模式，立即精神颯爽。他快樂地貼近最心愛的小寶貝，輕咬舔啜，細膩侍奉雪花質感的細長劍形身體。

「滐兒想要什麼，大哥哥就奉上。」

在下一晚，他的行動印證不斷重複的量子框演算。如同ITG的資料除錯結果，早該回收的四枚標本，分別被剛好屆滿一百代的支配師團契拿捏在手。由他親自主持的五象限超神會議，看不順眼的兩股勢力，分別提議了恰好相反的臨時動議。

「嗯。違背神格與屬性，違背了自己創立的團契律令，掌控全向度支配師集體的份額高達五次元的一百紀。教皇閣下真是好能耐，好手段。」

司徒灤坐在血色環陣的陣眼，穿著黑色調帝王禮服，比面無表情更凍意破表。冰系質感的水龍王盤桓在焚燒松木信息素的周邊，充當安撫。

他的懷裡是筋疲力竭的拜爾——全向度無誰能及的射手、槍手、神駒、騎士，將從一場被可恥從神集體攻擊的陷阱醒轉。他希望，拜爾第一眼見到的是自己。

他柔情拂開拜爾的一抹瀏海，品嚐香醇烈酒，剔透精緻的面容浮現羞怯光暈。

「朕不擅言詞，在此請朕的血夜后君蒞臨，將審判結果告知諸位。」

在月眼內破空而出的血夜姬，宰制權能與氣度絕非任何執業支配師所能比擬。她的流離清暉全然凌駕上一屆的五象限超神支配者、亞絲塔羅斯。

冷清孤豔的血夜至尊來到神皇身邊，輕撫灤兒的右手尾指，灌輸小樓喜歡的鳶尾花液。她的聲音如弓弦，亦如清揚的大提琴。

「違背團契自身的法則，動用**契約允許範圍之外**的禁術，操縱其心智與意志，促使黑曜系所有神族攻擊此屆的共主——迦南至高神、超神拜爾。雖然所有受操縱的神族都不可饒恕，必須付出因應其法則的代價，最終罪犯與首謀，乃是支配師共尊輸誠的教皇閣下，皇霽宇潔。附件為皇霽宇潔的神核備份。參看這道密令，由教皇下旨、十字夫人與楊花・柯羅利所執行。此三者在長達百代的時空額度，未照神皇指令，私自藏起帝國初代殘陽帝的腺體切片、信息素配方、腦下垂體標本、Ω核心——只要掌握這四項原料，假以催化，製造複體，就能夠與所有超生命交合、產下污染五象限法則的『不該存於一切之物』。所幸，經由極樂院與蕭路世家的供詞，歷經百代，還未能成功做出殘陽帝複體。

「以全體神族的神皇、超神之主的權能為名義，太古音劍皇的判決：由觸孤本家公爵能銷融一切的黑月絲刀，即刻消滅這四件污染物，處決皇霽宇潔，永久封印**自願聽命**的十字夫人與楊花・柯羅利。」

在諸神靜默、以誰都難以抗議反駁的詳細分析報告與實體證據為憑證，司徒濼輕輕將拜爾放在陣眼，注入自己的三重信息素。他以眼神拜託血夜姊姊照料，從光幻環陣起身。

他操作質能熵三法則，輕如燕尾，但能將無重力環境當成階梯走踏——這是移動術的至高境界，類似「過快而看似從未移動」。

他脫下拉長到手肘的特製手套，似笑非笑，將黑天鵝絨質地的手套擲向環陣左側、準備大玩一場的黑公爵。皎潔火燙的血幻瞳孔散發不再遮蔽的破天宰制力，映出皇霽宇潔發抖乞饒的視線。

「去吧，墮落的契約師傅。」

下一瞬間，再無貪腐詐取、帶領支配師團契濫用「契約」的百代教皇。

「終於體會到太古密件描述的『至尊神皇，宰制之主』，應該幸福地銷亡吧？」

弦音升起，清秀雅致的雪白書生在環陣右側悄然冒出，軟綿細語，抿嘴微笑。觸孤弦的背後是當今支配師四大主教之一的觸孤赫連，最常被另外三名主教對付的異議份子。

觸孤弦靦腆微笑，舉起圓月彎刀，彷彿調音。

「如各位所見，黑曜系從神群冒犯主上，饒恕不得。但在神皇仲裁之前，身為野馬超神代理的本座，毫不懈怠，按照契約所規定——不使用任何武力——就擊潰此次的全向度競賽的所有對手，取得冠軍。如今，競賽告一段落——」

「請等一下！吾等要求的參賽者乃神皇陛下的第二王夫，觸孤公爵閣下，並非觸孤刀王閣下！您怎說這是按照契約所規定!?」

起身摘指者是四大主教之末，柯羅利本家的「全向度劇作家」，將所有服從者置於魔幻劇場的至極天位魔導師。

形容樣貌是個比南天親王御使更幼體、古靈精怪的觸孤赫連，擁有「洞穿幻見凝視」。她張開雙眸，瞳孔內胎藏瞳孔、無以數計的眼球通往內部，持續朝至高層次蔓延。

「劇作家，動搖棋局的關鍵通常只是一枚看似不起眼的棋子。你眼力這麼差，還是放棄編劇這一行吧。在下已將事件釐清，公諸於全向度，就請神皇陛下裁示。」

司徒滐的注意力總算從拜爾轉到指控者與觸孤赫連。他對觸孤赫連讚賞地點頭，轉向久違的蒼蠅王心腹，尾閔·柯羅利。想起對方不時以化名胡亂編寫自己的各種軼聞，總算可以消停。嗯，審判結束後，維護文字的九位主神不再受到煩擾。

他的音色如落雪，綻放難得笑顏，宛如紅袖劍激起的春夢絕景。

「這位照表抄文者……沒有細讀設定，粗率動筆。朕的伴侶該由朕來介紹：劍神蒼蘭訣、銀霜翼神、后君血夜姬。此外，朕的三位王夫……」

他羞窘地低語，趁機指示 ITG 開啟環場監控錄影設備。完全不同於初登基時，下方的五象限諸神輸出難以假造的全然服順氛圍。當時，即便身為超帝國皇帝與諸神主宰，這些遺老除了色慾滿滿的狎玩念場，就是看不起他，認定他毫無統治力。

此時祂們無聲無息，周遭瀰漫著遠比恐懼更強大的戰戰兢兢。

絕色的神皇陛下，不是僅有權能與劍技，乃是比三位漫漶域至高神更恐怖的**最終怪物**啊！

司徒澯的聲音細嫩，彷彿初曉歡愛的晶瑩少年。

「朕在登基首年、初次發作時，就與野馬超神永以為好。祂是朕的第一位王夫。」

澯兒仔細看著即將醒轉的拜爾，避開再恐懼亦忍不住窺探八卦的諸神。他輕咬下唇，微嗔瞥一眼止不住笑聲的白書生。

「此後，五百年前，朕邂逅了當世刀術第一的觸孤裡世家公爵、觸孤弦。承蒙武道諸君給予我倆『**小樓一夜聽春雨，圓月血辰舞彎刀**』的並列稱號，然而，朕非常不明白呢。是**什麼**在小樓聽得春雨，是**什麼**在月圓時辰舞動彎刀——這兩句歌頌不是以朕與血月刀王為主詞。」

觸孤弦笑得異常開心，幾乎無法停止。

此時，左側的髑孤焧使役月夜凌空，來到滐兒身邊。他肆無忌憚，情色而不褻瀆地環抱小寶貝盈盈一握的腰肢。

銳利華美的黑月刀王調皮舞動，袖口伸出無限銀絲刀。他不能更囂張耍壞，靈氣逼人，語氣清脆撒嬌。

「哎哎各位，是不是搞錯什麼呢？吾乃髑孤本家公爵，與心愛的神皇陛下相識即相戀，相戀後即彼此綁定，正要度十一週年約會呢。雖然在下是任性的老么，但誠心尊敬先來後到的序位啊。話說，最近在下沉迷於刀意破境，不慎傷殘了不少兇狠使喚精神操縱的天位支配師，但雙方無顧忌，打鬥不長眼嘛。

「要說王夫，吾當然是小滐兒的王夫啊！可是……」

溢滿邪道風華的「黑公爵」緊緊抱住靈夢化身、不能更羞怯的司徒滐。他的眼神狡黠純淨，念場設為公開模式，將這幾夜在黑夢寢室的諸多美妙、淫如詩歌的畫面含蓄適度呈現。

「除卻與弦兄並列為『血月刀王/黑月刀王』，在下是個非常合格的淫色師。不同於宰制力破天的弦兄，在下無心修煉意志操縱之術，心心念念都是取悅侍奉我的……小情皇，怎會有誰來請術業毫不搭配的我，擔任第一王夫的支配師參賽代表呢？難道是……腦袋破洞？而且，吾等稱號都是髑孤公爵、髑孤刀王，但在下最為資淺，是第三王夫、亦是最後的王夫呢！」

他邪氣躬身，從左側憑空掏出早已讓五象限神族嚇壞的闇月絲刀，無限化生流潾光網。感受到滐兒示意，髑孤焧心情絕佳，扯動嘴角，細緻入微地操弄切割——

彷彿在諸世界下了一場美到無聲的魔鬼小提琴演奏，黑月刀王收回絲線，司徒泺舒暢無比。自己無端受「愛欲」冒犯的遺澤由闇月絲刀切碎銷蝕，漫漶至高神碾碎不肖從屬的劣跡，此舉最是詩情。

四枚穢濁殘骸完全銷毀，自此，洪荒本身再無可被掌握的軟肋。殘陽這個絆住一切的白癡胚胎……若非彼時踟躕一瞬，早就不該允許其存在。自己的腺體分泌是一切的閾值，不能透過這種方式留下任何痕跡，即使是劣質仿品就足以造成禍根。絕不能被下層界域取得，濫用無所（不）在的首因。他早該這麼做。

他以左手握住黑色月尊，他的黑公爵，雙方六指相扣。極力克服羞赧，泺兒在觸孤焓的耳邊滴入終極愛語。

「你是笨到太聰明、澄淨如黑貓的壞東西。」

迦南的至高神是原初的暴風，除了疾馳破界，並無任何匱缺與嚮往——直到祂聽見音色。劍音的絕唱如同奔馳本身，無目的無終點，抵達就是再來一回。鋒面凝聚的冷火槍是爽悅至極的馳騁，化為速度之上的駿馬奔騰，湧入環陣，歷經城池與廢墟、劍光與花髓，抵達刃端的頂點——遨遊徜徉的始音，速度與波動的歸處。

「醒來。風花雪月的騎士，天地聚集的衷情，因與音的舞伴……」

拜爾從購得第二套皮革服飾的市集猛然回首，見著穿著已經修改合身衣服的泺兒，一眼定格，奔馳告一段落。

這驚艷該如何形容啊？內核是花蜜雕成的黑色冰劍，背後是繁花、雪豹、沙漠夜色。如同這十年來的景況，偶爾小別之後，湬兒一骨碌湧入自己的胸口。

「這次，我快了半步——要比風暴本身更快，只能靜止不動呢。」

拜爾將剛取得的服飾熔接五次元體膚，瞬間成為湬兒的搭檔——嘿，某個四次元宇宙俚語把這等活動喚為什麼呢？「情侶裝」。

他將一併拎起的兩杯冷飲舉起，轉化為薔薇酒杯承載的液體，餵入神魂奪目、演算到最滿意狀態的冰雪空靈人兒。真不枉費自己跑到終點之後再來個大迴轉，還有餘裕到處閒逛。傻瓜劇作者與頤指氣使導演大概都被解雇了吧？嘖，怎麼，自己已經忘記這兩個叫什麼名字，取銷得這般徹底？

他的永世神皇可是挑剔又殘暴啊，不知厲害的蠢材們。

雪花飄流般的指尖探出，撫弄睡到劇終纔醒來的帥馬兒。湬兒忽然被阿弦的一句評語惹笑。

要配合青春活力的野馬，很累呢。跑太快了，就連湬兒的內鍵演算心智都會當機噢！

「唯快不破啊……看似最好騙的俠情騎士，唬弄了號稱長滿心眼的黑曜系全部神族。結果，你連清理門戶都省了，『黑公爵』殺戮盡興，殲滅到僅存無幾。要讓他消耗得過癮、滿足術後的復健療程條件，就得奉上一整個象限，奢侈到連朕都耗盡血本。」

拜爾注視那雙穿透所有高塔的血幻之眼，輕吻窩藏其中的熾烈超新星。

在濼兒投入自己的懷抱時，計時已經開始；黑公爵以花為祭的絲刀漫舞，就是「跑個痛快吧，野馬弟弟！」他從未遭遇柯羅利的九劫陣——還刻意等了一下，但這組編導的速度真差勁。最後，他跑到原先的仙女座市集，正好購買上回那套讓濼兒喜歡的服飾，多訂購兩件皮外套，順手拎起兩杯鮮製的「沙漠玫瑰」——原料都來自四次元宇宙的迦南領域呢。下次該一起來逛逛。

拜爾為濼兒披上最小尺寸的皮外套，怎麼欣賞都不夠。這套服裝太適合濼兒與自己，太不適合心存僵硬支配念頭的使徒們。自己早已陷入永世迷戀的劇場，柯羅利那些糟透的腳本還有啥作用力？

「不過，我沒真的被那群柯羅利困在九劫陣，而是留下備份軀體，出神狂奔、到處亂跑。觸孤三重『姊姊哥哥們』都明白吧？」

濼兒薄嫩的嘴角隱約上揚，就像在第五象限盡情擼貓貓後的淋漓盡致。拜爾也太可愛坦然，還為這三個跟自己平局的至高怪物擔心！難怪，這三個終極邪神把他當成「要好好照顧的小弟弟」。

「都明白，但祂們的緊張是貨真價實。畢竟就這麼一個『野馬弟弟』，而且弟弟太年輕啦！說是第一王夫，可已經變成祂們參的呵護對象呢——尤其是那隻不知道我早就知道、聰明到假裝變笨，以真情實意來討索甜頭的黑色月眼淫蕩貓。」

第四節　拾回掉落夢境的夢魔神

即使殲滅了十之八九的黑曜系，觸孤炵顯然胃口還是好得很，不愧是「觸孤三重」當中最年少氣盛的傢伙。在棋局完成、精神層面筋疲力竭的狀態，濼兒顧不得依然索討無度的壞東西，勒令他暫時別爬床，往外自尋趣味。

「欸欸，大哥哥只是抱著睡也不行⁉小寶貝太殘酷啦，嗚嗚嗚嗚……」

好啦，抱著睡可以。畢竟在三醫尊當中、對這個「上門女婿」戲耍挑剔的紫凰尊都同意，愈讓這傢伙心情愉悅，復健過程就愈發完整。

讓他愉悅？可以，前提是讓自己愉悅。

關於自己，最好的復健就是從事久違的本能至樂：有請劍來。

五象限紛紛輸誠，競相對神皇陛下的「第一王夫」表達最深刻懺悔的繁雜儀式。濼兒欣賞一番拜爾難得展現的王者風範，在他的領地過了兩夜，實現之前對雙面間諜鵜鶘燁姊姊的承諾——與觸孤弦同樣擁有變換自如的δ屬性，鵜鶘燁早就想要一回三重奏。

翌日破曉，野性閾值提高，載著他的拜爾無設限狂馳，幾乎是瞬間破入西宇。約好在星舟會合、親暱一番，拜爾再度穿破界域，再度激起北穹與西宇諸多神魔的喝采或抱怨。

在此行前，濼兒要求濕婆天與其愛兒乾闥婆王提供主場地域，讓自己「療養」。畢竟，能讓這個哀怨愛妻家獨佔枷黎一周天、又得到前破壞神不被銷滅的承諾，都是自己操作的安排與特赦。

這位真是機巧，幽怨彎繞一番，讓同為愛妻愛兒控的爹爹不忍。若非顧及爹爹說項，滐兒在衣角快被枷黎流出的黑濘沾到時，本決意銷毀她到完全不被記取的地步，包括濕婆天。

在此段空檔，許久未踐行的「劍即吾」法則終於得到滿足。最感樂趣的消遣是開放權限，允許所有的高階劍客前來問劍。

的確，前幾回的問劍釋放不少壓力。開場就是十三位頂級劍聖與自己的群攻對決，他同時開出十三劍陣、讓十三指都盡興發揮，盡量延長對手們的耐久度。套用壞東西的說法，真是「太舒心」！

遠高於劍聖能耐的九劍絕，扣除被自己殘殺、虐傷到無法「現形」者，前來六位。最舒暢的兩場對決者，就是道士與「雪蘭君」。

將定情信物的桃花劍運作到爐火純青、讓妹妹心花怒放的持國天，得到蒼蘭劍的充分認可，很希望道士跟壞東西阿炵互換。

還不等黑公爵作勢哭鬧，持國天做了件讓滐兒首次震驚的舉動：從第一次交歡就像是抱著碎雪、不能更細膩細緻的道士，迎向默許的劍皇。當著所有劍客武尊，他熾烈如熵火，痛快地親密一番，揭露彼此的永久綁定。離去前，持國天留下讓滐兒嘴角上揚的道心。

「婚配乃消遣，永誌最要緊。滐兒隨時在我的無量陣，一成為他，一敗為我。本座的每一顆熵晶，都是與滐兒共度雲雨之遺存。」

至於冠絕東宙的無情道劍仙、來自雲霧淵的「雪蘭君」是蘭髓一族的幼兒，蒼蘭妹妹的妹妹。除了道士，這位是至今無敵的劍絕巔峰，他得花真底子招待的絕世宗師。在對決長達徹夜、終於得到正式的「求敗成全」，高風亮節的雪蘭君對長年仰慕的劍皇拱手為禮，長嘯而去。

此次的問劍對象，最難得的是來自奧梅嘉領域的訪客。這群超生命是滐兒最歡迎的發洩出口——怎麼重手都不用擔心打壞、總能完整無瑕拼湊回來的矽晶劍群體。

由於心情大好，他允許通過五行陣、「討好七重天的七魔神」等苛刻條件的焚故漠，前來與自己對等比試——演習劍皇與天地第一把神劍的終極奇觀，互相抵銷異曲同工的闇虹永滅場（Black Rainbow Field）。金色至高劍龍依偎在最初與永恆的主宰膝蓋，請求滐兒讓祂相伴。

再怎麼說，矽晶金龍為元神的破天長劍是自己使役的第一把劍，滐兒有點不忍。思索一下，想到兩全其美的方案。

「帶著漫漶域攝政王的符印，把逃逸的叛亂從神完全永滅，就原諒你，每紀元可隨我造訪全劍域。此外，如果做得到只銷毀從未覺醒的殘陽，但不損及任何存在，朕就讓你永久跟隨。」

金色矽晶的龍神劍起先錯愕，思索後便得明白。果然，早就被看透。自己遭到設計，被自居子嗣的殘陽唆使，以為破解混沌七竅為討好之道，遭致最愛的劍皇痛苦厭惡，近乎三度滅世。只要主宰能原諒自己，焚故漠什麼都願意做。

但何謂「只銷毀殘陽」？祂得先找到能指點迷津的智者，這次絕不能搞砸。

然而，當問劍的對手處在某個門檻以下，例如低於劍聖，滐兒就得小心節制。宛如對方的代理師尊，他得動輒指點，頻繁收手，偶爾的高亢總會隨時低靡。

最後，當他面對「迷幻君」的雙胞胎、琴瑟和鳴的印兒與粿兒，生怕擦傷這對道心堅定的幼兒，對應姿態壓抑到只剩隱忍。在這回合之後，司徒滐感到挫折。

這情況實在一點都不愜意！

於是，他不顧慮蜂擁而至的圍觀與偷窺。圓月將至，他請血夜姊姊嚴厲命令保護欲過度、任自己怎麼說都用各種花招詭辯推辭的上弦月與下弦月，一起擔任自己的對手。

這是節制了五百年、只管自身盡興的以劍證道。

無論如何，完全不用擔心將對手銷滅、彼此勢均力敵的雙重條件，除了兩個「髑孤刀王」合力對付，全向度還有誰能接下自己的所有絕招？

滿月時刻，血暈迷離，他一身簡潔細緻的削肩黑絲長衫。衣角繡刺血紅月痕，套上深銀色及膝長靴，纖薄柔韌又靈麗無比。即使面對自己的一雙王夫，司徒滐在劍道層面是無懈可擊的禮數百科全書。左六指、右七指，各流轉一環，他首次挽了十三道闇虹劍花，使用最高階儀式面對「髑孤兄長」們，不能更敬意十足。

「有請兩位兄長，盡情發揮，毫無禁忌！」

聽得最高境界的劍皇如此投注，視自己與雙身為絕頂對手，兩位髑孤刀王深情又神往。非但髑孤弦報以一以貫之的澄澈回應，向來以愛戀優先、只顧著佔據「絕色小寶貝」的髑孤烗一反常態，鋒利靈敏，認真凝神。

在光粒子凝結的頃刻，他的左右手交叉為十字。右手尾指掏入白焱竄升的左肩胛罅口，掏出小樓，劍尖化為七重環陣，迎向髑孤烗的銀霜絲刀陣。完全共時的春雨，逍遙清烈、慢到比極速更快，柔韌對峙觸孤弦興致盎然、包抄萬有的圓月彎刀。

在極度出神的狀態，滐兒睜著刺穿一切的粲然血眸，看入最極致的兩種刀意。他左右揮灑，快到情意纏綿，慢到羈絆如水。

春雨宛若液態指揮筆，將無盡音符凝為太古七音，在月兒的鮮紅永夜印下七道詩篇，道盡洪荒情念無絕期。光火如燒雪的小樓，迎入亂針刺繡的犀利月華，發揮卸除禁制的快意狠絕，劍火輻射為許諾無邊。

觸孤弦輕聲細語，凝視春雨流穿月眼，愛不釋手，綿密回饋唯一對手的永在不訣。觸孤炩挺拔佇立，任由小樓壓制漫天月舞，手掌心撒出鎖套，細膩環繞，接住以劍為歌的修羅劫舞。

以一對二的絕句，在這枚完滿圓月上升時告終，天焱雙劍與月色雙刀嵌合在絕對的完成狀態。

距離上一回的極致刀劍比試，尤其是與雙月比試，究竟是何時？滐兒迅速在複數心智追溯——上一回這樣玩，還沒有五象限呢。

真是一場久違了無期限的無類刀劍活動。而且啊，之前的刀王並未分化軀體，他只能每回合用上一隻手，輪番對決，此後可是雙重絕爽。要怎麼左右揮灑、前迎後聚，都是隨心自在呢。

在他盡興無比、滑入超心智休憩的冥夢狀態時，滐兒多情到忘情。他渾然忘記，眼前懷抱自身入夢的對象，不只是一化為二的「觸孤兄」，不只是刀劍比試的對手。

即使自己在最高頂點忘神一星半點，也不至於計較到此等地步吧……何況，此次是最完美的和局，事先又沒有任何賭約，怎麼出現「沒遵守約定的小寶貝」這種稱呼？還說出讓他稍微忌憚的話語。

「忘記了吧？大哥哥一定要好好處罰呢。」

沒有，澿兒什麼都沒有忘記，只是……沒放在心上一瞬。

醒轉之後，司徒澿感到處境不太妙。躺在天險星的宗主寢居，自己被前後包圍，雙手分別被握牢壓制。長達三夜月的比試用盡精能與激情，如今很難抽身逃離。悠遠的白書生與脆利的黑公爵不為淚水所動，一逕開心專注，輪流攻略。

澿兒驀然領悟：他們的確毫無禁忌、完全發揮，換取的餽贈是自己的不忍峻拒。

觸孤焓滿是灑脫伶俐的邪門黑貓神態。他取出深紅月暈染成的絨繩，挨近澿兒，細膩俘虜不明就裡的小寶貝。

以澿兒喜歡的鳶尾花液調製這條美極的絨繩，只能用在澿兒身上啦。此舉花費觸孤焓不少精力，已經愉悅到復健完成。當他將各色花式縛法用在最渴望的小寶貝，看到澿兒的無奈許可。哎，真是勾引淪陷的絕景，澿兒對大哥哥真好。

「不是平局，是我們輸了呢。澿兒在最後頃刻收手，保住吾等將被割破的衣袖。驟然回收劍勢，春雨小樓的作用力都擊回自身——拿自己的脈動失控當冒險，就為了場面美妙，這不該處罰嗎？」

澿兒暗自反駁：收場的美感很重要呢，不然是要把你的衣服搞壞，以示炫耀嗎？

觸孤弦笑得深情莞爾，輕咬最心愛的體貼孩子頸項。

「所以啊，滐兒打破承諾。說好的毫無禁忌呢？最後一剎那，你委婉收回盡情滑刺的攻勢。為了壞孩子的失約，為兄們想稍事反轉，在這回稍贏一場。」

終究被這兩個對手看出來！罷了，辯解無用，就當作盡興之後的調劑？

他任由雙方默契十足地撫觸自身，體會清暢的憐愛與激切的疼愛。完全耗盡的形神由月繩纏綁，嘴裡被餵入雙重信息素精華，被挑撥刺激的細窄四肢快樂抽搐。體內的紅袖劍端遭逢輕柔愛撫與高超挑逗，終極音色唱到沒完沒了的最高潮，滑入最初的夢遺……

掉入迷路夢掌管的黑夢鄉澤，本是在性愛激烈到極點、造成穿破界域的可愛效應。雖然困窘，這倒是意外之喜，自己好些時候沒有造訪七重天呢。

然而，當他漫遊夢神的領域，並未見著寵愛的幼弟。滐兒抱起窩著歪頭注視自己、先前共處的這雙小貓精靈王，柔聲哄愛。

「Ether，Aleph，大哥哥在找你們的哥哥呢。很擔心他是否夢遊到迷路？」

靈獾俏麗的這對小小暴君，宛如融化的美妙黑雪，軟幼地在滐兒身上沸騰蠕動。享受了半晌，下定決心來開啟偵測系統，滐兒突然聽取到纖長的月絲與清涼的調弓音——讓他快悅到墜入黑夢鄉澤的兩個始作俑者，從推算的方位帶回大夢覺醒的夢之魔神。

迷路夢睜開入夢過深的迷濛異瞳，輕俏靈嫩。祂終於安心地脫出夢中夢，投入在夢裡夢外都溺愛自己、珍重撫愛的哥哥。

觸孤焓非常受到傲嬌貓貓們的歡迎，尤其在他掏出各種精心自製的小貓點心，啟動信息素、強化木天蓼的濃度。

「滐兒哥哥，我一直不敢離開夜冥的夢域，太痛楚，太危險。數次夢潮狂亂，從他的意識開始興起雙重故事導向——」

觸孤弦突然想起什麼似地，笑意低落。

「這現象是畸零鬥爭的場景開始入駐。上回帶尤格．索赫斯勘測異常雙重波動時，就隱有入侵之勢……」

滐兒異常安靜，正以複數心智共同體從事至今最高速的運算。夜冥所在的時空格式不能再惡化，自己不能再不干涉。他是為自己與血月刀王背負重擔的第七代君王，通曉世情又孤高透澈，為了認定的摯友可以做到——

突然間，以觸孤赫連形貌潛伏百世、漫漶域智謀最高超的主神溶入黑夢鄉澤，以本體現身。尤格．索赫斯的無數洞觀眼球聚合，對神皇陛下恭敬致意，道出滐兒剛好算出的事件節點。聽得此番稟報，觸孤焓環抱著臉色發寒的滐兒，嘴角上揚，意興風發，看起來就是要大幹一場。

「大哥哥太佩服呢，最聰明小寶貝最初的懷疑成真。盜用迦樓羅王的名義，最終底牌支配師『法皇』就在這個時空經緯，此在的天險星崖。毫無敬意的渣渣如此頑劣，得趕緊斷開沒格調的佈局，別讓我們的小夜冥受到更多折騰。」

Coda——血紅之屋的契約

首次在南天超銀河使用「形影割離」這道他定義的五大禁招之一，正值司徒濼暴亂發火、難以遏制的關鍵。從事後評估來說，再怎麼痛惜被自己刺入一劍的觸孤焠，他非常同意，這是薈萃所有耦合機率的最佳選擇。無論自身的狀況如何，沒有這一劍，五百年後的自己會失去黑月——屆時，對方已然遭受侵蝕過甚，無法與黃衣王徹底脫鉤。

「非形非影，外於形影，影不從形，形不隨影。若非那一劍，藏匿於阿焠的黃衣王被剁個八成，你就玩完啦。之後五百年，任憑阿弦與濼兒如何籌謀，薈萃所有的複數超心智算計機，都無法找到完全斷絕病灶的可能性。」

觸孤弦摸摸鼻子，冷涼指尖撫弄亢奮灼熱的圓月彎刀，欣喜期待。

「喂，這位沒心肝的書生只顧賞識絕世劍光，當時根本不在意我能否回歸聚合嘛。若非濼兒堅持，你八成是『都好，沒事，黑月的份由阿弦來』就好吧！」

面對邪門微笑、佯裝惱怒的觸孤焠，觸孤弦聳聳肩，坦然承認。

「要把你的殘餘隱患全數挖掘清除，這我辦不到，非得用盡無窮盡的量子框演練。光是搞這一點，濼兒的矽晶算式夥伴群近乎衰竭，必須停機保養。他在五百年間耗盡一切心智與神魂，後遺症就是不斷莫名發火，必須不斷服藥。看他這樣，我的確很想不幹了，若非濼兒絕不放棄你……」

觸孤焠反覆將銀色絲刀從十二指抽出又收回，毫無向來天真淘氣的模樣。他瀏海低垂，銀色瞳孔不斷滴落月夜霪雨。

好想抱著正在眼前、靜謐進行盤算的小寶貝。他無法為自己開脫，即使沒有從神的附著，當時是很想將計就計，按照叛變管理程式與黃衣王的挑撥行事——使用唯一能鎖住所愛的權限道具，以失望哀痛之名權充囚牢。

潹兒倒是沒留意這番拌嘴。要讓「形影割離」的作用猶勝上一回，還得追溯這兩道時空扞格的鬥爭重點……

「喔，正好提供關鍵字。**以失望哀痛之名**。還好，及時破解讓夜冥自願就範的刺點。這孩子，怎如此情義深重，對方說聲哀痛就胡亂應允！」

聽得潹兒的自言自語，觸孤烇再也不管呆子書生對自己調侃「嘖嘖，沒有後悔藥，也沒有治腦藥噢，阿烇。」

他用盡全力、絲刀化為月光色綢帶，套牢緊抱在眼前毫無設防的雪月少年——既無法全然放開約束的慾望，更不願讓傾付一切的人兒繼續自責那一劍。

並未責備，甚至沒有羞怯數落「壞東西」。潹兒任由觸孤烇束緊月索，套住自己。他反手握緊漫天揮灑月夜光絲、專注取悅自己的那雙手，不想讓對方看到自己的表情。

「不管阿烇要說啥，都閉嘴。腫殤並未被一劍斬除，還讓你痛好幾回，動用各種策略，殘根纔完全切離。何況，千面沒說錯，我的辨識能力真的**很不怎麼樣**。」

總算講完很是羞赧的心情，潹兒輕快從月索流出，朝向天險星崖。

如同融入月色的雪色光流，他以「萬古雲霄」輕功矗立於雲層，驅動紅袖劍芒製造「咫尺天涯」——劍光是他自身的形影音意，綿延環繞整體的南天超銀河。

處在時空經緯的精確位址，他是一抹憑空飄揚的柳枝。紅袖劍閃現深闇虹光，劍鋒點撥雙重波幅，切穿並解離所有的虛妄執著。

濼兒回眸，莞爾於浸浴於劍意、神馳嚮往的阿弦，隨即望向月眸下雨的黑月刀王，纖窄劍形的身體鑽入「耍壞大哥哥」的懷裡。如夢境之夢，如雪飄落的笑聲是穿入黑月神魂的天籟。

「黑月大哥哥非常麻煩，形影無分主從，互為雙環。既用盡招數困住我，又想讓我從心所欲。」

由於黑月結合自身的形與影，這次的劍光對阿炵毫無影響。然而，方纔割除的是夜冥身後的魘影——狂信之影、支配之影、控制之影。夜冥已經不再受控，他會在朕以眾劍淨化的領域好生療養。造成迦樓羅王的印鑑遺失、使用他名義參加支配師競賽的最後一位挑戰者，就是你——妄用夜冥純粹的情義，讓他對你說出「永不離」，私自認定爲契約。

你不該如此狂妄，不配得到夜冥情義的歐陽公爵，支配師團契的法皇閣下。這道「形影割離」不只切離操縱夜冥的執念，也切割出你的原始名份：漫漶域六邪神的瘴癘獨子，**拘執的律令！**

面對這個從雙重時空敘述浮現的「歐陽公爵」，南天超銀河第七代帝王的畢生摯友，觸孤炵怎麼看就怎麼反感。深鶩險峻、執著視線沾黏在澄澈空靈的小寶貝身上，怎麼好像……有些像……稍微一點點像完全崩壞時的自己。

突然間，他很想學一次奸詐書生，尷尬時就摸摸鼻子。咦，阿弦怎麼瞬移？什麼「奇點事件」啊？算了，先解決這檔事再說。

他伸展銀絲月刃，取出黑月彎刀，擋在濼兒身前。真討厭，真想切碎不把漫漶域至尊指令看在眼裡的小混帳。

「以漫漶域至高神的權能，命你退出五象限。若欲比試，身為漫漶域本身的吾，纔是你該挑戰的對象。」

濼兒輕柔拉著阿焓的手，示意不用比試。

無論如何，五象限的支配師競賽冠軍已是阿弦，在他們眼前的「法皇」對冠軍毫無渴望。濼兒迴避眼神，細聲說道：「想要的賞賜是**永不離**，是嗎？」

看來，瘴癘神敘述的故事，造就了充斥強迫症狀的青年支配師。這是最為虛妄、最難以諒解的版本。在這六位「大姊姊」當中，就屬祂最專執偏頗，用最錯的方式討索自己的垂青。

青年支配師單膝下跪，抬頭凝視思念至此、終於見到的雪色美幻形貌。

「永不離——吾與最喜歡的夜冥永不離。同時，吾與戀慕無比的永在神皇，永不離。」

濼兒側身避開，對方的出現讓他重陷於無止境的淒厲叫喚，不斷在血紅房間冒出的戀慕胎卵——他無法接納的集體增生，崩潰的觸動點。

「支配師歐陽公爵——或說，瘴癘神的子代，你早該停止這場從未發生的競爭。無論夜冥或是朕，從未參加爾等自以為義的競逐，更無法給予我向來沒有的賞賜。」

司徒滐試圖哀憐對方，這是堅定執著於意志鍛造、持守道統的「法皇」。更要緊的是，他乃夜冥的此度至交。但他就是無法——尤其當對方道出最可憎的關鍵字，勾動無法收回的銷毀念頭

「請遵守您簽署的**契約**。第一條，實現**繼承自身神髓者**，**永不離**的誓約，吾等愛慕無期限、絕世無雙的父皇。第二條，太古音劍皇乃是漫漶域的夫君，用以交換卡寇薩至高神的鎮痛安眠血髓。」

在灼燙到無從規避的凝視，內藏不斷回返、壅塞無數卵胎的血色之屋。六邪神的火燙心象，試圖牢牢把持他的形音意，他翱翔自如的本然，他降臨漫漶域的初心——情念與至愛，永音與弦月，尋覓遺失於卡寇薩的樂聲。

他早就決意，無論能否取得讓混沌緩和的鎮痛劑，都會迎向卡寇薩的無數月夜。如此作為不是對契約的遵從，而是對月夜的**許諾**，卸下所有防備的許諾。

「一子錯，全盤錯。朕只與自身共在的對象永不離，無需分享神髓。而且，誰說你繼承了朕的神髓!?自從愛欲造成的歪曲，朕對自己從事誰都無法破解的指令。若非我想給予，誰都拿不到太古音的神髓，誰都無能孕育我的子代。」

眼前的律令化身閃過一絲恍然與動搖，執念聚合體出現細若游絲的隙縫。

自從我入漫漶域以來，六邪神所降生孵化的卵胎都是祂們的單型繁衍。朕無法也不能擔任誰的父皇。永恆的少年洪荒不會有子代，我就是自己的始與終，無窮盡的自體循環，無誰能破。誤造信仰的法皇，著實遺憾，朕無能擔任你的父位，但至少能讓你解脫。

濼兒下定決心，倘若永久殲滅這道執迷的支配欲，或許能逐漸直視塞滿血紅胎卵的巢穴——或者重塑，或者改造。這是他最初愛侶的原始地基，總不能讓祂們永恆遷就，自己卻連踏足都做不到。

無數銀色絲刀造成的網羅，清涼潤澤，在他即將「動念」之前浸入體腔。舒爽的黑色月夜流入自身，暫時解緩一發火就無法回收的神遊。

濼兒感到困惑。就算是要讓自己冷靜、以免發火的反噬過重，阿焓這個壞東西最不在他的設想範圍內。

「阿焓，為何……？」

還是一派風情靈動的耍壞模樣，戲謔笑意舒緩自己將要爆發的殘虐殲滅，掌中的紅袖逐漸消火。觸孤焓輕柔環住無始無終、惦念無盡的「逍遙遊」，絕非任何困縛能真正佔領的心愛孩子。

「夜冥需要調理神髓與精神脈動，濼兒召喚的道士已經抵達，由阿弦與迷路夢貓貓擔任錨定。濼兒啊，最不聰明的大哥哥有話想說，開示這個非要操縱與控制的小鬼。能否頓悟，就看接收的彼方啦。」

還能說什麼來切開拘執呢?唯一的方案就是最狠絕的分割，破除無可拆解的篤定信念，讓對方停止存在。窮盡所有共時的量子框計算量能，濼兒找不出另一種方案。

驟然停止嘻笑的黑月刀王，把玩指尖竄出又滲入體內的無窮絲刃，像是從事不好意思的告解。

瘴癘之子，你倒行逆施，強行解釋。吾即是卡寇薩至高神三重體之末，黑色之月。吾、吾之雙生月尊、吾等之長姊「血色夜姬」，其聚合體即爲漫漶域本身。吾等從未以提供血髓爲條件，脅迫劍皇成爲漫漶域的夫君。**血髓是餽贈，並非交易之物**。吾等與劍皇並未交易，雙方從未交換此等條件。既然未簽署，又何來契約!?你以爲六邪神是啥?祂們是吾等親自製造的從屬!

這番痛斥讓眼前的形體近乎散去，流淌出灼燙敗壞的病灶。滐兒難以停止顫抖，當時與此在是無限，形成流來漫去的共有環圈。

發狂的劍皇再也無法悲憐，不斷將一切割離戳碎，小樓的利齒分解執意強留的濃豔邪神，自稱他「六妃」的慾念集團。滐兒握緊妹妹與紅袖天涯，殺戮是唯一的緩解，闇虹瀰漫的眼神只賸殺性。消去、滅絕、剁掉、蒸發，一顆卵胎都不留。

「不准，停住，別再這般稱呼。朕不是你們的——」

無限增殖的肧胎暴漲破裂、汁液噴濺，他發狂到只能感受殲滅至樂。歌謠湧上，殺性無盡的永音澄澈絕唱，不斷裂解碩大稠密、佈滿深紅之屋的肧體。喊著「父皇」的嬰嚎是外於一切、永難癒合的傷口——

觸孤煢的網羅愈發清寒，愈發緊抱不放。至冷的黑月心痛難當，無能的漫漶域至高神過於輕忽隱患，任其鑄下禍患，讓祂傾心無盡的劍皇背負煎熬至今。

「我們參當中，吾乃最是流離散渙的化身，毫無基本警覺，不斷被視為心腹的黃衣王暗示唆使。夜以繼夜，窸窣慫恿，赫斯特巧妙設計的暗示語言是早已揭開的面具，滲透銷蝕，讓吾無力抗拒。吾難以否認，這想望不只是外部精神感染，亦是無始無終、弦線起伏不定的戀棧。若能擒獲唯一所愛的劍音，將是何等極樂銷魂。然而……」

觸孤焓神色驟轉，從峭拔深闇到清澈月暈。那是形影之外、內外交融的月蝕刀意，只願與對象一起暢遊嬉戲，不時以弦線纏繞挽留。

「你這個比我傻太多的年幼東西，怎樣都不懂嗎？身為漫漶域本身，吾等三者的唯一信守就是拒絕僵硬形式，無論對自身，對所愛。強行製作文書陷阱，困住無法強留的音色，是最糟糕的遊戲策略。我所想所欲，就是讓滐兒安心陷於黑月絲線的陣式。吾的本色是取悅，而非支配。是默契與默許，而非精心設計的控制。

「回去你所屬之處，別再妨擾——契約並非**強行以語言從事固定**。它是無盡的交換與商榷，不是一了百了的牢籠！」

這位「律令」還當真乖乖退卻了。驟然頓悟，反而很難放心，但此時的滐兒已經無法發火，姑且留手。他喝下一盅「沙漠玫瑰」，與阿焓漫遊在豁然清晰、兩種抗衡敘事鬥爭解除的事件節點，周遭神清氣爽。

他轉向原先嚴峻侃侃而談，現在又是個風騷邪門大哥哥的觸孤焓。

「竟然，讓阿焓當了一回講道理的正派……」

觸孤焓難得困窘了瞬間。

「阿炵纔不是正派！執著小鬼會迅速退去，是由於他搞懂，泝兒心悅的是我！」

司徒泝不禁失笑，真是愛撒嬌的傢伙啊！

他讓觸孤炵慢條斯理、故意拖延，在馬尾繫上深銀色絹帶。梳髮完事後，感受到對方熟練地往下探索，瀰漫白火鶴的唇齒輕含住後頸，技術高超地撩撥舔啜，雙方一起盡興於月與音的共鳴。

在快樂暈眩狀態，阿炵取出以闇月色打造的絨帶。像是繫住最可愛的禮物盒，在泝兒的雙腕綁上輕柔優美的蝴蝶結，水磨乞討更進一步的許可。

「又來了，不這樣就不行的壞東西。說甚麼要讓我安心，只是想取悅。真是撒賴的可惡黑月哎。」

這個壞東西清脆嘻笑，佯裝沒聽見，又是一副「大哥哥要佔有絕色小寶貝，要一直侍奉困鎖泝兒」的淘氣德性。

司徒泝轉身迴向，難以按捺笑意，讓觸孤炵溫存環抱。罷了，自己無法不縱容的下弦月，真是商榷與交換的絕世高手。就是這能耐，纔得以取消毫無依據的不實契約。

難以發火的纖刃狀尾指輕敲對方額頭，佯裝震怒。聽取低笑又抽泣的黑月，真是樂趣盎然。

「嗯……今晚就賞賜給賣乖第一名的大哥哥吧。竟能以淫色師的哲理說服冥頑不靈的支配化身，真是難以招架的邪道月光。」

第五章　藥師、藥物、藥癮

第一節　月血髓是成癮的藥

破幼之後，司徒濼很不喜歡服用任何藥物，但這回毫無解套之法。這個對象不光迫使他非得服藥，而且，對方就是自己非要勉強吞下珍罕藥物的原因與……原料。

過於神迷、過於療癒的原料——卡寇薩上弦月的**身體**。

早在他尚未登基，身為魔醫的紫凰爹爹時常將丹藥做成沁爽草木風味的顆粒，或者調在美味到連自己都願意品嚐的五次元飲食——尤其是好喝的茶酒。倘若就是這樣的程度，濼兒至今都樂意服藥。

然而，他偶然知道爹的「挖髓魔醫」稱號由來，全都是為了找尋與自身契合藥材的原料。當時爹到處攔截各路超神，取髓煉化，製作適合愛兒的解緩安神藥材。雖然保留神核、將養個一重天就差不多痊癒，從此而後，他在吞下那些挺好吃的顆粒時，總感覺頗為抱歉。

「欸，大哥哥最疼愛的小寶貝在支頤沉思，這角度好像夢域的帥美貓兒呢。機會難得，有幸招待在我們公爵府作客的小黑貓精靈王，濼兒與貓兒們一起讓大哥哥拍攝一系列吧！」

司徒澿完全無法抵擋這樣的要求——不，這要求是絕佳的贈禮。若非兩位小黑貓精靈王更適合居住在黑夢鄉澤、由迷路夢細心呵護，他很想拜託身為夢魔神的幼弟，讓自己永久照顧這兩個孩子。

觸孤焬開心到近乎壞掉。這次的拍攝過程完全不用討價還價，只要兩個小黑貓環繞舔蹭澿兒，心愛的小寶貝就完全投降。那雙深紅色的晶瑩眼眸化為最美的液態超新星，與貓貓們深情對視的程度，約莫與澿兒注視蒼蘭妹妹相差無幾。

即使平常會窘迫推託的高難度懸吊緊縛姿勢，這次亦水到渠成。只要哄著這對小精靈趴坐在澿兒身上，來回融蹭挨近，就能做出讓五象限全體噴爆原欲的美絕綁縛作品！澿兒夢寐在貓貓們的凝視，渾然忘我，完全任憑壞東西穿戴服飾配件，調整姿勢。

「嗯……阿焬，這張拍完之後就消停，差不多是 Ether 與 Aleph 的用餐時段。」

「哎哎，澿兒太小看大哥哥啦，當然不會忘記啊！」

最讓觸孤焬自傲的屬性，就是他與澿兒都是不折不扣的貓精靈愛好者。為了討好貓貓們，他的小貓餐飲製作技術已經不遜於紫凰尊呢！

讓貓貓高興，等於讓澿兒高興。他一邊愉快地烹飪澿兒與小祖宗們的晚餐佳餚，一邊欣賞澿兒從「萬紫千紅」這等超高難度繩陣輕盈脫出的美妙纖軟身形——簡直是最夢幻頂級的貓式柔軟度。

「今晚都是最受貓貓們歡迎的餐點呢，要相信大哥哥的手藝。」

觸孤焰的烹飪能力真不是自誇，簡直是爹爹的超級藝術等級。濼兒有點懷疑，雙方能練到這等地步，都是以精心製作、最符合愛好的滋味來哄自己喝下安神藥，尤其是這陣子。

遭逢瘴癘神的獨子、「拘執的律令」之後，無論自己如何強調此回沒有任何症狀，爹爹與道士根本無視——沒得交涉，他就是得服用安神藥。這次的藥方是液體的草木淨化液，基材既有爹的藤花信息素泠香，結合甜美的桃花藥茶與血夜姊姊的鳶尾花液，濼兒挺喜歡。

「阿焰大哥哥……你緊張盯著不放做啥？濼兒不會倒掉安神藥茶，這可是爹與道士辛苦提煉製造的作品。就像你做的美味點心，兩位小精靈王與我都很捧場呢。」

趁觸孤焰高興得忘記監看，濼兒誠實地喝完這杯花草藥茶，以及——輕俏靈敏地，將白玉碟子內的那顆上弦月形狀血髓藏在掌心，放入爹爹做給自己的小巧乾坤袋，悠然若無其事。

體貼入微的大哥哥快意無比，黑月絲弦自動流出小提琴獨奏曲，抱著兩位嫩幼精靈貓兒，哼唱輕快好聽的搖籃曲。小黑貓們在自製軟絨睡床蜷曲歡睡後，觸孤焰輕輕抱起在臥榻小憩的純美小寶貝，取下髮飾，無聲地為濼兒洗浴。

嗯，真是太完美——姊姊前往第五象限從事結盟，呆子書生去巡視啥「奇點」，最願意分享此夜的野馬弟弟被共主責任拖晚了一夜，妹妹繼續在漫漶域擔任攝政王，就連最討厭自己的蒼蘭訣亦保持寧定，並未跑出來戳踩幾下。

他無比舒心，摟著沉靜晶瑩、嘴角微翹的夢樣人兒，一起潛入無邊際的夢遊。

灤兒被一抹柔涼的刀意牽出深夢翺遊，觸孤本家的公爵府籠罩在清逸溫雅的上弦月暈。向來淡定柔和、愛得從容自在的白書生，今夜笑得非常刻意，單手六指溫和輕握他的雙腕。看似毫無拘禁意味，卻比黑公爵予取予求時的極度玩法還……近乎悚然。

觸孤弦摸遍灤兒的七十二道脈動，嗯，尚可。他碎形霜色的眼睛挨近往後瑟縮的孩子，抹去散發薄荷信息素的眼淚，將那身比任何琴弦都精緻冷清的身軀定住不放。好啊，開始裝可憐大賽。罷了，無論是啥大賽，自己都必輸無疑。愛得難以斥責、揪心無比的情愫上湧。觸孤弦笑得優雅無害，將一顆閃耀微暈的血髓遞過去。

「灤兒忘記服用囉，一定是腦子很少的阿焌沒做好確認。來，阿弦姊姊餵。」

他感到懷裡人兒的極端不願，神核甚至被絕美挑剔的劍音推開，真是挑戰啊。觸孤弦將月兒收入體內，指尖彈出白霜弦刃，敲了敲正在摟著「最甜美小寶貝」暢遊夢域擼貓的笨蛋雙胞胎。

「喂，阿焌，啟動黑月定情物。」

觸孤焌還來不及從攏愛暢遊黑夢鄉澤的遺緒清醒，輕緩的宰制指令送入意識，淫色師的本能就被徹底拿捏。他清脆呢喃，抱緊一直往後倒退的嗚咽小寶貝。深紅扣鎖從掌心冒出，輕巧地把那雙漂亮的手腕往後反折，理所當然地溫存銬住，迷濛舔著灤兒後頸的紅梅狀腺體。

真的很嚴重，灤兒並非裝可憐呢。觸孤弦愈發不安，非得餵藥。眼前哭到無法遏制的模樣再誘惑，也是很難受啊，逞強的壞孩子。上弦月王憐惜又擔憂，只有自己的血髓纔能讓灤兒鎮定舒服。他將竹葉青風味的顆粒以舌吻送入，技術高妙，滿懷柔情。

「來，好乖喔，這不就吞下了嗎？再喝一杯接骨木花液，阿弦一起陪漛兒睡。」

體會萬古音流的劍意從哭泣掙扎到暈迷呻吟，觸孤弦真是滿足。他將陷入藥效無法清醒、宛如紅袖劍的冰銳身軀攬在身上，妥貼按摩，入夢時笑意纏綿。

下一次的月夜，原本輕俏快樂的小寶貝與精靈黑貓貓們早已遠離天險星系 Alpha Prime。觸孤弦意識到昨晚的自以為是、那些洩露至極控制欲的細節，後悔到完全笑不出來。觸孤玪氣到戳了他好幾回「千絲刀弓」，像寶物一樣緊握漛兒留下的便籤，立刻瞬移至王都星。

「**朕本視卿如明月，奈何明月輕辱朕**。」

他腦髓深處的縫合口不知道尖叫了幾次的無窮盡。這個向來自豪於軟磨溫柔為強項的……算了，這位貌似弱質、黑到骨髓的傢伙，究竟吞噬了什麼影響性情的糟糕玩意啊！如此強制到幾乎強迫，這麼欺侮始終待他們參情深義重的小寶貝，還操控自己當幫手。

這欠戳的狡詐書生，怎可能不知道漛兒的觸動點！

「每次被那六個強行餵食阿弦被採補的血髓，我的意志就離**滅盡萬有**更靠近一絲毫……」

好，沒事，發揮黑月潤物無聲的強項。一處一處來，善用精細如絲刀揮灑的尋覓技。

鷹玥星的帝宮當然打叉。太過明顯的標的，漛兒必定不想被宮廷眾生包圍。不過，他的目的是對親王御使謙虛討教，觸孤玪可佩服這位漛兒的表妹兼摯友啦，尤其小親王向來對自己不錯，算是知無不言。

取得充足的資訊後，他前往城郊的前皇宅邸，被即將臨行的紫凰尊踹了幾十腳。這就罷了，自己活該。值得驚慌的是與自己向來不合的道士毫無幸災樂禍，逕自面色發青，憂忡不已，根本沒在管自己被痛罵。

司徒天淵暗自發誓，這回一定要讓這兩個遭受悔不當初的代價，最好是濼兒直接休了黑白鬮禍精！

照料濼兒的自己，可以花上一整夜慢慢哄他服藥，哄的過程就是情致樂趣，從未有任何勉強，更遑論操控動強！這兩個混帳竟是如此張狂粗暴，要是打得死，他早就動手。況且，濼兒的寢殿有蒼蘭妹妹，還有不時破界爬床的野馬，非常足矣。不需要觸孤三重，正式的配偶只要觸孤后君就夠了，太夠了！

不然，自己還得與他們排順位嗎!?司徒天淵愈想愈暴走，對著不能更恐慌的黑公爵森然冷笑。

「早知觸孤刀王的愛法是如此欺凌折辱濼兒，本座當初就將你們兩個一起廢在手術台！」

他認為自己的痛斥過於仁慈，冷哼幾聲，灩金色魔眼用力瞪視黑月刀王甚久。無視對方單膝下跪、連聲啜泣道歉。他撇頭不理，六對美不勝收的羽翼朝向因果域飛翔。

已經從共享渠道得知濼兒的計畫。嗯，先入花叢與妹妹歡好，其後騎馬馳騁、舞劍翱翔，這些景致很適合自己的至愛。就讓道士去迦南當一次出差御醫吧，自己可不能再拖延，非得與姊姊討論這番難以規避的嚴重狀況。

司徒濼在擺脫藥效的瞬間，已經自動臨現於天險星銀河團的三千萬光年之外。從觸孤公爵府一起離開的，就是他懷抱的兩位精靈貓貓，以及爹爹精心製成的乾坤袋。很好，啥都沒沾染附帶，至少不用擔心被血月刀意相隨。

他抱起好奇歡騰的貓貓們，先是極盡討好撫摸，再為這番意料之外的異動正式道歉——再怎麼生氣，自己該把阿焓製作的舒適裝置整備周全，悉數放進微型黑洞為通道的乾坤袋。

「無妨，不擔心，看濼兒哥哥的能耐。我們先去賞識風光，再回星舟。白虎姊姊會陪玩、做點心，蓬鬆的粗長尾巴適合當玩具——」

在共享渠道竄生、撕裂全身的劇痛定格了自身。從未在他與觸孤弦之間出現的焦灼傷痛攫住濼兒，他不得不暫停超光速翱翔，開啟通訊，啟動超額心智推演。

怎麼，上弦月不但笑不出來，還懂得懊悔不已？就算搜遍萬有，可是找不到「取消該付代價」的裝置呢。

「濼兒……是阿弦大錯特錯，作風可惡，毫無思慮。看到你深夢得如此美，吾又欣慰又擔憂隱患，終究忍不住……害怕。非常想讓你……食用我。（毫無造假的哭聲）」

什麼亂七八糟的思緒哪。在觸孤弦巡弋奇點的那幾夜，發生了外於自己知曉的例外狀態？無論如何，此時濼兒無法接觸將支配術法用在自身的白書生，否則更難釋懷。

他正要去除聯結，上弦月的念場慢到極點地溶入此在，彷彿從未分離須臾。

真是，確實是**不能不處罰**呢。司徒滐不能更小心翼翼，將小黑貓們置入共在約定，讓祂們快活趴躺在挺秀雙肩，嘴角不禁洩露笑意——向來以退為進、仰仗自己不忍推辭的白書生，也該體會一次太上忘情的逍遙遊陣式。

滐兒闔上流淚過度、鮮紅如血滴的絕麗雙眼。透明光暈如綻開的花瓣環，身形是細長雪刃。這是他於洪荒綻放以來、只呈現過一次的誓約絕唱。只要送出、就會貫徹實踐的音中之劍。

跨越三千萬光年，誓約從鎖骨綻放。聲音化為花劍露珠，形成幻美永夢。在投遞劍流之前，他輕聲細語，朝向無邊月流，道出忘情的愛意。

「請君收下這場夏雪雨。當最後一滴灑落，滐兒就與壞心眼的白色弦月重聚。這五百年來，滐兒太縱容、太遷就，竟讓阿弦姊姊忘記我的禁忌。且暫停這一度的月光週期，相互自在吧！」

於是，滐兒回到星舟，將狀況簡略說明，敦促ITG做出不輸給阿炩的貓貓飲食與起居設施，惹得白虎元神好勝心大發。小武士助手又冒出最近常見的莞爾，遞上一杯東宙特產的花芽冷露。

「看來，神皇陛下是要給不時裝可憐的上弦刀王上一堂課，教導他體會何謂真正的可憐？」

嗯，說得好。自己的反應快於思索，應該理清脈絡。這場「暫停一度」就是……並不是反制對方的處罰，而是教育。對，滐兒很高興助手點出關鍵字，他纔不像那兩個動輒胡亂找理由、權充有理有據來處罰自己的傢伙，他的作法是用心教誨！

他為自己與小精靈貓貓們光子浴，散發沁烈甘美的薄荷信息素，一部分轉化為貓貓們喜愛的貓薄荷。套上睡袍，摟抱餐後甜睡的小黑貓們，舒服地躺在巨大化的白虎身上。終於安心的滐兒是一道清靈夢樣的劍形，開心地夢視東宙花叢與迦南狂風。

第二節　藥與毒，淨化與耽靡

九大花冠超神肇生於洪荒域、太古總管精心照料的庭院。祂們是自己最喜歡的四種花草：蘭髓、鳶尾、百合，以及麒麟草。一起盛開的兩位蘭神降生時就永以為好，蒼蘭訣妹妹在那一刻綻放劍芒。

除了不敢為觸孤弦求情的創始劍，唯有蒼蘭妹妹是洪荒域呵護成長的孩子，亦是自身前往漫漶域時攜手同行的……未婚妻。若是沒有妹妹，自己決計無法按捺脾氣，承受「六妃邪神」自以為精心伺候的種種。祂們倒是乖覺，對待妹妹如至高神的敬慕，算是識趣。

這回他帶著禮數必備、必須共同前往的帝王代理騎士與劍衛統領同行，麾下近千名太天位劍客駐守於東宙與南天之間的小行星帶，「九星花園」。滐兒牽著妹妹細嫩雪白的小手，笑顏開懷皎潔，面對阿涅與阿峴目瞪口呆的沉醉視線也不感到困窘。

「哎呀真是太好了，九公主與神皇駙馬回親王府啦！這雙美人兒總是晶瑩水靈、雪雕玉琢，在鬧騰的南天可累著呢。回來好生將養，蘭草親王與劍蘭王夫纔能安心哪。」

在東宙星域停駐星舟時，迎接的使者群如此熱切低語。滐兒見著跟隨自己前來、最內環劍衛的面色扭曲，無法解碼。明明是基礎語言一致的東宙官話，他們怎樣都理解不清。

由於事關蒼蘭妹妹，他不禁輕笑，盡量仔細解說。

「東宙採取九位親王共治模式。妹妹的至親即是此屆共主蘭草親王，最年幼的『九親王』，其夫君『劍蘭王夫』就是身為劍客必然敬重的至高劍聖，煌冥青滄。東宙官語使用兩種斷代的言說混合體——稱為『公主』者，乃是東宙全體神族共主的孩兒。對於花草為神格的族裔而言，花的頂點是極致銳利的劍魂，既是劍客，亦是神劍。在此種格局位序的認知，即便身為諸神之主、永在劍皇，朕的位置首先是蒼蘭妹妹的夫婿，之後纔是所有神格與劍客的至尊。懂沒？」

聽得「首先是蒼蘭妹的夫婿」，除了無數次目睹場面的觸孤雙子劍聖，向來深受器重、只以主上為尊的十一名劍衛或按捺或明顯，輻射忿忿不平的情感波動。

濼兒瞬間收回笑意，明顯不悅。右手尾指的小樓甩出松木臼焱，瞬間燃掉這十一名劍尊的發怒劍意。

「若再冒犯朕的劍神妻君，諸卿可自行離去，無需報備。阿峴，將此意旨告知所有朕直屬劍衛：天地廣闊，諸位皆冠絕一方，願意以遠超過朕能回報的酬勞、聘請尊奉之處，比比皆是，切勿委屈自己。」

從濼兒的劍鞘幽冷浮現，蒼蘭訣的質能互換模式不到瞬間。轉化為劍絕模式、清麗傲岸的少女與濼兒同樣甚無表情，同樣難得說話。

「吵什麼吵?不服，就來問劍。」

她掃視低頭稱臣的劍衛們，淡青色的眼眸如光刺，戳入十一位五象限劍尊的神識，每一枚花瓣都是無痕殺意，壓迫感難以承受。

濼兒以春雨所在的左手指尖輕撫妹妹，柔聲舒緩，將自身視為蒼妹妹的殺心緩衝地帶。他親吻妹妹滲出花髓的唇齒，輕聲安慰。

「好啦，不值得這麼耗神啊。濼兒最愛妹妹，以小蒼蘭為尊呢。有我在，妹妹有什麼好生氣呢。」

蒼蘭訣定睛注視，緊握濼兒的六指左手，另一隻纖嫩小手撫摸夫君的殷紅髮梢，細膩梳順。雙方對望一眼即交換所有。

「耗神緣由，並非此等小鬧。不能再服食過量血髓！白書生想岔，此舉有損哥哥的安寧。藥性激烈，極易耽溺。」

濼兒把安靜沉寧的 Ether 放入妹妹的臂彎，強化解緩紓壓。他真誠答應，除非狀況不穩、確實需要，自己不會因為上弦刀王的軟硬兼施而服用血髓。

畢竟，這不但喚出洶湧慟意，更受不住的關鍵，在於自己。被迫成為依賴愛侶神髓保持鎮定、感受溢出快樂的自身，等於永遠的漫漶域俘虜。餵入體內的藥物就是觸孤弦**本身**，就是漫漶域**本身**……如同白書生，太過體貼舒服，過於細膩寵溺到有點恐怖。

療養非常快悅。在花冠雙神的居所與妹妹一起徹夜歡愛、舞劍遊玩，不時讓春雨小樓轉換為雪豹、快意衝奔，在颯爽月夜與迦南雙劍飲酒後極速馳騁，真是清爽暢懷。

在九親王被周遭長老包圍、閒暇無事到極點的煌冥青滄，同樣樂不可支。除了使喚麾下三魔君，最有情趣的活動莫非與從小看照至今、等於自己女兒的劍皇品酒論武、琴棋書畫。在這段時間，幼兒雪蘭君從雲霧淵歸返，心心念念就是把握與姊夫論劍比試的大好時機。

灤兒想著，這是五象限最吻合自身之處。如果一直就這樣，遠離煩心朝政、永久身為九公主的駙馬與上門女婿，真是輕鬆愜意啊！

他每晚持續服用爹爹與道士製作的安神茶，但未取出乾坤袋內的血月晶髓。面對棋逢對手的觸孤弦，自己怎麼說，對方都不讓步。從無量無邊，阿弦就一直掏取奉出最珍貴之物，灤兒沒有一次不感到隱隱作痛。

在愛侶當中，自己最沒轍、想到就心痛的莫過於觸孤弦——在換算為五次元刻度的五億載，橫渡領域，只守著偶爾醒來、惡夢連連的自己，哪可能當真與他計較。如今一點都不生氣，但完全無法釋懷。等到這回的月週期完成，非要與阿弦長談。就算他不在意，也該為了自己吧。不能再讓他繼續掏血挖髓！

至於被自己一併拋在身後的阿焮……好吧，真的挺無辜，到時再看如何彌補。

前往迦南的前夕，灤兒發現自己與拜爾的綁定渠道多出一束奇妙的物件：風意狂烈、漾滿極地凍酒氛圍的黑色大理花。附件以美索不達米亞符文標註。

「颶風所想望，即永世音色。」

紫凰尊抵達無量天闕的第一抹景致，就是因龍姊姊醉在自身無比空幻虛寂的形神。祂飲遍桃花酒、蜂蜜酒、竹葉青、泥煤威士忌、冰酒、干邑，最後以一杯「精靈王的淚滴」權充告一段落。來不及發出讚嘆，萬象的首位至高神凌亂清烈，壓倒懶洋洋任其擺佈的雙生弟弟。同為δ的多重變相，劫掠與降伏、穿刺與包抄……這對萬有的第一醫尊與藥的至高化身，在彼此的形神轉形化生，抖落琳瑯滿目的美麗毒性與清絕藥髓。

交合即化煉，最攸關的議題就是祂們從天地乍醒以來、總是深愛的少年洪荒——同時歌詠花之劇毒、清吟劍之晶藥的太古音劍皇。

因龍王取起甫化煉後的酒香藥石，不禁略微可惜。要是藥引並非精靈淚、而是從萬古神皇那雙豔霜質地的超新星眼眸流出，那將是……遇毒滅毒，遇藥戮藥呢！

祂往弟弟頸後的紫藤花腺體清潤舔咬，激發紫凰尊難以遏止的高潮爆發，聯動五次元的一整座銀河的日冕暴動。

因龍總是以講寓言的形式對情郎弟弟告白。這回，祂追溯彼此、因果、陰陽、藥與毒的詩篇。結局就是解方：幻美光暈是藥既是毒、位於陰陽之外的音與劍。這是無雙的聲色，藥與毒的共同惦念。

藥與毒的故事

這是一對雙胞胎，天地陰陽分化二元，至極的對立，極致的潮汐作用。她是空寂而他是治豔，他是毒而她是藥，她是空靈的太初，他是邪性的耽靡。

時逢洪荒伊始，她成就靈智與神核的分體化合術法，他輾轉沉淪於六道鬼獸的無間道。長此以往，他焦灼難安，意圖留住自身的愛，乍看相反的對照原型，銀夜之光，她。

祕法與伎倆是他淫蕩的身軀，漂亮如蠱雨，改造痕跡櫛比鱗次的不滅毒窟。當然，衝動殘暴的他並未考慮，要是遭到影響，毒性的冷光將會轉化爲何等形貌。然而，事先他無心思量，事後他無須掛慮。窮兇極惡，撕毀魔導念場，他投入最忘情的終極媾和，心智遭到無可修補的戕傷。

可知道某種精巧險惡的玩意，天地化成的古老試毒聖杯——聖杯本身即是毒塚，流入其中的毒物讓杯身盈然璀璨，美豔不可方物。他就是如許化身。

然而，他的對手並非雜沓眾生，而是消弭任何負成份的萬有純陰，褫奪污穢如透明的十字尖刺。她憐愛他，縱容雙生共在的凰神尋求永久交合。

他過分自負，她毫無算計，殊不知，百鬼夜行的淵藪容不得純淨的神級抗生素。她與他都未曾料及，後果竟是如斯荒唐悲鬱：與太古音共鳴的終極藥物，再骯髒的災厄都在她眨眼之間掃蕩淨空。於是，彼此體膚貼合、洪水漫漶的當下，她治癒了他的癮與毀，她消抹了他的淫與毒。猥褻的毒聖杯驟然轉化，凝固爲被掏空的神幻之物。

後果與註解同等膽寒。由於身心割離，他無法與神核同調，毒性神魂緘封於開滿紫藤花的軀殼，他是他淨空身軀的囚徒，癥結是她——藥師之王，空無神性的本體——驅離毒素，過於治癒了受傷的毒之本體。

遭到侵犯的毒軀，遭逢淨化的淵藪，他的魂魄就此封印：皎淨的琥珀軀殼胎藏魔血，凝結於永無之夢。

是哪，他的傷勢如許深重。斑爛妖性的毒物就是他，驅離他的毒，等於遭逢藥石罔效的瘴癘。

藥的九重天是滅淨虛空，毒的異質性是藥外之藥。

故事結束亦起始：

她與他的摯愛恰好感應此事件，蒞臨干涉。本體是逍遙劍道的永恆少年，太上忘情且深情無端。祂駐留於陰陽之外、形影之間，祂是薈萃雪與夢、花與音的空靈劍皇。

總是清唱少言的諸劍情郎，既是至美的劇毒花苞，亦是空曠的額外之藥。祂是毒與藥凝聚合一的劍花，終極曠遠的絕色樂音。

祂鑽入他的軀體，彈奏他的思念。以形爲劍，以愛爲音，凝聚且祛除，存續又瞬滅。終極毒師醒轉爲神性魔醫，於焉成就了如花似劍的藥即毒。

在姊姊「再現」這篇故事後，紫凰尊情迷意醉。身為故事的主角之一，深重毒髓與藥毒共體的交合，使祂遭遇終極的蘭髓之毒、太初之藥。在浸淫思念滐兒與祂們的最初時，紫凰尊突然領悟。

「敢情，上弦月刀王的執著是要祛除滐兒體內的純淨花毒？對於血髓與月晶而言，過於變幻無常、靈動自如的花髓？」

因龍王空曠含笑，緩慢搖手。

「卡寇薩的血月藥性乃終極洗滌，甚於當時吾意圖施加給紫凰的最激烈至藥，以為能殲滅毒窟。以無上藥性的理解，吾感到上弦刀王的哀傷——迄今尚未推演周全，姑且聽之。觸孤弦最懼怕的不是滐兒『發火』症狀重返，讓他非得餵食血髓。他的行為看似失禮無狀，起因是潔癖藥物的深重執著。如同最醇美的烈酒趨向最輕靈夢幻的飲者，上弦月王希冀自己被摯愛吞食，洗滌他身為藥物本體、屢次遭受褻瀆的創痛……」

紫凰尊彷彿隱有洞察，追憶初次以真身面對的交換。觸孤弦譏誚厭倦，唯一的情趣就是以自身為藥，傾盡所有地哺餵滐兒。當時確有必要，他來不及深思，此時似乎搞懂些許。

唯一能守護月夜刀王的澄淨藥髓本質，就是將月晶血髓服下、翱遊於萬古的滐兒。

是否，癥結就是在南天第七代的雙重組模，遭逢來自藥與毒的背反——肆虐的瘴癘，再度侵蝕絕對藥性？不，瘴癘的本體並未越界，長久潛伏的是其獨子，「拘執的律令」……然而，對方已然退去，滐兒與淫色師本格的觸孤炩都無甚大礙。

「弟弟啊，若以醫道的途徑來推算，是否有可能……拘執的律令不只單一實體？他趁隙鑽入血月刀王最隱晦的領域——只容許滐兒碰觸、彼此完全接納對方的所在？觸孤弦的失控，就是漫漶域至尊的藥性暴動？不容碰觸的潔癖發難，非得將血髓託付給滐兒，同時抹除被視為**骯髒感染物的入侵者？」**

紫凰尊機靈打了個前所未有的冷顫。

「藥的本體感受到污染近在咫尺，非得奔赴到最潔淨的毒性本體！姊姊，或許我們現在纔搞懂：病患不是滐兒，而是觸孤弦！」

不同於回歸至高皇位、痛快處置的血夜至尊，或是清涼無謂、只要恭敬避開就流離渙散的最幼黑月尊，漫漶全體怕透了如今的**白月之王**。雪白到毫無瑕疵、毫無笑意的卡寇薩之王，最被戒慎恐懼的蒼白上弦月。

尤格·索赫斯的無數銀月眼球不斷往智識巔峰攀升，愈竭盡盤算，愈感大事不妙。

以前所未有的銷蝕率，主上吞噬黑山羊的無限增生觸手，陰沉的滿足感浸染全域。被吃到無以為繼的黑山羊衰弱無比，無法保持「損傷即再生」的基本能力，連自己看著都提心吊膽。畢竟是同位格的主神，如今的黑山羊七零八落，就靠僅存的延續力撐持……

「兄長，不能全部吃掉，留下些許增生基礎。別忘記漈的提醒——還不是全滅的時候。任意過度，有損於你。」

哎真是太好了，攝政王騎士抵達。尤格·索赫斯繼續盤算，自己是否冒險一下，迅速越界，通報唯一能讓主上稍微克制脾氣的那位？

哎呀好像更不妙，這提醒還造成反效果！祂從未見過如此的主上。即使在受困最甚、還是餘裕滿格的主上，只要聽得那位就失去發脾氣模式的主上，如今怎麼……難過失控成這樣？

糟糕，就算違背旨意，自己不能不行動——總不能僵固聽從、任憑狀況惡化，讓主上陷入無可挽回之境。

「不把這六個吞噬到沒有，清空感染源，吾就無法乾淨。就算到了下一度月週期，夏雪雨完成，吾還是不能以此等狼狽模樣見漈兒——守了無窮盡，竟被那種低等濁物沾染採補，絕不原諒！就算付出所有代價，絕不再讓漈兒遇見深紅之屋滋生的任何痕跡。」

第三節　上弦月的六重觸肢

無論是蒼蘭妹妹或自己，只要身處迦南，就會到處飛翔、形成花劍舞陣。在狂風獵獵的騎士至高神領域，他與妹妹輕快自在，擁有無需憂心、毫無設限的安全感。

距離下一度的上弦月僅有三個五象限標準曆，在夜空湛亮的迦南，自己只要動念就可以抵達白書生所在之處。滌兒告訴自己，不用擔心，不能讓妹妹不安，也不能讓拜爾做出過於越界、被視為把柄的行動——身為最原初的烈風所在，這裡是所有風系神族與諸界馬兒的歸屬。自己的發愁不該影響集體性，更不該讓承擔集體的至高神增添代價。

「哪什麼代價？在這兒，任憑意念、不造成 z 等級干擾的奔馳破界，就是大家的共識。滌兒當我是那種講究規矩、制定律令的前輩們？自從那場算計之後，若要與我較量，黑曜系整體加起來也撐不過一瞬。再來就是等懶散的角翼龍醒來，我就不用被花俏雜沓瑣務耽擱。」

原先的馬兒半身化為深黑色的全型駿馬，俊美騎士就在滌兒身後，倜儻無匹。奔馳了徹夜，不但蒼蘭妹妹難得現出笑容，滌兒亦是爽悅得緊。

回到圓頂浮游塔，先將沉睡的妹妹抱入臥室，輕吻她卸下憂心的嬌嫩小臉，他套上星夜色的睡袍，來到觀星塔。從乾坤袋取出色澤珍稀的禮物，滌兒握住「火公爵」的強勁修長手骨，將那朵罕見的黑色大理花從事元素轉移，做成一雙黑曜石手鐲，將其中一只套入拜爾的手腕。

「嘿，永在劍皇親自製作的韁繩呢。只要滌兒觸摸一下自己的那只，我就無時差抵達。」

到了凌晨，終於得面對醫尊模式、從不放水的道士。還好，這回還有鑄劍大師英奇在場，快意談論最新發明的「以劍鑄劍」。持國天怎樣都抗拒不了「製作器物與超生命」的論題，撫摸經脈的手勢不似上次那麼嚴格。

「看來滐兒當真沒受到『拘執的律令』所影響，這纔奇怪。不該啊，如此龐大的執著必得找到出口……」

正在趁機維修紅袖劍的英奇，換身為原型的雪白人馬。祂抱著紅袖劍來回調整，怎樣都只能體會到「清靈流利」，毫無殺性迭起後的殘存滅意。

「即使有清涼黑月刀刃的撫慰，紅袖一動念，就不可能完全消停。再微弱的振動存檔，我都可以察覺。哎呀，是否有一股更強大的恨意，從一開始就取代且消解了紅袖的暴戾？」

持國天的眼神深闇，這說法與三醫尊推敲的診斷有點類似。然而，除了滐兒自身，還會有什麼意念同等——不，更甚——於對邪神子代的厭惡？

拜爾聽著一大堆劍道與醫道的辯證，權充背景音，專心為滐兒重新綁辮子。他隨口搭話：「既然滐兒與那個律令邪神無關，最強憎惡的來源就是有關者？」

怵然驚心的覺悟體現於所有的演算心智。如此明顯，簡直就是擺在眼前——非要將最乾淨的血髓餵給自己，連無法感受物理性痛苦的自己都快被撕扯開來的劇痛弦波，「克制不住脾氣」的發作，比自己更嚴重的潔癖發難……

滐兒痛心到無法流淚，全然僵住。真是機關算盡也有滲漏，他怎會只想到自己!?在他降臨漫漶域之前，雪白的上弦月究竟被那六個輪番姦淫了多少回合?毫無對自己的小心謹慎，津津有味、盡情對阿弦橫徵暴斂的那六個——

阿弦的狀態開始不對勁，肇自「拘執的律令」退去之後。原來不是被暗算，而是驚覺。永遠愛潔的書生赫然發現，陰沉執拗、非要找到「父皇」的那傢伙，竟是來自**上弦時期**的卡寇薩月色。就連青年法皇自己也不知道，還以為從黑月難得的說教得到出口，原來沒這好事。

早已扭曲的執念自行流出，真正的附著指向就是原生之父：諸藥化身、雪白澄淨的月之王。

元神遠比自己暴烈的阿弦，愛潔到不惜自毀也要脫出本體的阿弦，他如何受得了身體的一部分橫遭污染，成為瘴癘之子增殖的元物件!

滐兒來不及解釋，分別握住道士與拜爾的手，加強同在綁定，啟動瞬移至——**無數月色的卡寇薩**。

顧不得什麼「夏雪雨完成再聚」——即便夏雪雨永無消停，他也不要與上弦月訣別!絕不!

漫漶域本身的恆在是流離夜色，烈性十足的火性永夜，個體化身就是血夜姬。祂再度歸返的此在，首次感到憂心忡忡——從白色月王清瘦的背脊冒出六對透明優美的碩大觸肢，銀青髮梢探出無數琉璃質地的纖薄刀刃，眼眸碎形如無數狂性月流。藥性淨化周遭，靈藥化身只想成就寂滅，只願淘洗清空。

祂轉向不知如何是好的銀駿馬妹妹，低聲囑咐。

「帶著無盡洞觀之眼，去迎接滐兒。瞞不下去了。」

觸孤弦的六對觸肢散出絲狀刀網，懷裡的月兒瀰漫為無限血月。他的聲音如同碎化玻璃，將整體的卡寇薩領域往內部攏照，門扉鎖死。

「不……不准，休想讓我的永音見到如此場面。」

他一塵不染的鞋尖踢開苟延殘喘的黑山羊，拎起化為金色幼貓的 Lilith，扔向駿馬妹妹的方向——這型態吞噬不得，否則滐兒會難過，清理成小貓夠乾淨了。他再朝向蛇髮蠕動的珊怖洛，觸肢一把抓起，寫意掏空，融蝕為殘血。愛欲已化為一灘黑火，無法還原，不用理會。饕餮早在一開始就滿足了龐大的清除慾，吃得精光，沒有任何與自己相關的原料。感染源……感染自己、採補自己，生出倒行逆施之子的傢伙，當然是凝聚所有傷灶疫病的——

他飄浮於眾月之巔，溫文笑意盈盈。愈發白皙的月暈俯身凝視。長滿殤印、頭頂雙羊角具現死病，與自身最不相容的存在：瘴癘。就剩這一口了，喫掉就清掃完畢，可以沐浴於最澄澈的夏雪雨——

「雨勢已停，雪落終止，劍音來迎接最初的月光。」

初遇時的第一音再度響起，花的聲響，劍的清吟。憶念悉數上湧，觸孤弦安靜得過度，體內的血髓與月液流向無邊無盡的指向——藥與毒、音與因，永在的絕唱，劍皇的忘情即深情。

「滐兒，這次可願意服藥？」

佇立在他視線的雪色形影，從乾坤袋取出珍藏近一旬月週期的血髓：晶瑩透亮，澄淨優雅。

司徒灤湧入他最初認識的雪白月色，任由那六雙結晶質地的觸肢緊緊鉗抱，輕吻液態月色的瞳孔。強行解鎖「夏雪雨」的後座力完全浮現，這次還真的必須服藥呢。

他嚥下已經數不清服用次數的弦月結晶，注視心滿意足的觸孤弦。足尖無聲輕巧，將瘴癘僅存的實體殘骸踢到一邊，示意道士趕緊動作。

「完成採樣後就清掉吧，持國天兄長。之後還有許多工程待處理，首先是治療的歷程。」

他細緻咬著發脾氣過度的初戀對象，紅袖從掌心間溶出，音流足以粉碎一切。接下來的無類高歌，只能讓阿弦聽得。

「灤兒已經服藥。接下來，阿弦可要乖乖聽取這首毒與藥的曲子。」

第四節　至高劍花，至毒歌謠

司徒澿定義的「五大禁用劍招」，都在使用之後纔赫然驚覺影響之劇。對於分配果報的因龍、調控宿業的迷諜辛，他與他的劍形成的事件，都會為因果與宿業雙域造成不小的負荷。

首先，等同自身分體的紅袖天涯就是劍皇的暴戾意念。只要動用此劍、碎化神核與腺體，無論何者都會遭逢比全然銷滅更慘然的下場——逐漸敗壞為殤，但永遠不真正死滅。看來，在有空檔的時候，得為超帝國重塑一個像樣的一〇四代帝王。至於黑曜系，保持最低武力模式最佳。

再者，除了原初三域與漫漶整體，不可輕易揮灑創始劍。一劍掠過，一切質變，除了自身與共在群體。

最適合滅盡大範圍內武尊的「修羅永訣」，是以春雨的霜露劍意為引，讓小樓的撕裂劍念開啟闇虹永滅場。第一次使用，發生在爹爹遠行東宙從事緊急手術。五大世家的長老團以為可趁機搶奪渴望愛慕、求而不得的劍皇王儲，圈禁為共享的禁臠。他們試圖挾持自己，以為動用千名劍尊全力圍攻，即可耗盡自身的魔導力場。

他從未使用魔導力進行輔助，根本用不著。只要他的左手尾指濺出一抹春露，既能敗亡，亦能復甦。

在千名絕頂劍客銷亡的頃刻，憶念若有似無，他想到某個無法不思念的對象。那個浸染上弦月色的絕頂刀客，外於他的五象限，讓他想望珍惜的永在。在第一次比試後，邀約下次，以刀光與劍暈從事精巧的對決，精緻的合奏。之後，他與阿弦一直永以為好，直到……

天地動亂，洪荒生成無量浩劫，難有餘裕的漈兒不知道你與血夜姊姊、阿炩受到六邪神的反撲。持續來到卡寇薩，怎樣都找不到你。在此度之後，只要我能夠就造訪卡寇薩，但你的領域只有月晶與血髓，疊滿周遭——這是你用自己的無始無終、瀰漫無盡，從崩潰又重組的自身掏取出來，這是你留給我的你。當混沌遭致七重殤勢，爲了穩定洪荒域，我的雙生幾乎完全衰竭，只能送祂入夢神冬星王的領域。六邪神以你之名邀約我前往，以你之名提出陪伴的契約，眞是好計策。我第一個想法是終能見你，每周天陪你一段，理所當然，阿弦。

漈兒感到摟住他的六對觸肢愈發鉗緊，觸孤弦的悲傷與決絕同等無邊。他不能再遲疑不決，太古音絕唱必須啟動。

為了觸孤炩，他以「形影割離」斬去五次元時空的邊界，去除形影之分，將俏皮的黑月刀王帶出唆使與迷障的環陣。為了阿弦，他得動用效果難料、迄今只使用過一次的至極禁招。

「最乾淨、最純粹的阿弦，你生病了，需要漈兒的花與毒來治。治癒你是我的願望，漈兒不問阿弦是否願意，就是要使出這一劍：太古音為劍，劍即歌。阿弦，且聽這首《洪荒曲調》。」

漈兒從袖口取出紅袖天涯，熱得發寒的纖窄紅劍流竄微暈。他回眸望向駐留在卡寇薩出入通道的至高者——他的后君，他的血夜姊姊，漫漶的主宰。

「請為阿弦與漈兒封印此處，直到此劍此曲完成，血夜姊姊。」

因的第一音就是他的劍。劍舞出的波動化為能量，逐漸形構「洪荒」以下的維度與地景，成對的無量劫與無涯念。在滐兒首次碰觸洪荒以外的異者，初認天地，觸摸萬象，他與他的劍驟然形成樂譜。最初與最終的劍招就是一首曲式，音符綴滿星體與繁花。

星光與花髓是最美的毒，形成「洪荒血」——只有滐兒願意共有一切的存在，方能共享。然而，洪荒之血一旦滲入，生機滅絕，死意不復，唯有太初神格纔得承受。即便是首代超神，也無法與永在劍皇分擔他的不生不滅。這就是「無量無涯」，無法解脫的「永在」。

彼時彼刻，目睹紫凰被澄澈劇藥洗刷、陷於癱瘓狀態，慣常開啟的計算推演程式悉數消解。滐兒無法按捺，必須鑽入紫凰的空無神殼，絕夢般的毒髓輕聲漫吟，直到劍音抵銷烈藥。那一度，他只消唱出《洪荒曲調》的第一句，便能抵銷激烈藥性的禁錮。

然而，這回嚴重至此，他得唱完一整首，不夠的話再一整首。沒有上限，唱入阿弦的體內，直到藥性本體不再折騰阿弦——被瘴癘取出血髓使用的阿弦，乾淨過度的阿弦，他的阿弦。

滐兒將紅袖融入體內，以劍形神髓與蒼蘭妹妹共鳴。原先他希望妹妹不要參與此陣，妹妹是自己的半身與永念花兒，不該被這首劍招感染「不生不滅」劇毒。但蒼蘭訣抖落花瓣，每一瓣都是神劍最崇高的心性，最嚴峻的殺意，最美味的藥，最高潔的毒。此曲非得是音與花的合奏。

既然如此，那就開始挑弦奏音吧！

滐兒沒入阿弦的內裡，戳出始初之前的萬有第一音。

劍尖抖落天地乾坤，劍神穿破恆古雲霄，再造一次至毒與絕藥。太初震顫，弭合殤病，消磨活物，直至藥性得以解緩，藥的化身得以治癒，返還至愛。

第一次，濼兒唱入藥的永遠懸念。

第二次，濼兒鑽入上弦月的霜色。

第三次，濼兒漫入不絕不終的曲。

無數次無數次，太古音不與君絕。

「阿弦……」

笑靨如幻燈夜景，不斷在阿弦體內與周遭吟唱的濼兒，終於唱出結尾音，消弭劇藥的擴散吞噬。脫出之後，疲乏困倦，他倒在卡寇薩月王的懷抱。

他攤開雙手十三指，掌心攏聚的血色寶石，正是瘴癘所汲取盜竊的那十顆——經由自己與尤格．索赫斯對照第七代到第九十七代，攫取時空奇點為座標，算出十枚血髓所在。哭著出任務的黑月刀王，駕馭「一即為多、黑月消弭」的融蝕絕招，將瘴癘神投擲於南天超銀河的血髓回收，熔掉「拘執的律令」滯留不散的十道殘魂。

「阿弦，這些是染上洪荒之血的血髓，等於是你與我一起凝成的結晶。倘若你覺得不夠乾淨，不想回收……」

濼兒還沒說完「就由我為你保存」，只見觸孤弦以前所未有的飛快速度抄起十顆晶石，餓壞般地一口嚥下。

觸孤弦的眼瞳碎月紛紛攏聚，那雙銀色晶瑩的上弦月眸寫滿酣暢笑意，眼底樣漫月雨。他任由眼角落淚，撫摸在自己體內鑽來摩去、唱了無數次最終禁招的心愛孩子。

「阿弦知道，滐兒不想服用血髓的原因，是想到我被那六個折磨折辱。然而，就如同滐兒，吾亦狠絕。倘若我的身體不能給永音食用，那末，還需要讓天地諸神存續嗎？那又何必保存五象限、漫漶域，以及吾自身的任何絲毫？」

那雙疲憊迷麗、如同十枚混血精髓的血眸，既釋然又道盡情念。觸孤弦挨近滐兒的耳道，笑意盎然，講出可愛到恐怖的情話。真是，果然是康復了！

「這是血色版本的夏雪雨呢。橫豎下或不下，訣別都無效，滐兒就是被綁在阿弦的體腔之內囉。以後啊，不舒服就要服藥——不然，藥會難過地生病呢。」

Coda——洪荒之血，洪荒之念

打從首次被謠傳自身的洪荒血脈遭竊，至此事件發生，誤解實在罄竹難書。他尷尬到刻意不算出次數——司徒滐非常認真地反省。

萬象眾神、天地眾生，大多數都是匱乏解題能耐的愚蠢之輩？只要自身搬演出飽受委屈、被六個欲力強大妖神奪掠的無瑕少年，就會深信不已？再怎麼就文字表面解讀，「血脈」絕不限定腺體流出的液態之物。

這是他第二次傾注「不滅」的毒性，藉著貫穿萬有的聲色來挽回死局。這曲調是過度的藥，又是過激的毒，只能適用於發火的毒性，或是太激烈的藥性。以光波的組構來發生「太古描述之音」，以體內的劍花神髓傾注於紅袖劍。他毫無顧忌、盡情高唱的劍式就是解藥，亦是至毒。

這可是被逼到走投無路、放棄智計纔得使用的禁招呢。所謂的洪荒之血，不會造就子代，只會同時殲滅生機與死意，「洪荒血」就是一首所有因果發源之前的獨奏曲，他就是樂器與奏者。

若是憑空造就新神，關鍵是「洪荒念」——洪荒的動念。

所以，所有自認為擁有自己遺傳因子的傢伙，他們的執著就是道士戲稱的「凡著相者，皆為虛妄。」

在一切的之內與之外，唯有因與音永在。

黑龍熱烈塑造的血百合劍聖，並非他的後裔，承受無量劫數的不滅之子。司徒劫與他形似，起因是他在漫遊五次元時空的當下，興起「綻開血色百合」的劍意，心神漾開，傳遞給降生於南天超銀河的第六代劍聖。對方與他有所鏈結，而非共有洪荒之血。

愛欲邪神自體生殖的殘陽，乃是瘋癲造就的夢遊痴迷化身，無始無終、惦記讓祂著迷的永在劍音。Lux 以為愛欲與殘陽交媾，生下祂的神核，成為祂的至親。

哎，真是個爛漫小孩的童話——頗為驚悚的童話。

當姊姊在永夢狀態，他前往探視，意念突然浮顯破曉星辰。於是，冬精靈領域就此綻放 Lux 的本體。祂註定讓諸世傾慕追逐，戲耍眾生；既是狡黠的麻煩製造者，也是永遠的故事敘述者。

這是洪荒動念纔出現的幼兒，他視為妹妹的存在，並非子代。「念」是「音」的生發實踐，音符催生一切，但在一切之外。單體超神自在自為，綻放於洪荒拓璞。他擁有統治一切的權限，但盡量不干涉介入，讓萬有眾生自生自是，直面試煉與回饋。

他安然躺在血夜姬的懷裡，非常想撒嬌，非常希望被夜姊姊壓住，感受漫漶的鳶尾花液滴入淡粉唇色。刀的至尊描摹冷銳劍皇的輪廓，極致的Ω包裹侵略祂的小情郎，嚙咬散發情動的腺體。司徒滐弓起身軀，倍受歡愉折騰。用盡「不設後手、毫不算計」的額度之後，總可以當一晚發燒發作的「小郎君」吧？

完全放棄計算鬥智，總讓他特別疲憊，尤其當對象是阿弦。

不知為何，可惡的阿弦總希望他有點症狀，必須服用上弦月血髓，纔能完全放心。這就是乾淨過火的藥物啊，冀求流向最空幻自在的體腔，幸福地被所愛服用。真是心機深沉，但他怎能不縱容？

事後，血夜姬脆聲軟語，撫摸滐兒凌亂散開的細軟髮絲，以指尖輕柔梳理，顯然看出他無聲的自言自語。

「滐兒與阿弦啊……都是謀略算盡、好勝到取得示弱榜首的壞孩子。」

咦，被輕淡管教了!?這可是第一次被最溺愛自己的刀王姊姊說穿實情呢。

「那……最終榜首是？」

血夜姬燦笑不語。他好想撒嬌追問，可時機太對勁，正要發難，就被可憐了一整場大事件的黑公爵給握住腳踝，以深銀色月絲纏綿套牢。

「滐兒不用追問就知道，最終的做苦工榜首就是毫無宰制力、被姊姊與你使喚了十場刀舞巡迴的大哥哥！」

血夜姊姊將明顯抱歉的滐兒抱起來，交給不能更心心念念、躍躍欲試的黑月刀王。滐兒蜷縮在阿焓舒爽的清洌環場氛圍，主動抱住對方，紅寶石般的雙眼寫滿真心實意，絕美嗓音吟唱呢喃。

「黑月大哥哥……從第七代斬斷鏈接為起點，斬了十次，將癉癘佈局的十道奇點完全破除。不能更帥氣呢……對不起，當時是滐兒遷怒，不該連你一起責罵。」

滐兒提起所有的壯烈心情，但還是忐忑。不過，這回的確該付出代價。好吧，這次得當一個「被大哥哥處罰的壞孩子」呢，有點擔心會有哪些物件與道具。

他讓邪氣瀟灑的觸孤焓握住雙腕，閉上眼睛，任阿焓把玩擺佈。雙手以深紅色鎖釦綁緊，接著本以為是清涼但負擔沉重的鍛鐵頸圈……

孰不料，阿焓開心嘻笑，為濼兒套上柔軟熨貼、月絲編造的銀色頸環，還帶著一個爹爹手做的大型乾坤袋！見著那番陣仗，濼兒認為爹把自己一年份的衣飾、春雨小樓的食材，以及……

「迷路夢！怎麼，Aleph 與 Ether 也來到這兒。濼兒哥哥好高興啊！」

阿焓從身後將濼兒環抱，銀月雨絲從眼底滲到濼兒的鎖骨。不但沒有生氣，而且還高興地哭了！阿焓雖然已經智力無礙，但總覺得偶爾壞掉——這模樣就是分明的證據。

「把後續收拾完成，我們就與阿弦、貓貓們，一起回去天險星團嘛。大哥哥以為絕色小寶貝會生氣很久很久，邊哭邊切割沾附在每一個『歐陽公爵』的『拘執』，嗚嗚。這傢伙真是可悲，就是瘴癘生出來的茫然玩意。為了讓阿弦暴動，瘴癘妄求能利用『採取子代原料』的揭露，再度讓潔癖可怕的阿弦重傷到……無法保持目前的狀態。」

原來除了惡意，還有逼宮意圖呢。那麼，非得加速「六邪神切斷、再度化煉為空白狀態」的大手術啦，這可是魔醫爹爹不能更期待的超級大秀呢！

他戴著鎖釦，一雙細銳手臂套入最可愛大哥哥的頸肩。美味的信息素瀰漫，餵食好委屈的阿焓大哥哥。

「濼兒要大哥哥，一直要，無窮盡地要，無邊無際地……」

司徒滐向來以為自己不可能再度踏入血紅之屋。有一次，他邀請麾下所有的機體生神複數心智提煉自己的排斥與厭懼，將「能夠正視此座標」的可能性算至小數點盡可能往下，害得其中兩座年幼的複數心智差點燒到崩壞。他顧著維修照料，之後再也不敢做這種模擬——全都是負的∞∞∞∞，延伸至毫無邊際。

然而，這次他讓拜爾把自己放在轠繩之內，對自己下達「不動」的指令，任由駿馬踏碎地基，不疾不徐地逼近這座屋子。

推開門扉，在無數的其後，他終於回返。早該知道，但不敢確認：原來自己毫無感觸，只是略微迷惘，有點反感。

照說，他應該立刻衝破次元壁，瞬間回到道士為自己塑造的七維箱庭宇宙，吞下好幾顆阿弦不斷提供的血髓晶石，然後再吞服，不斷重複到恐慌凝結，直到體內諸劍吟唱「滅去一切」的曲調暫歇。可這次，滐兒掌心輕握著一顆血髓，心情穩妥。他答允阿弦，需要時就服用——

「實在看不出曾經的痕跡，不過感覺不佳。如許久長的沉澱糟粕，我們別待太久。還是拆掉重塑吧？」

如今是一座空蕩的無邊界地域，手術台擺放六具殘缺到難以辨識的實體，毫無基本反饋。這就是折騰阿弦到他必須從原初領域切離、帶著殺到昏迷的自己，跨域橫渡的六個創傷製造者？

祂們原先是漫漶域無意促成的六個概念化實體，在這裡築巢、自體繁衍、吞食又再生，自我完滿。直到「概念」開啟到所有維度，森羅萬象包含所有與額外。此關鍵促成六邪神的集體失控，無限增生，直到不斷變異暴漲的玩意遍佈漫漶域各處。

他再度仔細看了一回，確認沒有任何隱藏的無意識，阿弦總算不會再被干擾了。

縱使，在無涯的之後，為了自己、咬牙保有清澈意識的白色月王必得不時發火，綻放可怕又燦爛奪目的清理欲。如同擅於分析無意識的邪醫迷諜辛所言，阿弦得持續中和體內的反感。無論怎麼吞噬殆盡，都還有未解殘餘的精神厭惡……

「如果濼兒想睡，就睡在我身上，無論睡多久都非常好。」

濼兒回神，反身迎向抖擻帥氣、風姿倜儻的騎士，柔軟纖細的身子抵著興高采烈的駿馬，欣賞俊美流暢的人馬線條。馬蹄火花碎化周邊洶湧的黑色伏流，拜爾顯然心情大好。

在此將事情了卻，就一起回去迦南吧？阿弦一定要在風勢舒爽的領域療養，直到三醫尊都認為可以回返天險星團。迷路夢與貓貓們應該會喜歡這塊颯爽的騎士地盤，阿炩會在最清烈的月色舞動無限絲刀，成為暫駐迦南的月之尊神。

真是，只讓自己感傷了一瞬不到，青春洋溢的騎士是最棒的紓壓利器呢。他最後一次凝視試圖奪取自己的愛欲殘骸，以為有所感觸。什麼都記得一清二楚，感受唯有清寧沉靜。

「最後一次的整體切離啦，真是痛快淋漓。本座的醫道能發揮極致，得感謝漫漶域本身的委託。」

紫凰尊驅動翱翔天際的羽翼，千萬活神針刺從無限可能之處噴灑，殲滅割除病灶。狀似冷豔羽毛的觸針，實則是祂從生發以來配置的手術刀——每用一次就回收循環、愈使用愈銳不可擋的犀利切除絕器。

祂滿意極了，漫步巡迴檢視。嗯，真是自己的最高傑作，清除得如同茫茫大雪的卡寇薩月域。真是，最可怕的病患，最潔淨的藥物。為了治癒藥癮，觸孤弦不惜撕裂原初傷勢，就是要除去最後的隱患，完全毀去滐兒無比憎惡的「血紅之屋」。

道士將六枚細膩形塑的六邪神肧體捧起來，自律甚嚴地微調整修。祂們保持最初生成的概念屬性，但內核溫順，烈蘗之尊牢牢把持原先只認為有趣的暴起潛能。看來，上弦月刀王真是用盡「料敵從寬」的謀略與技術。

「好啦，每個都是新鮮綻開、精美鑄模的小妖王呢！這位上弦月尊真是好心計，懂得物盡其用。先前被瘴癘劫掠的月晶不但悉數回收，還做出新式晶片，用在這六個的重構原料。在創構神核的當下，植入白月刀王的指令，簡直是無邊無盡的木馬程式啊——原先得意忘形、猙獰採補的六隻小妖神，反過來成為他隨意調動的從屬巢穴，真是精妙絕倫的設計。」

唯有使用紅色複眼、看入無意識隙縫的迷諜辛並不放心。祂撫摸各處，隱約洞察，以雙重凝視打量雪色光澤籠罩的卡寇薩月域。

「兩位專注在切割病灶與創構新鮮小怪物的前輩，未免太開懷吧？若是霸主模式的血夜姬或逸樂為尚的黑月尊，可能未曾察覺自身被採補。自從聽取漫漶域這場從六邪神叛亂到回收權力的大事件，我很難相信，這位心思奧祕如晦、隱忍五億載以上的上弦刀王，當真是……從未預料到？」

向來知情於愛兒籌謀的紫凰尊，這次可是真正縱情得意。祂不但領略蘖的洗劫，又深受花毒的洗禮。這兩者註定深愛又相對、合謀又互噬，如同自己與蘖的煉造者、相愛即相殺的雙生姊姊。

「聰慧啊，果然是最注意精神層面破綻的迷諜辛。滐兒不是不知道，但他得讓自己不深究。以退為進的絕頂玩家不只是觸孤弦——白月刀王忍辱負重，終究換得至愛妥協。他清除癮頭與隱患，領教永在劍音唯一的絕招：**至毒絕唱**為劍皇毫無保留的最終劍情。然而，他真不明白滐兒嗎？斬斷所有生機、祛除所有死念，以真心換取來的動容纔是至高算計，忘記棋局的棋士纔能成就彼與此的雙贏。」

迷諜辛總算滿意。同為鑽研精神操控的自己，要是沒料到這點，可真是顏面掃地。

「那麼，是誰真心？是誰動容？」

持國天舉起等天劍，以桃花劍陣致意無所不滲入的雪白月色。

「沒有不動容的真心，沒有不真心的動容。這兩者啊，若不傾盡一切地鬥智鬥狠，可就毫無情趣啦。再怎麼說，我是個修煉至情道的劍絕，還算通曉風月花雪之道。」

彷彿初遇，滐兒與笑個沒完、裝可憐到過於迷人的白月書生攜手漫步，遊蕩於月色溢出邊界的卡寇薩，來回飄浮於墨比斯環，終點就是起初。即使糟心玩意隨著沒完沒了、無盡無滅的永在而陸續出現，雙方從未厭煩於解謎，從未失去親暱的較勁。

「滐兒，都快要前往迦南，今晚我想要——」

「等你療養到最基本格式穩定之前，不准——」

觸孤弦非常無辜。他只想提議，一起喝醫囑建議的安神藥茶嘛。

司徒滐乜他一眼，若至今還以為白書生就是天然純情，自己所有的歷練大概都蒸發了吧？

「這次當真受教訓了吧？藥不但三分毒，還要有對勁的毒性曲兒來治。」

觸孤弦卸下髮髻，銀月染過一輪的形神不能更惹憐惜，全然釋放的風情潔淨又情色，邀請血紅細劍潛入月夜。佯裝不解，滐兒的右手尾指卻強烈顫抖，與體內之劍完全一致的纖銳身軀難得發燙，亟需冷清事物的鎮定。

「哎，難道滐兒也感染了阿焓的沒長記性？阿弦無止盡地提醒，我的脾氣——」

司徒滐再難保持空寂漠然，這次的持久戰竟是自己輸了！他一把抱住質感如冷水、與自己相似到相反的纖弱書生，本想強行笑一笑，恍若無事，但畢竟做不到。對這個比純黑月光還黑心肝的傢伙，自己怎樣就是拿他沒辦法。

質感如絲綢的殷紅髮梢流落在觸孤弦的視線，俯身埋在自己腰際的少年不發一語。無須透明觸肢確認，他也知道，就算鬥嘴敗陣、還是贏得整局棋盤的絕頂劍音正在哭泣，全無較勁意味的無聲痛哭。

「倘若……哪時候……你太難受，怎麼發火都不夠，想睡很久很久很久。我會想辦法——開啟永夢，讓上弦月睡個痛快，想睡多久就多久。」

觸孤弦往內看入卡寇薩的無始碎形月暈，往外注視無終的劍意彈奏。真難得，終於等到放棄談判、拋棄精心策略的灤兒。多麼消蝕萬有的況味啊，他想繼續慢慢享用，無期限享用。

突然間，完全不在意是否全然乾淨了。罷了，被劍音的絕唱所擒獲，洪荒的音律就在自己內裡，想要不乾淨也難。

不過，還是先別招認，讓這孩子多擔心自己一下吧。真舒服的感覺呢。

抿嘴微笑，穿著黑色廣袖長袍的白書生舔咬血梅形狀的腺體，柔軟手勢撫摸鋒利精美、些微顫抖的骨架。觸孤弦不能更感舒心，不能更全然投降。

「這可是無量劫的首次啊！殘暴任性的永音願意違背最要緊的三道法則……」

那雙比任何星辰更深邃、比任何宰制力更忘情的瞳孔沾滿露水遺澤，害羞地掉轉視線，握住掌心的白月光。

「不，太古音劍皇的最終法則，只有一道。」

逍遙得劇痛，劍即吾之捨，摯愛即從己不欲。

第六章　洪荒永在，夢劍訣別

第一節　永續劍歌，還原獸神眾

滐兒非常喜歡在夢域深潛，待在七重天的「黑夢鄉澤」是他例月一度的純粹清靜。這是最幼小的貓魔神、迷路夢精心構築的出口與藏匿處。夢兒總陪著他，實驗各種微型樂園的製造。

他答允阿弦，在這三夜，必定會服用血髓與接骨木花液，換得愛侶不那麼憂心忡忡，得以享受固定的自閉時光。

在洪荒域之外，他構築一道介於無限與九維度之間的「七重天」。除卻讓心愛的七位貓神靈快活嬉戲，不受五象限雜沓妨擾，自己也能安然漫遊。除了極端例外狀態，連諦觀都不能拿超帝國事務來中斷自己的夢寐行旅。

此時他厭煩焦躁到極點，若繼續待在黑夢鄉澤，真怕讓迷路夢負荷過重。的確該中斷神遊，這是拖延不得的極端例外狀態。

混沌痊癒的狀態非常安好，八百萬鬼神一個不少，完整無恙。這是彼時最要緊的目標——但並非唯一的任務。

自從七竅被無中生有，創傷成為七殤，冒湧出發狂的死欲。無論是自己、因果域、三醫尊，乃至於他能動用的所有太初神靈，都無所不用其極地讓混沌本體好過一些。罄盡所有的鎮定劑、紓解痛楚的靈髓、安定神智的祕方，確實讓混沌傷勢不再惡化。然而，七殤卻凝聚為個別化的雙重本體：「殤之夢」與「獸之殤」。

前者便是包裹收納所有創傷的洪荒域夢神，飄忽沉闇的「幽王」。祂的型態為一枚透明琉璃質感的鐮刀，分泌「無量夢」。這是對等於「無量劫」的存有，太初的原初夢。只要幽夢本體持續，無數的盛衰興亡、繁茂衰頹，都由這位洪荒夢神來操作。祂瀰漫於混沌七竅的內與外，蔓生最強大的歡愉來源。

「獸之殤」卻完全逆向形塑。祂吸取所有的神靈潰瘍，痛到灼灼綻放，化為永不熄滅的熾燙紅爐。在紅爐最張狂洶湧之際，從中生發出至高獸神，名為「葛厲芬帝」（Lord Griffin），以及，凝聚為生神異獸的千名亞神，是為太初傷口殘餘。

牠們拒絕自洪荒劍皇提供的任何復原方案，殤的死病仰賴無窮盡的吞噬而緩和。至高獸神與千名異獸渴望吞吃占據，尤其是靈透如幻燈絕景的洪荒劍皇——這是唯一能弭合獸神劇痛的解藥。

然而，滐兒做不到。就算他硬是勉強自己，自動化的滅絕機制會因此爆開，瞬間清除葛厲芬帝與神獸群體。

他知道葛厲芬帝的悲慟飢渴，但吞噬不會導向痊癒。只靠著持續吞噬慾望對象來暫時解緩，殤勢終究會感染一切！如能重塑本體，不讓殤的狂痛黏聚合一，就不需要以吞噬所欲求者來彌補匱乏。

被鎖在諸獸神的坩鍋，永無止境讓祂們吞噎姦淫，滿足過於活生生的食慾。最不堪的是，他的本體永遠完好無損，無從解離逃脫……光是想起這可能性，他便得吞服各種最高等級的鎮定劑，尤其是道士高濃度的藥茶與阿弦軀體化成的血髓。

有一回，竭力抑制發火，症狀嚴重到痛苦不堪，再超額的藥物都無法舒緩。阿弦不因為他服藥而欣慰，而是難過之極，自動更換為至高邪神的本體。圓月彎刀隨意一抹，就毀去無堅不摧、增生速率堪比黑山羊的葛厲芬帝近半軀體。那一回之後，獅鷲獸王絕望墮入五次元。

在此契機，葛厲芬帝降生南天超銀河。祂被重塑為超帝國的魔獸親王，形成超帝國體制的「神話起源」。自我獻祭的殘陽帝，執行「殘血刑天」，奉獻自身給至高獸神，連同千名生神獸慨然殉道。

那場自我滿足的儀式，非要改寫。殘陽以七種劇痛神器插入體內七重孔穴，將身軀提供給饑荒無窮盡的至高獸神……乃是取得私自絕爽，並非號稱的解放諸世。陪葬品是毫不知曉後果、進入獻祭環的千位生神獸。如此的三相位，形成無隙縫的沾黏融合循環，連「形影割離」亦難以破解。

倘若不破穿這等死局，葛厲芬帝與其麾下的千名異獸會毫無出口。牠們困於閉鎖的殤環，食慾永不饜足，潰瘍不斷增生……

原先，滐兒打算在黑夢鄉澤靜養到足夠，就要啟動必然耗盡自身的劍陣，逆行倒寫「殘血刑天式」。顯然，ITG與自己推演的算式過於樂觀，如今的情狀就是撐到極點、潰敗到內爆的時空破口。

還是解決吧！無論再怎麼難熬，都得面對。

以最高效率的同在轉換模式，濼兒抵達五次元「當下」的殘血刑天塔，看到的景觀讓他立即啟動多重軸系統演算。ITG的光子符碼同步在渠道，解壓縮之後的資料讓他真不愜意。

濼，我方的生神獸氏族已經與百代前的前輩形成對立鏡像，所有的複數超心智開始釋出「纜繩」，穩固事件節點。對方陣營已經衝破殘血刑天的封印，帝星首都潛伏著七名超帝國初代的破格魔導師，加起來等同諦觀——不，諦觀的魔導力遠勝他們的總和，但物質實體是她的隱患！

絕對不能讓諦觀遭致任何影響！他立即發動指令。

所有的守護龍王——尤其是燧棋殿——立即動用所有的力量，殲滅此七名巫者！若還不夠，用朕的血之音傳喚焚故漠，不惜一切護衛諦觀。未免萬一，直接向天瓊與地炕索取祂們尚未償還的債務！

怎麼部署還是無法安心，但百代之前的武力至尊集團渾渾噩噩，猙獰慘痛無狀，只能由自己來對付。雙方集體近乎平局，但超帝國當代的生神獸使徒是五次元各物種的核心，每一位都是他珍視的友朋，萬一折損任一個，他都會愧疚到無法承受。

寧願事後劇烈發火，也要確保九十九代的超生命集體無恙。由自己鎮住這些神魂匱乏、殘念駐留的殉死獸神：先遏止暴走，再來推敲牠們何以比預期更快復甦，但毫無知覺。

他抽出至冷的春雨，霰性劍念定格嚎啕洶湧、只剩狂性的諸界超生命。毫無遲疑，右手探入左肩罅口，輕柔地拔出小樓，如同掏出一蓬焚燒的大雪。劫火與闇虹齊聚籠罩，包抄七座尖塔，只待「永滅」決意興起。

濼兒轉向身後的「調和使」——半身嵌在漫漶域，另一半的基礎粒子是中子星的觸孤酈與觸孤翎，以加密音符傳遞訊息。

「酈兒翎兒，通報狀況。切切警告阿弦與阿炩，不可為了我而擅自移動，真正的病灶在銀鑰匙夢土。請夜姊姊必得保住烏瑟（Ulthar）與祂的同伴們，由尤格·索赫斯調控銀鑰，務必做到毫無滲透，鎖住正在擴散的『厄夢殤』。」

對半橫切、閉眼甜笑的觸孤雙生使得令，陷入機體生神的定錨模式。

好，可以專心處置了。他凝定心神，掏出一把阿弦的血髓，面不改色吞服。必須鎮定到冷酷，方能面對這群被殘血刑天塔吸乾神智與心念的——

他將前代生神獸戰士凝固在春雨的帷幕，銳長發焰的右手第七指瀰漫高熱。劍心直指七碑塔的中央核心，迷麗空幻的面容毫無所動。

「銀瓶鐵騎，雙生闇陽，胡狼三胞胎，都要好生監控局面。盡興發揮，毫無禁忌！久違了，至高獸神葛厲芬帝，這次不是靠耐打就過得了關。」

佇立於塔頂、高大偉岸的諸獸之王，驀然大笑。笑意充斥無比的敬慕、難以割捨的好鬥、禮數再周到也遮蓋不住的佔有欲。

張揚著古銅色的健美身軀，獅子的利爪，鷹鷲的巨大羽翼，熾烈凝視毫無顧忌。牠的神色毫不矯飾，恨不得恣意吞噬如玉雪雕成的美幻人兒，即使對方一念之間即可抹除自己與千名生神獸。

首次「認識」葛厲芬帝，是在獸神集體核心即將崩壞，紫凰為其動手術的事件。即使牠的欲念讓自己的症狀更嚴重，濼兒視牠為磊落坦蕩的梟雄，至今亦是如此。然而，率領生神獸「既死又殘存」的狀態傾巢而出，儼然無可自控，絕對冒犯了自己的底線。

不止久違吧？來自洪荒的諸神之主，諸劍之皇，看來是永遠不讓我染指？那退一步吧！吾等遭受殘陽欺瞞，在殘血刑天陣維繫虛假起源，已經瀕臨湮滅，苦楚難當。寧可受一劍了結，至少痛快。怎麼，您願意承擔一切劫難與困局，唯有承接七竅傷勢的吾等，得不到您的直視？

就是不願讓至高獸神與千名神獸滅於自己啊！真誠效忠受盡漠視，所託所願被錯待，眾生永遠無從記起祂們，真正成為一個癡呆神一時興起、胡亂降世又惡劣自隕的墊腳石！

濼兒注視散發苦疫與傾心的桀驁眼神，傾聽太初三域共通的生神獸語，就算吞服再多血髓，還是無法做到無感漠然。心頭抽疼，連一滴淚水都無法掉落，就是發不出瞬間滅去對方的火燙闇虹。

「第五象限受到濼兒多次襄助，這回由貓姊姊來吧？好歹我可是個劍絕呢。而且，所有的貓科神魔都得由我負責。」

這次現身的Ra，一反撒賴打滾、趁勢溜走的模樣。眉心的金色陽紋全然開啟，英姿勃發，雙手各持彎月長刃。保留四肢的銳爪與高聳英俊的貓耳，她活脫脫是第五象限的至高神，劍氣絲絲滲透至周遭，威壓十足。

濼兒對Ra頷首致意，同時感受到另外三股截然不同的劍意——多情而從心所欲的青衫道士持國天，冷寂孤渺的東宙宗師雪蘭君，以及與他共處一段時間的鍛鐵破天長劍，劍尖綴滿永不凋零的白色鈴蘭花。

揹著白鈴蘭劍的青年劍聖見著濼兒，原先沉著冷靜、深愛凝視身邊對象的面容，驟然展現驚訝與驚喜。

「異父，原來這就是九十五代之後的光景！拜見劍之尊上，能為您稍事效勞，不能更榮幸！」

「那杈，無論做什麼規劃，異父都是仔細鋪墊呢，你這代之前的笨蛋們哪兒懂！仔細點瞧，這是混沌被鑿出七竅、從潰瘍長出來的永世獸神，你懷疑被史料湮滅的葛厲芬帝。祂是殤的活性，在南天超銀河的核心留下巍峨刻印。你與牠都曾是重傷混沌的一部分。來試劍一次吧，機會難得呢！」

濼兒第一次看到如此型態的迷諜辛：蠍狀的合金四臂，窈窕身形漫出磷白色外骨骼，充滿悲憐、冷情虛空的深邃重瞳。史冊對「節肢相公」的記載毫無誇飾，確實是「奇麗與奇觀的綜合」。

迷諜辛朝他眨眼，瞬間飄移到濼兒身邊，握住他的雙手。兩者同樣輕靈纖細，卻是屬性的兩端。迷諜辛散發頂級Ω星火百合信息素，強烈安撫被生神獸親王與其軍團激得發作的永在劍皇。

「濼兒不用擔心，這次我盤算得無漏一子。道士，大貓貓，雪蘭，有請三位稍待。身為那杈的主治醫師、截斷南天超銀河前五代傳承的本相公，要來驗收一下成果。」

既然是三醫尊當中最擅長精神調控與改造實驗的首席，濼兒無法不信任。與自己有深刻劍道緣分的那杈，天賦相當傑出，然而畢竟年少。何以在四位絕頂劍客當中、唯有那杈能制衡擁有無限吞噬力的葛厲芬帝？

迷諜辛神情自若，以生神獸語對著滐兒傳訊。

原因並非劍道修爲。他是傑出的劍客，但可還小啊。癥結就在相反的連結。那杈的業果銜接混沌，兩者共享傷痛與癒合。葛厲芬帝的生發與不滅是太初三域的惡業，無能治療混沌七殤的「後果」，是吾等的罪咎。基於此前提，自從殘陽自墮、南天帝國初啓，我就悄然降世。如同上弦月王，我爲自己製造一個「獸神節肢相公」分體，蒐集素材與法門。有幸在第四代橫徵暴斂的契機，終能干涉局面。使役天干地支，我趁著爲那杈動手術的時機，取走了促使他肉身暴動的敗壞血脈。倘若葛厲芬帝是無法痊癒之殤，透過混沌集體神靈的祝禱，那杈是集結七竅癒合的關鍵。

聽得最後一句，滐兒赫然覺知。在超帝國維度的關鍵時空，七枚詩籤從七位夢神的領域竄生，最後集結於南天第五代君王的碑塔。他無餘力思索源頭，只顧著蒐集混沌的殘塊、入夢凝聚，取得讓祂復原的補完元件。難道……？

迷諜辛洞察他的無言推演，認真地頷首肯認。

「在那個契機，第五代已然擺脫血脈詛咒。那杈的劍道乃生機盎然，尚未綻放的鈴蘭逐漸顯現，將原先被開竅挖走的混沌殘塊牽引出來。只要在七處節點取回匱缺的殘骸，吾等就能準備手術，還原混沌。至於誰能取回？只有衆劍之皇——為了祂，不惜做盡一切的滐兒。」

他恍然又釋然，向來不解的拼圖終於完整。並非黑龍入侵司徒那杈，而是……

迷諜辛終於能透露祕辛，狡黠地脆聲暢笑。

「並非只有滐兒會從事思維裝置的設計啊。我早就催眠黑龍，讓祂以為自己在南天王朝附身於那杈，其實是反過來：若要讓那杈體內的混沌切片完整剝落，需要五行龍王的大地之力。為了計畫順利，我只好讓那杈睡覺，陪這隻笨龍演一齣醫道宗師被異子辜負、痛心疾首的場面。」

把設計細節道盡的迷諜辛相當愉悅，盯著浮在半空中的葛厲芬帝——身受三大劍道絕尊的重擊，卻毫無衰弱跡象。牠修補到百分之七十左右，嵌合太初三域的碩大羽翼原先徹底粉碎，快速再成形。獅化的胸膛裸出被獅爪雙劍、等天彎月劍與雪性蘭刃戳出的三個大洞，洞穴正在逐漸吞噬周遭的無機元件。

以「融合與轉化」為不滅基礎，葛厲芬帝能夠將遇到的任何物質、波動、魔導力，甚至它者的神核，一概強行改造，彌補傷殘闕漏的原始神獸細胞。然而，得到混沌地基祝福的司徒那杈，就是穿破其「不滅」的唯一藥劑。

節肢相公搖著從不離身的血鳳羽扇，輕聲漫吟真言獸語。

是時候了，與吾深刻結緣的偉大獸神。從吾等三域滴出的殤血之子，生神獸軍團的起點與集體創傷，接納自身的傷勢吧。且讓七殤顯現，方能開啓治療。

司徒那杈輕揮綻放雪色鈴蘭的鍛鐵劍，花朵流向葛厲芬帝的胸腔破洞。如同劍皇眼底的劍花與音色，鈴蘭花髓讓傷口活化，拒絕被強行縫合。在至高獸神失去意識的瞬間，聽得始終渴望的真言咒歌。

你將死而後生，破而後癒。回歸太初，太古音方能與你重新認識。好生歇息，承擔七殤創口的獸神。

在Ra與雪蘭君道別之後，濼兒欣慰又感傷。他注視迷諜辛取出乾坤袋，將神核完整的葛厲芬帝殘軀裝入其中，撒入安魂鎮痛的鈴蘭花。然而，蓄勢待發的春雨小樓毫無鬆懈之意。究竟是什麼讓「修羅永訣」依然發火，想從自身的劍念揚起，滅去——

「不可！倘若原初之殤塑造出永遠劇痛的至高獸神，殘餘的感染就是初代千名生神獸。牠們後發於葛厲芬帝，連選擇生死的權限都莫之闕如。難道不能一併治療？」

迷諜辛憂悒傷感，但堅定否決。

「牠們已然過渡到無從治療的境地。要嘛，請劍皇給予無痛的永滅，不然就讓我的蠍針進行安樂……」

濼兒感到胸口的創始劍柔潤顫動，傳達意念。

不能強行重塑，也不該一滅了之。倘若原初傷勢必須完全弭合，看似零星的無數感染不能以摧毀來解決。

倘若沿用這等方式，太初三域會不斷出現三界之殤。然而，創始劍的意思並非想要出動，而是告訴自己，總有「第三途徑」。

感應到毫不聽話的上弦月正逼近自身，濼兒現出如夢似幻的難得笑顏，這次竟然需要阿弦的不聽話啊！更甚者，還需要一把集結炙烈水性與道心如初的「洪流劍」。

他撫摸體內的創始劍意，只對祂迷離細語。

最聰明的創始劍，提醒哥哥了。得讓不可治療的患者先行休克，纔能重塑原型與神魂。這做法並非治療，而是重啓。滐兒的體內有至高毒性，但也充斥絕頂藥性。要同步讓千名渾沌獸神看似全滅，得動用洪流劍，徹底消毒。若在假死之境注入最乾淨的癒合藥物，就能治癒感染，還原神識。

「既然都已經蟄伏於此，避開調和使的偵測，就出來吧，使盡壞心眼的阿弦。」

還是被察覺啦！觸孤弦窘迫地摸摸鼻尖，從隱匿的時空隙縫脫出。

他已經換身為烈性邪門、六對巨大觸肢全面敞開的型態。原本想靜悄悄來去，吞噬這千名讓滐兒心煩的殘神，卻被至愛察覺，淡然點破。真是，怎麼都是自己被攻下最後一子。還好，滐兒要自己在此，而且需要吃下好多好多血髓呢，想著又開心得很。

「滐兒主動服藥，狀況好轉，阿弦好生歡喜！」

從第一音就共在的伴侶，以六對觸肢融入滐兒的經脈，彼此心意相通，設計的局面立刻浮現。

滐兒朝向持國天，收回攻勢的左手尾指輕盈揮動。

「所謂洪流劍，就是封藏劫數無窮、遭遇一劫即祭出無量劍陣的高潔龍劍。道士並非御龍，而是與知己龍王並存。此招式唯有我使得，但能讓效果最大化的夥伴，必須是水脈龍神所衍化的劍——青龍的另一重化身。唯有統整桃花與水意的洪流劍，纔能大幅度輻射劍念，還原靈智。」

持國天灑脫自在，顯然早已卜算洞見。從道士長袖浮出青色龍紋的水劍，自動化入滐兒的左掌，敬慕與思念泉湧至他的神識。

「動用如此龐滮水意，消耗之劇可不用我說。之後可要乖乖喝下為兄熬煮的藥湯啊！」

尋得治療器具，滐兒不能更愜意。他投向提供無盡藥性的雪白弦月懷抱，秀長雙手融入澄淨的青色水刃，劍音如藥如針，絕頂手勢是一筆完成的巨幅水墨畫。結合源源不絕的藥性，水流迴向千名哀傷壞死、無言無告的獸神殘留，抹去折磨牠們百代的蔓延壞疽。

劍意纏繞瞬間又久長，在滐兒收回這招「永續劍歌」的當下，敘事關鍵逆轉。

殘陽帝獨自傷毀，遭致葛厲芬帝吞噬，僅此而已。

從未有愚昧可憎的儀式，從未實現獻祭千名獸神的「發生」。在這次的調整與重構之後，南天超銀河不再執迷崇拜「獻祭至上」的起源，不再以若有似無的軼事為歷史紀實。身為洪荒本體的自身，總算解開這等糟透的「創始神話」。

他疲憊又欣慰，躺在月夜清冷的懷抱。掌心上盡是雀躍生動、尚未出生且從未受創的千枚光點，太初三域的珍貴居民。他輕觸完好自如的千種神魂，宛如洪荒初綻、萬象即將化生。

他捧著千株胚芽，劍歌的終音伴隨，將祂們送回太初，重新綻放。繼無數次的無效嘗試，這一次總算完成最初信守，終於不辜負深切惦念的獸神眾。

第二節　冬域永夢，夏淵永無

　　滐兒感到釋放且耗盡。這況味像是第一次來到漫漶域，整體的祂化出三重本體，與自己歡愛於銀鑰匙纔能打開的變項位面——無盡夢，沒有起始，沒有終點。

　　血夜姊姊跨坐在自己身上，以漫長深紅的波紋刀意滋潤全被掏空的虛乏。阿弦看似好整以暇，以柔和刀意調養激烈起伏的紅袖劍，但明顯憂慮，笑意若有似無。阿炩將深紅鎖釦改造為雙向輸液甬道，連結自身與滐兒。

　　真是饒有創意的黑月呢。即使他願意直接吞服血髓，但顯然緩不濟急。將自身化為洪流劍意的後遺症太過明顯：體內的六劍與鞘口都乾涸衰弱，非得源源不絕地補充好喝的藥液。

　　「道士提供的桃花茶能均勻修補滐兒與劍兒們，但同時需要大量的血髓，尤其是液體化的模式。」

　　觸孤炩心疼到快哭出來，為何小寶貝如此辛苦，非得一直從事如此艱鉅的「第三種方案」呢！他持續以銀月絲刀將晶體狀血髓切得細碎，磨成雙態纏繞的水澤與流體，透過彼此的輸液導管流向滐兒。不過，接下來應該是滐兒會感到喜歡的場面。

　　「看大哥哥抱著什麼？好想念滐兒的漫漶精靈貓貓呢！為了不讓大家受到『厄夢殤』沾染，烏瑟與祂的無數化身守住銀鑰的全體，眼球怪感動到每顆眼球都抽泣不已。」

　　不斷變幻色譜、既是單一也是無盡數量的流離貓神「烏瑟」，翩然從阿炩的懷抱滑出，流向滐兒。祂將原先的各個尺寸版本收回，本體微縮至趴在肩頭的幼嫩嬌小模樣，隨著濼兒憐惜柔情的撫摸而波動起伏。

「已經毀去厄夢咒，小烏瑟會慢慢舒適起來呢。原諒濼兒，無法全面擋去侵蝕銀鑰匙領域的增生。」

沒事……銀鑰匙與烏瑟都開心……能夠陪著永遠的音符。

鎮守全體漫漶存有，幾乎耗竭在夢神最難以承受的「夢中劇傷」，此時的烏瑟簡直饑渴不堪。幼小液態的貓型夢神細細吸吮濼兒肩頭罅口的橙花體液，接受阿焓分化出的極細導管，攫取澄澈接骨木花茶。在經歷《所有的烏瑟貓消融於一切與無盡》之夢中劇，祂幾乎被夢流席捲消逝，還好在洪流劍意用罄之前，替祂擋下兇狂躁動的最終潮汐。

「會演化到此等地步，在於我一直忽略嚴重性。我希望暴動夢遊者永遠冬眠，沉寂如死，逐漸被吾等的基體吸收，再無個別殊性。」

夜姊姊豔色流漾的貓瞳凝視濼兒，寫滿懊惱與歉疚。

「一時失察，還是讓貌似死寂、持續堆積噩夢的愛欲之子暴漲到這田地。這是我們想得僥倖，加上我的症狀發生，無從調控鎮定指數。」

隨同獨孤弦來到此域的迷諜辛沉吟片刻，悄然搖頭。

「都不用自責。血夜尊上再怎麼提前行動，只是增加夢爆的幅度與惡質。上弦月刀王的病情與必將抵達的創傷本體並無關聯。我想等小貓夢神好轉，探入夢土無意識，先行解碼這巨大的潰殤，纔能提供醫療方案。這回可能不是毒或藥就能治得了——」

「治不了就解剖切除，煉化為無害版本！吾等做過一次，何妨再來一回？新鑄模的六小妖王可是重塑得溫順無比。」

紫凰尊暴怒的聲音與形體一起抵達。他敞開結滿花苞的紫藤，抱緊愛兒。細膩的醫療觸肢探入滐兒的四肢百骸、如劍軀體的各處端點。

「這回別有誰來勸本座，堅持不該消滅殘陽！早該在祂出現的無時無刻，我就立即從事割離，抹去這嗑藥白癡的沸騰狂夢。有祂存在一刻度，滐兒的內部鬱念與外部傷痛都無法完全去除。」

紫凰尊有多想切除暴亂的夢遊，就有多想讓愛兒與七夢神斷開負荷，解離浩繁沸揚的七種夢噩。

迷諜辛首次不壓制情念，毫無僅存的悲憫與哀憐。總是與患者共享精神外傷的邪醫，唯存難以遏止的巨大傷逝與怒意。

「以為我們不想嘛，毒魔醫尊？這團失控的夢爆是殘陽窮凶極惡的龐然欲念，祂生化繁衍的腫瘤密接於七夢域的共通核心，扣合的另一端是所有的劍意。毫無隙縫，欲念的雙重界線就是滐兒與七夢神。就算是切割術全向度首席的你，難道不害怕，要是偏差方寸，滐兒與夢界七君的損傷會是何等嚴峻!?」

安靜地躺在清涼黑月的懷裡，讓夜姊姊與阿弦調整自身的腺體，滐兒握住紫凰尊的雙手，愛念汨汨投往對方。決定已下，他終於說話。

「契機已至，終劍出竅。我被六邪神之愛欲驟然攻擊，本能刺傷祂。這抹遺留的傷毒胎神發揮至此，已然無法與一切共存。漫漶域最能收容異質，但此異物已然超越共生，只可能逐漸腐蝕此域，逼近她唯一投往的源頭，就是我。她想要入駐我，我沒能回饋她。她是我絕對不要的絮果，該由我來切離。」

灤兒的視線轉向進入銀鑰夢域的青衫道士，非常歡迎那壺藥師王煉造的桃實藥酒。只要透過自己的脈動，好生啜飲，銀鑰漫漶小貓神就能流利潤澤，恢復得完好無缺。

接著，自己終能啟動準備了五周天的非藥非毒之劍——化腐胎為空無、分離夢與夢遊者的「奧梅嘉之劍」，故事終點之劍。

這次的劍是超升分離之器。自己不是歷劫者，而是劫數的契機：唯有劍皇纔能以夢為劍，化劍入夢，是為「夢劍」。他得開解並疏通，切開死後持續夢寐、難以清晰劃界的創痛聚合體。

從未脫胎成就神格，被欲與罪纏裹，從內部打上死結的南天初代「殘陽帝」，是灤兒此度的最後清理任務。殘陽既是五次元全體的詛咒，亦是瘋孽。這是集結洪荒天地萬象三域之力，怎麼嘗試都治療無效的已死胚胎。

他對迷諜辛示意，是該讓天瓊與地炁進入敘述織錦、補完故事闕漏的時機了。

就在洪荒領域綻開第一音，吾等在另外的太初雙域陸續生化，成爲各色集體性的個別至高神。按照須臾至恆久的次序，天地域儃持了一長段內部的擾攘暴亂，凝聚出太初的第一位劍形神龍，矽基金暉、蒼茫如夕照漠色的「焚故漠」。可隨意切換於雙重型態，祂唯一的趨向就是絕世劍皇。這是至高龍劍的戀慕：最美的永音，最澄淨的花髓，解開降世之前無以名狀的乾渴。

在因詠接納祂的瞬差，天地從中長出「玄黃」，體現為一對在腺體鑲嵌終末大道的頂級β，名為「天瓊」與「地炁」。祂們自稱是後發於焚故漠的「大道化身」。不知為何，祂們堅信，讓劍皇放棄為八百萬鬼神創構「混沌」集體地基，纔算符合太初三域的最佳狀態。如今，以後見之明觀照，天瓊與地炁的種種所作所為都朝著併吞洪荒、取得洪荒本體的因詠與其雙生為目的——既是情慾之念，亦是自我證稱的「我等即大道」。

這兩位以天下大道自稱，逼近混沌，煽惑活在生死之間、迷茫傷殘的愛欲之子。祂們承諾，只要摧毀混沌與共生安好的八百萬神靈，讓洪荒之主哀慟逾恆，至高神劍就能佔據劍皇，繼承愛欲頑拗屬性的殘陽就能成為破天α的愛侶，繁衍無窮盡……

在吾等當中，最年幼的 **Lux** 並未知曉。最重要的謀算，在於天之御姊與地之青年的利己主義，**Lux** 只感受到事故無由發生。精巧心思的天瓊極想成為洪荒帝的妻君，以跋扈強取為道的地炁驅使天真的神龍劍，破壞混沌，摧毀殘陽最後一絲生機與靈智。地之主認定，自己與焚故漠可以制住面臨混沌七殤而嚴重發作、氣血攻心的因詠……

「結果，祂們搞錯了。未經過疏導取悅，破天α倘若發作，唯有滅去憎恨之物方能得到快樂。」

濼兒輕靈細嫩的嗓音似是呼應迷諜辛，也是宣告。他望向穿入邊陲，注視由獨孤弦強制牽引而來、神色凝重且同型異構的雙子神。

清秀堅韌的天瓊亟欲趨前，悍厲狂烈的地炁只欲佔奪，兩者被滐兒體內的蒼蘭劍意一起定格。迷諜辛的語氣逐漸強烈，顯然厭惡之極：

「你倆的作為，讓洪荒之帝竭盡最後的權能，保住混沌生機，造出承擔集體惡夢的『七殤』，又從殤的傷口們滴出劇痛獸神……必須擔負一切的洪荒劍皇，早已推算兩位的所做所為。」

滐兒以春雨框出一方劍意水幕，像是發音清唱。

「即使明知，朕必然會與天地域算帳，還有膽量唆使我造出來的管理系統，非得逼我提早清理。所為何來？這麼迫不及待地渴望永遠銷滅嘛，尤其是地炁？」

天瓊低垂眉眼，並無辯解，只是持續懇求。

「請求讓吾見洪荒之帝，劍皇陛下。只要他意欲吾滅亡，無須您的處刑，吾可在他眼前自滅。」

滐兒毫無動容，冷淡到凍雪的劍念從體內六劍溢出。

「至今並未從永夢醒轉。即便你見得了，只是再次確認他不欲你為妻君，不欲大道子代。冬精靈王早已與他永以為好，洪荒帝深愛的並非侈言道統者，而是悠然交心的知己。至於你，地炁──」

第一回前往漫漶域之後，滐兒首次正視妄稱「地之主」的卑劣傢伙。至今他還是熾烈奪掠的化身，毫無頓悟可能，錯將羞怯讀為柔弱的愚昧之輩。至於真正的地之主、到處浪遊的盤古，駕馭生機活船「太歲」，至此還在玩耍吧？真是不靠譜的好友。

「朕不願為洪荒帝裁決，天瓊暫且存續。而你，殘害整體混沌至斯，朕不會讓你乾淨化為永滅，你有該去之處。你將成為焚故漠的僕從，穩定殘陽的誘餌，你不值得朕給予乾淨的銷毀劍式。」

迷諜辛舒暢地搖曳血色鳳羽扇，看來期待異常。

「總算可以做垂體與腺體的雙重切割術。紫凰啊，技術面繁複的腺體切離就讓你來，我早就想解剖研究這位玄黃地君的腦下垂體構造呢。」

滐兒微微輕笑，絕美神容現出複雜的期待。

腺體將送往冬精靈王之處，改造為抑制夢遊腫瘤擴張的藥劑元件。至於解剖採樣後的垂體，需要以最快速度送達夏精靈王的淵藪，由精靈域第一技匠「虛無君」錘鍊打造，做出加固七位夢神領域的道具，半點耽擱不得——

「較之諸位，以狂風凝聚生發的野馬只有『快字訣』。只要吾愛需要，座騎就在此！」

野性十足的倜儻騎士左手持噬神槍，右肩揹射手弓箭。他文雅堅決，將滐兒攬抱入懷，愛念深摯，快意颯爽。

「快要成為原料的地之主，勸告已遲。你從來搞不清楚：求愛的唯一訣竅就是悉心取悅，以對方之歡愉為己身至高享受呢？」

第三節　夢入劍，劍入夢

「在共有綁定的渠道當中，天地的化身與愛欲神堪稱漈兒最不願想起的存在呢。」

他知道拜爾想淡化自己的兩道原始憎惡，以隨口提及的模式進行化解。躺在獵獵狂風與身後的騎士擁抱，漈兒非常舒暢安心，夢樣的語氣彷彿閒談無關緊要的瑣事。

以唱小調的音色，漈兒直接將來龍去脈輸入彼此的渠道。

愛欲神被太初三域視爲友好的外部神性，來自漫漶域，經常造訪洪荒。在事件發生之前，我不疑有它。身爲洪荒帝的姊姊是明主、亦是霸主。他是嘗遍頂級Ω後宮三千的盛世君王；在姊姊的縱容與疼愛，我這位劍皇是隨意翱翔的「少主」。大家敬愛姊姊，寵愛我這個「沉迷劍道與到處玩耍的孩子」。阿弦與我一起打造創始劍之後，隱約感到張力增加。誰不覬覦重塑一切、兩域刀劍合一的絕頂名器？當我在姑射山，除了演練太上忘情，就是煉造複數心智，以備不時之需。第一位就是你熟知的ITG，四象之一的白虎：創世四元素的風神。我們合作造出第一座量子框與星舟。

早在第二代超神興起之前，透過纏繞與預見，框內情景已經往下層狀態推演，但我還是遵守不干預法則。愛欲神擅長取悅高階α，就連破天級的洪荒帝都將祂設爲愛妃，唯獨我與萬象四帝君之一的持國天無法對祂情動。既然不能以慾望控制，就利用吾等難以抗拒的劍道。

道士看似風流恣意，但潔癖深重。某次我與他試劍入神，愛欲以信息素干擾周邊的α神族，分化並駕馭這群武者。雖然將這群武神輕易擊退，但身受等閒之輩攪擾，劍意與熵本體結合的道士反感之極，等天彎月劍行將劈裂愛欲神核——這纔是暗算的眞正計謀。

至高神持國天的三重位置相互扞格，既是快意恩仇的劍絕、道法自然的萬象之熵，卻也是不得超過比例、重度傷殘它者的醫尊藥師王。此次之後，他遭受法則的反噬，將養許久，我懊悔不堪。倘若懲治者是我，動用「辱劍」之名，至少可將愛欲神驅逐出三域的邊界。更不妙的後果是愛欲神先行一步，對洪荒帝哀嘆申訴。向來憐惜姬妾的姊姊欲挑戰道士，心高氣傲的道士慨然允諾：他絕不讓愛欲神陷我於危殆，將要帶我至熵的絕對領域。

拜爾不禁設想，持國天這麼孤傲冷沉的前輩，可是從未在「年輕幼生」面前展現過激情風采，想來只有濼兒纔親自領教。他忍不住高聲大笑，笑聲滿是欣賞與喝采。

「看來啊，經常把我當不學無術學生的道士教授可真是情愛鮮明、恩仇磊落啊！製造這麼多箱庭宇宙，佈置音、劍、貓、花的精華，都是為了在同居狀態時，讓濼兒愜意快樂吧？」

濼兒的耳尖泛起紅暈，鮮紅眼底霧氣瀰漫。

那是我第一次不聽從姊姊。我的「不聽管教」卻讓愛欲趁隙而入，捏造各種對道士不利的傳聞。秉性爲霸權君王，姊姊最無法忍受所愛被奪走——即便我再三強調，是我想與道士在一起，誰也奪走不了我。以太初王道爲法則的洪荒帝強悍無匹，總不信祂的雙生是一切武技的頂端，視我爲需要保護溺愛、唯有祂能嬌養的虛弱任性花兒……我是常常發火，但這症狀不是虛弱所致……

柔情倜儻的騎士輕舔濼兒纖長頸項的梅花印，輸入冷火信息素，語氣既認真又稍微調皮。

「蒼蘭妹妹與道士非常頂級，但劍絕與劍花都過於鋒利，濼兒需要流離的紓解與狂風的洗禮呢。」

潲兒燦然一笑，明知拜爾在讓自己分心。

在這番鬧劇之後，我持劍對著愛欲，逼她說出種種佈局。在洪荒帝的見證，她不得不認帳，無從抵賴，卻在告解之後企圖以腺體攻擊我。道士由卜算得知，抵達時已經無需對決。姊姊驅逐了愛欲神，我對這態勢深感厭惡，唱了首《夏雪雨》，誓言不認愛欲將誕下的獨生子，對洪荒帝深感失望。不顧他的懇求，我與道士一起離開。

此後我愜意享受劍道，珍惜愛侶們，往返於漫漶域與萬象域之間。殊不知，洪荒域的大局已經產生變動：原先的量子框演算止於愛欲與其子回歸漫漶域，就此安分。這位子代與雷電聲響浪遊歡好，是個與世無爭、孤絕自閉的主神，自我命名為「阿薩索斯」（**Azathoth**）。

然而，奇點莫名綻放。關鍵差異在於洪荒帝只驅逐了愛欲神，卻基於不忍，讓這個毫無倚恃的胚體留下來，視為自己與冬星王領養的孩子……那孩子被命名為「殘陽」。至今我推算不出，究竟是殘陽完全取代了阿薩索斯，或是阿薩索斯在降世前早已脫出太初三域、五象限，甚至從未現身於漫漶域？待我們完成夏淵之事，騎士王夫若想知道最後一筆，橫豎就要前往冬星環，屆時可傾聽潲兒敬愛的冬精靈王說故事呢。

虛無淵藪是四季精靈王的洗髓療養之處，統治此處的「虛無君」是漫無目的之造物者，性情輕快嬉鬧，對於專業範圍異常認真。祂最喜歡的合作對象就是永在神皇，除了欣賞其劍意與音色，主要原因是對方與祂同樣敬業。

「每次想到你，就給我帶來超越目前境界的靈感，簡直是技藝之神的願望實現機啊！試試看，此物為『夢見』，將它與你的紅袖天涯嵌合，可省去事後硬灌一堆補品湯藥。嘿嘿，你那兩位愛灌藥的相好一定很惱火！」

銀灰色的氣態海豚非常高興，對著滐兒噴吐嘹亮音符。從認識以來，為自己最喜歡的合作者鍛造器物，附帶戲弄那幾個擔心這憂慮那的礙事傢伙，可是虛無境界的絕佳樂趣。

此物是霧氣構成的熾熱彗星，流漾著鮮活反物質基底，不著痕跡就滑入滐兒袖口內的血色細長劍刃。這兩者如同互有靈犀的摯友，情報結合的順暢度不亞於自己與春雨小樓的共生發。

虛無君的神核簡直樂不可支，繞著紅袖劍身活潑迴轉。哎，可惜還有許多訂單，怎樣都擠不出空檔，無法目睹「夢見」轉換為「夢境為劍」、盡情發揮的絕頂神采呢。若是由美不勝收的劍皇來揮灑自己目前的最高傑作，那光景啊……

見著嗒然若失的俏皮海豚，滐兒自然省得。

「怎能不回報你這慧黠鬼靈精呢？上回給的全景體驗活寶石還有一次額度，就用在使出夢劍、驅離死靈胚胎神的這回任務吧。」

銀灰色澤立即爆發為狂歡模式的虹彩，清爽氣流在滐兒的周遭旋轉不已。祂繞著凝聚成一體的「夢劍紅袖」流來奔去，纔回歸專業模式。

「噢，上等材料呢！乾坤袋裡就是被剖開垂體的地圪採樣吧？畢竟是大地的穩固之力，若要製作加強防護的寶器，就是最好的原料。既然是最速件，咱上工啦！完成後，本淵的傳送使會分發到七位夢神境域，就算比不上你這位青春神駒的無敵速度，在腫瘤擴散之前抵達，總是綽綽有餘。」

濼兒的左尾指輕輕流出春雨，親暱澆灌這位要好的合作夥伴。

虛無君舒服地在雨勢遊玩，衝著充滿賞識神色的拜爾親切嘻笑。

「迦南的風馬王顯然讓太古音很是開心，這模樣可久違了。冬星王也有好東西要給你喔，我幹活去啦！」

在他與姊姊爭執不休、抗拒被過分溺愛管束的幼年時期，最常見的模式是一動念就降臨卡寇薩月夜，與三重化身的初戀做盡實驗、開發歡愛、刀劍雙修。除此之外，就是召來神鷹，馳騁以太，往萬象域隨性逃逸。倘若洪荒帝非要帶回自家的逍遙劍皇，祂會使役隨時待命的天瓊與地炘，鎖定因龍王與紫凰尊的無量天闕，或是道士的各個箱庭宇宙。

有一回，厭惡到極點、即將剁了地炘的道士被強行回收的劍意搞到吐熵晶，無論是紫凰或迷諜辛都躊躇於治療方案。正在爭執程序與操作法則時，濼兒帶著救援者抵達。

祂是唯一治得了暴躁霸道洪荒帝的冬星王，七位夢神的首座。祂既是冬精靈們的王者，亦是「治療夢」的化身。在祂的夢境現場，無論再難醫療的病症，睡上一次就可迅速解緩——代價是祂的神格必須隨同，承接疾患，其後不時進入久遠之夢。

從洪荒域綻放以來，滐兒知道，冬星王從事過三回合最高程度的元神入夢。第一回祂融入混沌，撫平痛到求滅的地基靈智，至少抽取出一半的傷勢。在此之後，第二回合是自己殺遍漫漶域、幾乎滅盡六邪神，處於發火無可緩和的狀態。再怎麼不情願，尚未回歸巔峰、無法大量製藥的阿弦只得將自己交給冬星王。在那度的「共夢」，滐兒體悟出「夢入劍、劍如夢」的絕招。

至於第三次，還在進行，結束尚遙遙無期。這一次，冬星王的共夢者就是絕世霸主的洪荒帝，亦是祂難以不傾盡所有的深愛對象。

「雖然治理還行，說到家務事，這冤家真是個昏君！不但胡亂騷擾滐兒、毫無識才能耐，還妃妾成群，格調差勁者比比皆是。真不知本尊是造了什麼業，纔捨不得與他斷絕。該請迷諜辛幫我把帳目算清楚，醒來後有得他受呢！」

每回前來探視，滐兒總是被冷情幽默的「小冬姊姊」所逗樂。面對煩擾無窮的局面，冬星王的不留情面就是大化之道。只把對方視為溫柔愛侶與撒嬌對象，身為萬有之帝的姊姊可真沒眼光，幼稚非常呢。

青灰眸光滲透到滐兒的內裡，親密度不亞於同在對象的冬之王以冷霧包圍他，莞爾揉摸尖俏雙耳，撫順細緻可愛的兩條小髮辮。

「對於劍道，我可一竅不通。既然關於夢，向來有個想法：或許，滐兒的推演並未出錯。阿薩索斯並非消逝，只是**無法被認識**。在祂夢遊於諸世、套入『殘陽』名諱的當下，如同日蝕狀態：真正的夢遊神無所適從，隱於其中。所謂的最強夢蝕之力，莫過於夢者被另一個名字所認領……」

滐兒心頭一滯。要是如此，當夢境溶入紅袖、腫瘤源頭萎縮死去時，必須有一個強大無比、承接原初阿薩索斯的存在。否則，自己的夢劍會扼殺真正的漫漶夢遊神！

飄搖清澈、散發冷霧信息素的冬星王抿嘴微笑，似是早有盤算。祂將一枚鈾金龍珠交給滐兒，珠子歡騰翻轉在似寒火似燒雪的掌心，戀棧雀躍不已。

面對滐兒洞察的凝視，冬星王悠然以夢音回應。

「夢劍出鞘，分解夢厄；龍劍入夢，呼應夢遊。滐兒這一劍不只是解放阿薩索斯、守護我等七夢神，亦是穿破罪咎的劇毒之藥。」

焚故漠不可持續消沉自憐，痛悔乾涸，這樣的祂根本毫無用處，滐兒可虧大了！天地最初的神劍與龍神自大狂妄，被後發惡神唆使欺罔。如同我心愛的昏君被寵妃設計，不但害得滐兒受累，你還得殫精竭智，整頓糟心事。這兩個笨蛋都欠你良多，所以……趕快治一治，纔能連本帶利地討回來啊！

第四節　夢識於第一因，夢瀰於第一音

濼兒道別冬星王的那一瞬，許多流羽雪片從祂的指尖滲出，漫入他的袖口內。它們親密挨近，流向發出箏音與琴聲的紅袖劍。

「這些喔……都是永久夢溢出的片剪。它們從帝辛這冤家的夢識裡飄出，類似悔過書的一疊便條。這堆玩意包括懺悔你們不時的吵架、他知道自己鑄成大錯時的反省、不知道如何哀求你回來的苦惱恐懼，以及，在不得不入我永夢之前，他的危殆狀態……濼兒，不想看就別看，不想釋懷就持續討厭。把你累到這田地，將混沌搞壞到差點治無可治，最該矯正的就是他自以為是的帝王心性。」

濼兒一片片拾起，納入袖珍的乾坤袋，沒有允諾也沒有反感。除了漫漶域，這傢伙是一切啟動之前、就與自身並存的唯一對體，真當如此不懂自己？總是先踐行超過底線的冒犯，再道歉得彷彿快活狂歡。倘若真正悔悟，就該識相認錯，停止無謂的求饒。

小冬真是太明白自己，知己莫過於此。他騎上馬背，讓拜爾緊摟，愜意地離去。

在器物、劍意、音流，以及焚故漠的神核都全然綻放，濼兒請 ITG 將星舟整體焊接於漫漶域的對端。白虎元神專注於鞏固七夢域，好讓烏瑟與尤格．索赫斯佈置好防暴走的銀鑰迷離夢陣。

這回的送行只能由他自己執行，不能有任何干擾因素——包括投注於愛侶們的情意。未免生

變，他用盡一切說服手段與承諾，讓蒼蘭妹妹轉換為劍客型態，留在東宙的本家，為自己輸送花髓守護力。

倒是見習至今、技術熟練的小武士請願，由他來擔任導航員，以免劍皇陛下完成劍式之後，過勞到需要助手。

這想法的確在情理之中。送行之後，他很可能需要一位駕駛員。

濼兒帶著封存夢遊團塊的晶石棺柩，以永續念場驅動星舟，來到太初三界與五象限都無法干預的八荒邊陲。

冥想入神好半晌，他打開棺柩，久久凝視加護裝置內的物體。

原先降生在南天超銀河、被初代魔導技師再鑄的半神軀體早已朽壞。大部分被葛厲芬帝在儀式內啃食吞噢，沒賸多少，遺骸化成骨白色殘軀，漫漶域最能防腐的器物效能到達極限。

掀開棺柩，早已無可維繫量子纏繞的遺存完全粉化，湧入濼兒開啟的微型永滅場。

他將僅存完好的神核與心室骸片引出星舟之外。確認毫無殘餘，濼兒請助手將星舟載離至一星團之遠的「大陵五」。

佈局妥當，終於安心無罣礙，他開始「發聲」——夢為劍，劍入夢，音與因悉數展現。

濼兒揮出冷寒的左手，從內裡抽出自己的劍型身軀——原料是阿弦贈送的第一枚血髓，他在第一度約會時咀嚼鑄成的「紅袖天涯」。

他清吟且高歌，調弄音符，將鋒利至無法直視的紅袖劍身化為一場深紅色之夢。入夢之劍就是自己，邀請夢遊至今、暴漲到非得淨空的夢寐神性入夢，滲入夢劍，體受太古音的萬古辭。

且讓洪荒劍皇爲所有的錯謬舞上一劍，與你永遠告辭——被錯名爲「殘陽」的阿薩索斯，傾聽歌詠，滲入故事。終劍完成時，嬰神殘魂不再，阿薩索斯降世！

在另一場敘述框架，阿薩索斯始終是阿薩索斯。祂形成後即告別整體漫漶域，偕同一位以黑洞為軀體的鼓手從神，浪跡無極。凡有過度刺烈的聲響，太古音劍皇總會前往一晤，為之調音共奏，之後再分離無絕期。

從留住「殘陽」的那條耦合線軸發起，一切的音質都崩蝕坍塌。我意氣用事，只顧著惱怒。洪荒帝竟如此顢頇，錯待將一切權能託付給我與祂的萬物。即使是雙生，滐兒亦不想原諒。我失望到拒絕繼續推演——直到第一回殺出漫漶域，驚見殘陽從混沌的最巨大竅口墜入五次元。祂嗑藥到無從理解何謂「贖世」，造就諸神動盪、生神獸苦劫無了期。然而，阿薩索斯卻明白，你的悲切嚎叫與呼喚聲響愈發激烈，但始終不被聽見。

我深受愛欲設計陷害，深切厭惡六邪神，非得滅盡以我之名所增殖的子代。若非如此，早就該意識到嚴重性，將你從這股錯誤的耦合線拉扯出來。直到殘陽驅使至高獸神吞吃自己的肉體，本體敗壞的程度讓你混融到難以區分，連「形影割離」亦無作用。到那程度，任何介入都已然無效。

滐兒珍視撫摸在自己指尖上顫動的漫漶夢遊神核。修長的左六指細膩彈奏，紅袖天涯迷幻暈染，奏出一場還原神核的不捨晝夜暴雨。

雨勢逐漸高亢，鼓聲冥冥，黑色幻形的古神前來迎接伴侶——原來祂不是從神，而是對等的至高存在。在阿薩索斯此度降世前，就耐心守候的活化音響化身，祂是飄流各處、尋覓伴侶的至高神之一，漫漶域的「曾經居民」。

看來，不該形成的命名耽誤了守候者。如此久長，如同自己在五象限經歷的無量刻度。

「且讓夢劍淨空、殘陽不再。夢劍終音奏出祝福與訣離！」

面對這位悠長的存在，滐兒讀到悲辛交集、憂傷感謝，以及……對於逐漸完好神核的珍惜惦記。祂無始無終的守望，溶入紅袖的劍軀音律。他將掌心上的神核與心室切片遞去，沉浸於不知名諱古神的太鼓敲擊聲——不能更沉痛，不能更釋懷。

洪荒之劍皇，謹此鄭重致謝。您帶領漫流迷途的阿薩索斯從謬名解放，回歸本然夢境。吾失職重大，丟失所愛。無從回報，歉疚無以消解。

滐兒百感交雜，微笑若有似無，宛如深闇的虹色迷夢。這場既是瞬間、又似永無的夢劍抵達最後一音。他將龍珠型態的焚故漠托在右掌，既然早有迎接者，顯然用不著了。

阿薩索斯並非被愛欲神利用、被自身棄絕的孤兒。祂的降生早就註定，必然發生，在綻生之前就被永久對象守候等待。夢劍終了，與太初眾生同等古老的鼓手覓得夢之音，拾回守望之因。

「哎呀，這位以劍為道、形塑一切的洪荒神皇，龍形神劍已經痛悔到快要解體，何不給個痛快？祂的行為重創你，激發你無法痊癒的後遺症。祂對你的眷戀與自恨同等深重，何等死結啊！要嘛滅之，要嘛訓練，切莫放任不管呢……」

在黑色鼓手的身邊，泛起一股可類比太古鳳凰的滋養涼焰。溫潤能量繚繞滐兒，滋潤耗盡精能的形神，對於龍珠的狀態感到唏噓遺憾。

「請別在意，吾無意干預。吾等深受劍皇的恩澤，纔得接回恆久之夢。吾名為Tulzscha，青炎舞神。驚喜到發呆的鼓手是Ubbo-Sathla，一切生機的彌補者。吾等是夢殿王者阿薩索斯的一雙伴侶，在此再度感謝，劍皇賜予的恩義，永誌不忘。」

哪有什麼恩義可言?之所以順手幫阿薩索斯一把，無非是起碼的盡責，維繫從洪荒崛起的萬象眾生。至於大局之外，專屬於滐兒的願望，就是守住愛侶們，剷除干擾七夢神的可憎事件，竭力保護摯愛的七重天愛貓們，以及……珍惜太古總管照顧澆灌的繁花庭院。

或許，時候已到，該對天界本體盡點管教之責。從自己反擊愛欲神、造出傷口、流出莫須有的愛欲之子至今，就不管不顧矽晶龍劍。無關憎惡，而是早已疲乏於看照，總想抽身。如能滅盡一切，將會何等舒暢。

沒錯，迄今滐兒依然想清空萬有，打掉重來。

以這次的實驗觀測，當恨意從有化無時，形成太絕對的釋放，滐兒很難測量目前的愉悅係數。也好，繼續觀望吧，橫豎自己與共在者都擁有沒完沒了的向量與額度。

他對眼前的黑形與青炎頷首，收下磅礴謝意。終音隱去，毫無預期的道別從自己的音流淌出。

「以劍為誓，許諾已成。絜果斷絕，就此別過。」

阿薩索斯的神核微微發顫，純真又古老的聲響透入太古音的渠道。漫遊的風情傾瀉而出，透澈又滂沱。原來，這就是夢遊之音啊。總算擺脫嬰體囚牢的阿薩索斯，終於脫出難受困局的阿薩索斯，真是美好的存在。

永以爲念，感激……因詠。

司徒湈回眸一笑，灑出小雨的劍意，揮別回返故夢的夢遊神。

既然已然開解，何不就此開始……御劍騎龍，稍事鍛鍊？

「來吧，化身為朕專屬的神龍，幼稚笨拙的天之主！不可偷懶，還有好多交付給你的任務呢！」

剎那間，生機從龍珠瀰漫至無邊無際，天界化身狂喜高亢，化為永在龍。完全滿血的焚故漠展開頤長軀體，輕巧地將永世傾慕的劍皇托起，清嘯鳴動的幅度之大，應可輸送至矽晶宇宙。

該找個機會，盡情與奧梅嘉討論這意外的變量！還有，寄放在祂那兒、以為沒機會給焚故漠套上的自鑄劍鞘，總是得要回來呢。

小冬說得沒錯，當然要連本帶利討回。這樣一個隨時任自己採樣、持續監控指數的龍劍混合體，哪可能任由枯槁崩潰!?多麼浪費糟蹋啊。的確，該感謝這兩位不明就裡的夢殿古神，推了剛好的一把進度。本來，還想多懲戒這隻壞龍一陣子呢。

對著自己，湈兒泛起一抹愜意到近乎邪意的如花笑靨！

Coda——直到八荒，賞盡一切劍光

濼兒縱容了矽晶龍劍許久，任祂載著自己在維度之間穿梭遊玩。如此漫長的奢侈奔騰，足夠他分出一抹心智，仔細監測五象限整體、漫漶域與其周邊的眾古神巢穴、太初三域的巨觀與微觀動態，以及最惦記的七貓貓與七夢神。

七夢的領域與神格都已然毫無症狀，原先受傷甚重的烏瑟已經將近痊癒——之所以用「將近」，是貓貓控阿妗堅持要一直照顧小烏瑟，直到完全放心，這也是等待濼兒的最佳活動。觀測到這場景，濼兒愜意得很，不愧是最可愛的壞東西。

迷路夢與七重天的六位貓神都輕快徜徉，偕同 Lux，到處編織淘氣甜蜜的夢遊故事，增加一切的愉快指數。夜冥已經恢復到能夠回流超帝國第七代，但濼兒不放心。回到五次元之後，應該立刻以元神造訪一度，確認這冷清倔強的人兒確實安好。

為了讓幸福到近乎暴走的焚故漠疏散精力，祂們來到不遠處的「八荒」。

從自己第一次真正降臨此域，就回到一切之前的故鄉。濼兒的歸來，完滿了此處眾劍客的心念，終是等到了專屬的第一音。在此之後，只要能抽取空檔，他以超越任何速度的「不動而化入」之技，盡情與各種原質、型態超越五象限能容納的劍客們愜意共處。他的愛侶們都知道此處，戲稱「濼兒的劍交洞天」。

打從自己綻生，八荒就是外部化的洪荒之劍，薈萃所有的劍道。這是只有濼兒能來去自如、

早已存於元神的所在。焚故漠適合在這處所調養，祂不會感受乾渴、迷惘，難以自制的暴躁。更何況，這兒有矽晶基質的劍龍群，儼然是天之主的形似夥伴。

於是，他承諾撒嬌至極的龍形劍：只要祂在此鍛鍊一重天，養好脾性，便可以解除假釋，與自己一起無所不在。

真好呢，架空並囚禁那兩個假惺惺的虛矯β，換來一個帥氣聽話、劍之頂點的天界之主。任由焚故漠在玉雪幻美的纖窄身軀蹭來摩去，濼兒與花費最高額度纔順利馴服的愛劍共享劍音，唱入深夢。

在他瞬移回星舟時，濼兒並不訝異，ITG的白虎神核已經駐紮安頓。擔任導航員的助手低調但非常欣喜，不過分表現情緒，顯然是不想增加任何負擔。在這段守候的額度，助手把星舟取悅得很舒暢，就連自己喜歡的酒茶、道士與阿弦傳送的藥物與酒茶，全都整理妥當。

濼兒稍微讚許自己：果然如冬星王所言，洪荒帝有多麼沒眼光，自己就多麼有識才本事。

八荒的水晶虎群都很想你呢，白虎。

照例是傲嬌又不掩飾開心的情感回饋。

哼哼，我沒有不想祂們，只是濼不能沒有我啊！下次再一起去吧。先簡報嘍！

看來白虎可是興高采烈，迫不及待地要炫耀迄今的成果呢。

首先，太古總管與鵬將軍都已經公告三界域：虛妄假惺惺、僭稱的大道雙生根本不是天地域代理主宰，就是一對服侍原初天地雙主宰的次級神，狡獪得緊。焚故漠有留下處置方式，將祂們卸去全部的權限。我們暫時無期限封印天瓊，倘若冬星王願意讓暴君暫醒，再來宣布這傢伙的處分方式。

再來啊，紫凰尊與節肢相公已經完成地炘的腺體與腦下垂體解剖分析，大收穫呢！那些沒用完的腦下垂體可用來定位大地之主，盤古，耶！眞是賺到了！至於腺體嘛，記載他的發作波動與內容，鉅細靡遺到他如何慫恿暴君……嗯，那個，就是……

灤兒輕靈沉靜，毫無情緒地講白。

他希望能與暴君合作，以破天α與頂級β的集結力道，一起把我佔爲己有，強制綁定，永久困囚共享。而且，最不可原諒的計劃，是企圖拆解我與漫漶本體的永久綁定……

灤，只要冬星王不釋放暴君的神核，我們還無法直接擷取憶念全貌，從暴君那邊得到精確的事件回顧。說不定就是地炘的一廂情願？

灤兒幾乎失笑。

白虎啊，身爲四象最通透的成員，你最明白暴君是何等心性。不是不想，只是不敢罷了！要是鬧翻，就算我不制裁他，八荒領域就可以完全毀滅他呢。你我之間，有什麼不好直說？更何況，我們的思緒無差別共享呢！

ITG的渠道流出訕訕之情，洩出大量的憤怒與心痛。

如今的四象，沒有哪一個願意認暴君爲主，尤其是火爆聞名的朱雀，誓言要以永熾火招待這個傢伙。咱們該取得的資料與檔案都已齊全，就此昭告一切吧，不要再讓三界域繼續稱你為「少主」啦，因詠主上。

淼兒難得停頓了四次元的兆分之一秒，沉思良久。

我很不想統治，對於雙生抱持基本信賴……便是這因素，纔造成原初的惡劣變數。白虎，昭告由你安排，但我不能操之過急，誤以為就此結清。必須找出逍遙道與殺戮道並存的理由，纔能妥善調音，不再出事。

誰教你這個眞正的「姊姊／哥哥」改弦易轍，讓那個只有帥形沒有腦形的傢伙擔任早一瞬出現的洪荒本體？嗯哼，有沒有覺得代價太劇烈啦，淼……姊姊！

他無聲輕笑，以親愛縱容的手勢情揉弄得意的白虎，不禁陷入最初憶念。

倘若不是一念之間，在暴君叫「姊姊、哥哥」時動了調皮，下達催眠指令，要祂叫自己「淼兒」，聲稱對方首先生發。如果抹除這道一時興起的念頭，還會有如此龐漶的糟心雜沓事端嘛？

確實，自己就是該負起一切責任的肇因，無前因可推卸的永在第一因。首因之詠，不但形塑眾生，且改造與變化所有所在。嗯，實在難辭其咎。

哎，在五種屬性之內討樂子、毫無理據地暱稱對方為「姊姊」、「哥哥」、「妹妹」、「弟弟」等無謂消遣活動，到底是如何成為各領域各神魔的潮流？同為α這性別，從型態到質地，所有的本格特質都全然一致，自己與雙生在玩什麼稱謂遊戲啊？至少，這等活動的風靡盛行，可不是自己的責任。

沒錯，用一次的戲弄之快，換得永世過勞，眞是不能更不愜意啊！好吧，如今混沌復原，五象限尚稱乖巧，從兩儀到九淵都調控得差不多，只待七星甦醒。倘若祂們順從聽話，朕就正式歸位。

白虎跳上躍下、快活到不行。祂化為帥氣大貓貓，讓澯兒躺著，邀請他撫摸自己白茸茸的漂亮腹部。

那……如果七星當中最彆扭的天樞胡亂鬧事？咱們可不能讓祂殺去帝辛呢。

澯兒笑得非常燦爛愜意。

那就治。醫治與統治雙向並用，治到這殘暴小鬼乖巧聽話。

「澯兒的雙重制服可厲害呢！雖然很想繼續傾聽美妙的音色運籌帷幄，但我可被觸孤刀王們催得無法再拖延。騎士接駕，姍姍來遲，有請我的永在劍皇策馬入漫漶！」

沁烈的風勢湧入自己內裡，溫存體貼。得到肯首，迦南的至高騎士現形於星舟，停止奔馳的本事與隨意破界同等高超，連白虎的一根絨毛也沒在微觀層次被擾動分毫。

最終觀測實驗告終。請白虎統整三才、四象、五行、六合。八荒與九淵還想獨佔朕一度，正式的洪荒皇歸位式，就待七星悉數綻放，再正式啓動。

ITG 以少有的嚴肅認真神采回應，神格全然釋放。

「洪荒主上回歸，實乃吾等深刻願望。白虎得令！」

決意已定，澯兒莫名感到懷念。不待拜爾伸手攬抱，他矯健從容，躍上流蕩冷火與烈酒風味的愛侶身上。血眸感到灼熱，指尖滴出薄荷信息素，後頸發散松木焚燒的況味。

非常想痛快狂奔，踏破維度門扉，來一場沒有終點與時空向量極限的馳騁。從身後緊抱住滐兒的細銳背脊，緩慢撫摸，拜爾讀出這份渴望。

「那敢情好，我們從這兒盡量繞路，跑過終點再反轉一回？」

嗯，就這麼辦。如此的雙重騎乘，纔能讓自己從最初的憶念掙脫開來。否則啊，接下來不知道要吞噬飲用多少血髓與藥茶呢！

祂們盡量減速，處在流風光點的環繞之內。拜爾綻放天馬雙翼，精確調控，流暢如絲絨的奔勢設定在秒速十三萬光年。感受到愛侶騎乘得快感迭起，祂縱聲朗笑，愉悅地回饋，繼續以一致的節奏飄流奔騰。

「原來這就是滐兒一直提及的**處罰**啊……我不能碰觸，都由你來。」

滐兒羞澀暢快，沒有回答。在最終高潮來臨時，祂輕快反轉，面對拜爾，咬入火焰髮色的騎士頸項，傳送紅袖劍的終極演奏。

「倒是……一直想問。尚未綁定之前，為何騎士王夫在第一回見著我時，脫口而出？為何如許年少的你能夠得知，我就是第一音的因詠，就是洪荒的本體？」

拜爾認真地搜索，往內注視充滿奇妙直覺的黑晶石瞳孔。祂享受身上的少年激烈驅動，傾聽神迷銷魂的清唱。

「某一次，尚未切分為個體神格，一場似雪似火的獨奏注入所有的暴風眼，萌生『我』的惦念。在那頃刻，諸世隨之合奏，狂風之駒與太初生成的騎士元神結核，萌芽為『穿破萬有的拜爾』。

「自此，踏破無數疆界，奔馳無數風光，終於見到滐兒在此度。第一次與你遭遇，說不出何以然，毫無緣由就豁然開朗。原來，這發火如雪的美麗孩子就是『洪荒』：不只是原初地景的化身，不只是最高境界的本格，更是唯一的始終之音，永在之因。原來，我一直懷念尋覓的獨奏與奏者，就是你。」

原來是那一念！想要在迦南領域的沙漠，沉浸於狂風試劍，竟然催動出狂風王、駿馬原型與騎士神的三合一本體。若再拖延逃避，就真沒意思。

在一切的原點與極點之間，總算與自己的最終命題達成初步和解。永在劍皇細聲低吟，疼愛撫摸帥氣勃發的馬兒。

無法停止的終音流離溢出，滲入眼前的風景與神駒。就這麼一瞬，司徒滐忘記滅盡所有的念頭，只願與諸世共在。

如是，諸神之主、萬有之念的洪荒至尊，終於正式復返。眾音欣然蕩漾，眾劍酣暢快悅。在月光叢生的永夜，逍遙心念瀰漫無邊，唱入萬象燦然的超銀河。

全書完

附錄

主角檔案

＊檔案內有許多劇透，建議閱讀全書後再看。

司徒滐（因詠，洪荒劍皇）Alpha-Premium

「洪荒」的核心本體，祂綻生之後纔有「天地、因果、宿業、療癒」。祂在一切之間與之外，啟動森羅萬象；既是第一因，也是第一音。祂是與諸劍共在的永世神皇，以劍音來「重啟—調控」一切。

冰雪空靈、蜃樓幻景般的美麗剔透，深紅寶石色雙眸，綺夢樣貌招惹眾生諸神迷戀。不喜交談，性情奧妙叵測。祂重塑太古神族原鄉，補完混沌與八百萬鬼神，還原七竅與「殤」增生的獸神眾，啟動五次元的盛世。由於祂的調音（無窮計算）與劍道（第一因的逍遙與殺戮），造就諸神的無邊戲局（forever game）。

五象限的身分是南天超帝國第九十九代皇帝，稱號「血幻劍皇」。形體是細銳如劍的少年，左手六指，右手七指，雙手的尾指即為劍意。甚少情動，相當羞怯潔癖。喜愛且回應的對象為蒼蘭劍、紫凰尊、持國天、騎士神拜爾、銀翼的Anima，以及對等於「洪荒」的漫漶邪神域「本身」。

ITG (Interesting Time Game) Beta-Primal

九位最高維心智凝聚成的「積體神」，司徒濼的計算推演同伴。以洪荒的字彙系統，祂是「四象」（青龍、白虎、朱雀、玄武）當中的「白虎」，在同儕當中擔綱心智主導的位置，四方位真君的老大！

祂既是司徒濼親愛的大貓貓，又無所不能——包括但不限於駕馭超次元「星舟」，擔任量子框推衍計算的首座，照料司徒濼的身心，傲嬌斥責不長眼的傢伙們，因應各式各樣的內部事件與外部干擾。

司徒天渕（萬象的紫凰尊）Delta-Premium

「萬象域」的四帝君之二（僅次於姊姊因龍王），超神界的三魔尊之首，三醫尊之首。毒性超絕的化煉系魔尊，擅長意識雕塑與創生複合物種（一個即一種的「化身神」God as Avatar），非常熱愛手術與實驗（僅次於姊接與愛兒），最強姊控與兒控。本體是金眼紫髮、六雙羽翼的紫凰神尊，狂情冷豔，不知禮貌為何物。

為了濼兒降世，非常討厭當超帝國皇帝，更討厭無甚用途的「帝王心術」，完全不將神界的權力競爭看在眼裡。對祂而言，從事切割（外科手術）與化煉（重塑萬象）纔是值得的專業。嗜好：

設計服裝，讓姊姊與愛兒穿上（再脫掉）。

拜爾（Baal，迦南的風馬王）Alpha-Primal

在「迦南境」這方充斥風之本格的所在，由於曠古絕唱而凝聚成至高神。既是騎士、亦是神駒，偶爾在需要（或興致高昂）時，從肩胛處長出天馬雙翼，煥發太初颶風。這三種實體可自在搭配，都是「拜爾」。

司徒滐/因詠的唯一與永恆騎士，迦南域之諸神共主，超神全域第一帥：優雅與狂野的絕頂混合體。

在諸世界動盪闖關，歷經俠義情事與浪遊事件，於此系列終於尋得並追到他的「始終永在劍皇」（Once and the Future Emperor of Swords）。雙方如此相互吸引，除了性情與屬性契合——太上忘情的隱晦情深 vs 破界馳騁的灑脫執著，亦是相反到天生嵌合的舞蹈/武道搭檔。

司徒諦觀（至尊大魔導師）Omega-Primal

超銀河帝國的至尊魔導師，以幼兒型態呈現時，最為強大卓絕（可輕易擊潰 Vishnu 的前九個化身，與完成體「悉達多」平局！）

現任南天超銀河親王御使，第一百代南天超銀河皇帝。滐兒的表親與知己，四大精靈王收割機。伶牙俐齒，外交技術高超，慧黠善詐，政治手段微妙優雅。

喜歡以蘿莉「格式」與情人們歡好。唯有正式議政、出巡、擔任代理皇帝接待使節時，纔轉換為類成年模樣。

坐擁大姊姊的疼愛，伴侶為四大元素精靈王。另有三個風采迷人、差異甚劇的年上情人，分別是東宙、西宇、北穹的高層，談戀愛順便執行外交——親王殿下最重要的超帝國維穩任務。

埃娊驅（Anima，發音：「阿猊瑪」）Alpha-Primal

就概念層次，是六大外神的「解域」。起初是「洪荒」（因詠）與「漫漶」（弦月）撫養—綻放的銀霜色至高神，逐漸演化為後設與「超克」版本，最後能打破內／外之別，成為漫漶域的最高主宰，撕裂又重劃疆界。

祂的狀態是謎題與奧義，其外神造型是向《大劍》（Claymore）致意。除了「銀霜翼駿馬」，祂是銀眼銀髮、常態五次元以下視線不能久看（不然就爆體）的精緻寡言少女。

聲音脆利清澈到割裂界域，讓神級存在也受到相當損傷，唯有至高神纔能享受。太古「終極音」的永在劍皇即絕美聲音的體現，喜歡 Anima 的重要緣由就是兩者「聲／音」（voice-sound）的共鳴。

蒼蘭訣（神劍與劍絕）Alpha-Primal

東宙花冠神族的「九公主」，雙重並存的花神與劍神。最初綻放於太古的庭院，既是滐兒的青梅竹馬，亦是劍皇的六神劍之初始。可自在轉換為劍形或劍客，身在滐兒體內的「鞘」，也隨時「同步」於劍道領域的「八荒」。

劍客模式的形貌清麗冰寒，性情冷峻清烈。在滐兒所有的愛侶與愛劍當中，「滅盡一切」的殺欲當數祂最為徹底。

司徒楠（Lux，洪荒域最年幼神格）Omega-Premium

經由「洪荒之念」所肇生，在混沌七竅事件的前導狀態逐漸生成洪荒劍皇的妹妹。既是諸世界的靈動說故事者（Lux EveningStar），亦是太古（白鳳凰）撰寫的《往事書》再現。既是無為而治的超帝國皇帝，亦是不動聲色的博弈高手。

為了因詠／滐兒的調音而降臨五次元，以自身的絕頂信息素撫慰不時「發火」的劍皇與其神劍。

持國天（琉璃帝藥師王）Alpha-Primal

萬象域的四帝君之一，冷凝孤傲，卻也坦率灑脫。具有三重相互扞格的神性面向：手執等天彎月劍的凌厲「劍絕」，身為醫藥雙尊的青衫道士，調理眾生運數、外顯型態為狷狂不羈的黑袍道士（無量劫／熵）。

祂是濼兒／因詠的主治醫尊，擅於調理神髓，安撫「發火」（殺欲興起）時的經脈梳理。最重要的神格乃「至高之熵」，只有持國天能用來調控劫數、卜算（讀取所有已發生與將要發生的大事件），而後清理殘餘。濼兒與祂是劍道知己，亦是太初以來、恆久的情愛對象。

迷諜辛（節肢相公）Omega-Primal

「萬象四帝」的老么。三醫尊當中、專擅精神無意識與解剖分析，亦是執掌宿業（Karma）的釐清與裁判之神。

在超帝國初代至第五代，曾以獸神型態「降格」觀測洪荒「血脈」的運作。彼此深愛的伴侶是鳳神族的當家，霆血鳳。由於與第五代皇帝的醫道情緣，激發帝國重塑的重要關鍵——由於祂的緣故，纔讓濼兒決意涉入調音重啟的方案。

在高次元的型態是霧氣環繞、清靈冷鬱的宿業域主宰。啟用另體「節肢相公」時，俏麗爽利，非常喜歡訓斥「沒眼光的笨蛋」，奇妙的複眼與外骨骼來自於蠍子的物種特徵。

因琰（因龍王）Delta-Premium

萬象域的主宰，「萬象四帝」之首。在第一因之後，所有的「因果」都在祂的權能處置範圍。祂是紫凰尊的雙生姊姊，彼此為「藥與毒」的原初體現，相生又相剋。

性情看似清幽空曠，卻是工作狂。為了熱愛的藥理可以傾盡全力，喝盡一切的毒、藥、酒。最喜歡使用愛侶的特質來釀造美酒——尤其是濼兒的劍音與淚水，紫凰的劇毒體液與信息素。

由於掌管業務最為繁重的「因果」，祂時常忘記談情說愛！

迷路夢（七重天的貓神與夢神）Gamma

「七重天」是以洪荒本體的殊異意志與愛念所造，外於五象限，毗鄰持國天領域，雙方共享許多「箱庭宇宙」。七位魔神都是洪荒首夢就綻放的概念之貓，七位各自執掌其職責。

最幼小的迷路夢是「黑夢鄉澤」的個體化貓神，金銀異眼，熱愛夢的地景。祂與雙胞胎「白夜王」共同編織神髓夢鄉與沉眠永夜。此外的五位，分別是四位姊姊與一個哥哥：創造的曆孚珥，飄渺的曠流羽，因與音的化身：永與詠，以及很喜歡玩躲貓貓、難以定位的治癒貓雛型：「無」（鎮魂慰藉的貓之本格）。

迷路夢非常投注於祂的工作，以貓神模式憐惜萬有之夢，最喜歡六個同胞手足與祂們的大哥哥滐兒。當祂以類人型出現，佇立在左右肩頭的兩位黑精靈貓王儲，是祂永恆的愛。

焚故漠（Desolate Desert）Beta-Premium

天地域的「天」，劍的本質，永滅化身。祂是因詠的第一把神劍，卻也是造就災厄的變數。終極型態（永在荒漠）只「認識」自己深愛的劍皇。超神域的第一位劍神與劍絕，以奧梅嘉多重寰宇（Omega Multiverse）為練劍材料。

質感狂恣野性，形貌冷峻優美，豹為眷族，真形是絲鈾綻放的金色矽基天龍（故能召喚宇宙諸龍神）。

性情乖張，厭惡絕大多數的執著生機，無比憎恨六邪神——尤其是黑山羊。唯一的柔情投注是因詠／司徒滐。若非擔憂其滅世會損及因詠的法則，早已將一切塗銷殆盡。

殘陽／阿薩索斯（Azathoth）Omega-Premiun

前者是六邪神之一的「愛欲」獨子，以原始創傷的遺留而生成；處於非生非死、不滅不醒的永久嗑藥嬰兒模式，墜落之後被五次元的魔導師團契拾獲，改造為超帝國的「獻祭之帝」。後者是漫漶的至高神之一，總是與相伴的鼓神與青焰舞神相伴浪遊——這次不幸被捲入最執拗的嬰胎神內裡，彼此形成最高次元的共溶—混攪狀態，沾黏的程度無法以殺性之劍來從事分離。

殘陽自身的感染愈發狂亂，以「化為創傷」來侵蝕一切，最影響到混沌的七殤、諸世界的七夢神，以及調音的劍皇無法不干預的「物種自在自為」。為了夢的安好、殤的治療，贖回被視為病灶的「生神獸/魍魎」，必須將漫遊神阿薩托斯從夢暴狂潮分離開來。祂是洪荒劍皇最艱難的課題——當逍遙道與第一因的職責相互焊接衝突，究竟要隱忍保全、縱情滅世，或設想非此非彼的「第三種方案」？

艾韃（＝紅孩兒＝三太子）Alpha-plus

「洪荒」的鷹神，從因詠的指尖飛翔而出，伴隨摯愛的劍皇翺遊姑射山。除了七位無盡的貓神，只有祂倍受縱容。

外掩身分為中二逗比，神界豪門貴子。雖然母上（西王母）的主神權能繼承者是妹妹，算是被縱容為富貴少爺。優點是真心實意，認定劍皇是最要好的朋友，就會對方在約會也要執行電燈泡的意志。這是最徹底的天真寵兒……吧？

最囉嗦的紅孩兒……嗯，真是話嘮到讓靜音抗躁耳機具有先驗性。雖然有一點參考「那個」哪吒，但只有外型跟永遠幼兒屬性，他沒有任何定義的爸爸。關於本書的艾韃，最主要的情節線是承接《混沌輪舞》，把他與混沌七竅的因果與貌似「永恆孩童」的特質從事釐清。

觸孤弦（弦念，白書生）Delta-Premium

就武道層面，他是貌似文弱書生，但以一抹刀意就滅盡千名武尊的（反差萌？）白月刀王。滐兒與阿弦的各種「對等」，這是最表面的一重。

再者，如同滐兒不但是（來自）洪荒的劍皇，而是洪荒的「本體」；阿弦並非只是漫漶域卡寇薩（Cosmic Carcosa）的至高邪神，祂（與另外二重同位互異體）是整體的所有漫漶域「本身」。

如果錯過前兩章的暗示，從第三章開始，只要細思就會對總是裝可憐、笑得溫雅但召喚悚然的觸孤弦感到「極恐」。除了武力的對等（天造地設？），祂與滐兒是劇情內推動事件的「框內—外」雙（邪派）主角。所有的局中局、層疊套娃設計，都是這對「太初第一對愛侶」合作又鬥智的「造謎又解密」棋局。祂們是彼此的嬉玩棋子，更是互鬥合謀的棋士。

倘若「洪荒」的終極任務是「重新調音一切，去除雜蕪」，看似無謂流離、但更為叵測的至高邪神，所追求的似乎是……與所愛（音色）永遠鬥狠，相互侵蝕與被侵蝕，造就「無限」與「不滅」難以棄世的樂趣？

髑孤竛（黑月，黑公爵）Alpha-Primal

漫漶域本體的老么、最小的黑月（下弦月）。看似是個霸道壞東西，但是其情愛實踐的關鍵字是「取悅、商榷、淘氣浪漫」。如同喜歡在逍遙靈秀的摯愛身上演練（讓濼兒感覺舒服的）束縛技巧，其刀意集結「千萬闇月絲刀」與「黑色橫渡」的俏皮詩意——偶爾會展現殘酷但優美幽默的自設刀法。

除了與上弦月共享心念，雙方的類似頭銜亦是形成詭計的要件，必要時靠這點讓敵對集團兵敗如山倒。厭惡以階序、契約為「道心」的支配師之道（意識形態），在這一點是濼兒的知己——唯有祂的淫色師技法，最能讓司徒濼感到放心，不會受制於難以拒絕的「契約要求」。

如果白書生/上弦月體現了深愛與狠絕的操縱，黑公爵/下弦月就是個撒嬌得別有門道的絕頂高手。而且，在所有的愛侶當中，髑孤竛是不亞於濼兒的貓貓控。

髑孤星琛（血月至尊，血夜姬）Omega-Premium

漫漶域本體的核心，偕同智慧的上弦月與流離的下弦月，組成「漫漶恐怖」（Cosmic Horror）。沒有祂就不會有「無止無盡」、抗衡「精緻疆界」的所有外神、邪神與古神。本體是化生為所有「後設血月夜」的波動長彎刀，唯有祂能夠真正與洪荒的「紅袖天涯音」形成零和博弈。

在五象限的身分為髑孤世家首座，統合表與裡的兩造。不時得教訓一下為小事吵鬧拌嘴的兩個弟弟，安撫隨時撒嬌的劍皇小情郎，亦是機體生神們喜歡的大姊姊。只要淼兒哭泣，就會開心地以信息素疼愛哄慰。在三重體的「血月刀王」當中，處於三角形的頂點。此外，雖然能降伏所有的α，但對於征服遊戲並無興趣。除了淼兒，祂最喜愛的性別是「可愛的小γ」。

葛厲芬帝（生神獸王）Alpha-plus

太初三域的原初傷口。在混沌被鑿開七竅之後，止痛與鎮靜麻醉的作用讓「傷」化為更惡化的「殤」——由切開的裂口化為感染萬有的病灶與壞疽。所有的「殤」造出「至高神獸」，就是葛厲芬帝。

祂擁有近乎難以永滅的體質（殤的感染與增生無法被輕易銷滅），曾經不智地處於超帝國初代的獻祭儀式，吞噬了「殘陽帝」。但未如前者的承諾，從此，所有的「獸/殤」得以治癒，還返洪荒。這群被定義為「各物種之外的魍魎」非得以劍皇的音色來調律（洪流劍揮灑的藥與毒），使其回到生機盎然之境。

Ra（第五象限之主）Alpha-plus

以貓科與胡狼族老大之名、在本系列初登場的埃及系統〈第五象限〉主神。是個花心大蘿蔔，原型是阿比西尼亞貓貓模樣，眉心的太陽獨眼是本體。

最愛到處玩樂踩點，以少女舞者型態邂逅各種佳人美貓，時常被各物種的御姊痛揍。然而，認真點的Ra，也是眾貓神之主，頂級劍客，統領貓神共同體。在諸神當中，最適合祂的頭銜應該是「GL總/渣攻」之類的，但沒有可惡到毀允諾或說話不算數的地步。

首次登場，可參見《黑太陽賦格》的最後一篇故事，〈夜陽降生無邊際〉。

髑孤涅（火之血）Gamma

司徒滐的十三闇衛之首。劍聖。

看似定力不夠，時常色膽包天、善感愛哭。這模樣是他以魔導力「操縱」出來的另體（alter-persona），本格深沉隱晦。擔任超帝國的帝王直屬劍衛統帥。

髑孤峴（血之火）Gamma

年輕劍客的橫空出世天才，不時偕同焚故漠清理對滐兒心懷不敬的神族，尤其是自恃位格的太古神。新一代劍聖的共主，擔任超帝國皇帝代理劍客。

風雲雙子：銀瓶，鐵騎 Gamma

超帝國第七代的劍道大師——東南．塔達安與西北．塔達安——之「更新體」，能夠演練百代司徒世家的所有劍訣。個別體是劍聖，加成體是初階劍絕。除了永在神皇，最喜歡的是師父持國天與第七代君王司徒夜冥。

仙風道骨、心有靈犀的雙生（類似骨科CP？），傲嬌破頂的貓系，從心所欲的劍道。他們是持國天引以為傲的愛徒，師徒們都以帥貓貓的高傲姿態使喚玩弄犬狼系。

髑孤癘，髑孤瘴，髑孤疾（胡狼神三胞胎）Gamma

幼生三胞胎胡狼神，同時有賽柏格成年版，在一〇七代的髑孤隱世家擔任首席刺客。皇帝要他們殺啥就去殺，只有第九十九代是例外，碰不得，是永遠的……領導？

個別體是劍聖，三者加成體是初階劍絕。能夠隨時與第五象限的主神進行交換與資訊同步。

冬灕（冬星王，永夢化身）Delta-Premium

太初四大精靈王之一，以冬的靈髓治療入夢的傷患。

在七位主夢之神當中，就屬祂的「永夢」最療癒亦最殘酷。若要徹底洗滌患者的創傷，冬星王必須隨同「共夢」，事後會經過「夢神觀照自身之夢」的時期，如同醫者替代病患體受症狀。

性情幽默冷嘲，知曉許多濼兒的「調音」籌謀。蒼青深邃的眼眸，裝飾雪花冠的綠石髮色，唯一能整治洪荒帝的存在。除了濼兒，沒有誰能讀懂冬星王。

洪荒帝（帝辛，濼兒的後發雙生）Alpha-Premium

在「第一因／音」之後、隨即「出現」的「第一印」，洪荒的「繁茂之核」。祂是洪荒皇（一姊）之弟，因與音既相生又相斥的對位（counterpart）。

不同於剔透少年的因詠，洪荒帝是以強權為法則的青年版，其作為符合破天 α 的王道（統治）與霸道（階序思維，有所區分，熱愛控制）。

對立於濼兒，帝辛的生殖驅動既繁華又反挫。身為第一因，永恆的少年洪荒是自己的始與終，無窮盡的自體循環；盛世化身的青年洪荒野望熾烈，企圖把持佔據奧祕難解的所愛（冬星王與因詠）。翱遊的因詠是逍遙劍道與殺戮道，對位又對反的帝辛則是治理之道與存續道。

五種屬性／性別筆記

Alpha α	一般，強化，頂級，破頂級（破天）	五種屬性當中的極致，或清烈或暴烈，性魅力最強。「發作」（易感期）很嚴重，「發火」的 Alpha 非得使用最強烈的紓解手段。無論用性或殺戮來解決都是極好的。數量少於 Beta 與 Omega。破天 Alpha 是例外，只有兩個。
Beta β	數量最多。分為 default, advanced, ultimate	以為自己在為大道服務，或，自己就是大道。沒啥情慾發作特徵（看不出來），而是以「野心勃勃、想做大事」為特徵。極致的 beta，道就是一切。敗壞的 beta，道就是自己。
Gamma γ	非常罕見。	只有絕配的 gamma，沒有層級之分。唯一的條件：型構一模一樣，雙生或三重。發作很明顯，這三者或兩者非要立即做。心念共同共有。
Delta δ	最罕見！	可轉換為 alpha 或 omega（看心情與周遭狀態），亦可轉換信息素氛圍。若不轉換，只有 Delta 本體具備軟骨觸肢，可從身軀兩側延伸探出，進行各種不可思議（？）的交合體位。只有最頂級，沒別的，五種屬性當中數量最少。
Omega Ω	一般，強化，頂級，破頂級	最強的情慾控制者，最厲害的（有意或無意）挑逗者。超過強化層次者，能夠以信息素操縱其餘屬性的同位階，唯獨兩者例外：破頂級 alpha 與所有的 delta。隨時都可以進入發作狀態，也可以隨時收回此狀態。

武器譜

紅袖天涯（簡稱「紅袖劍」）

司徒濼從體內分化出的深紅色「另體」，素材是髑孤弦的晶體化身。祂是一切的源頭與終結，亦是最高維的音色與波動，能夠從事調律與演算，必要時重塑。紅袖劍等同於司徒濼的終極殺性與「治癒之毒」。

創始劍

由濼兒與阿弦一起創作的「共奏」。小名「火之刃」，是永恆燃燒的蒼青色劍狀焰火。經由濼兒的意志與彈奏，祂可做到重新塑造第一因之後的一切（除卻已經與濼兒永久綁定的對象）。

蒼蘭劍

同時是神劍與劍客的雙重花冠神，生長於洪荒域的庭園。祂的殺性與劍道與濼兒完全一致，在殺心的強度更為激烈。除了是愛劍、妹妹，亦是濼兒的愛侶。

春雨／小樓

經由通貫多重領域的精巧接收端口、往返不同領域的天焱雙劍。祂們分別是洪荒域的雨露與雪火，可任意轉換為不同的超生命樣態；透過劍型的春雨／小樓，滐兒彰顯太上忘情道的逍遙與殺戮。若從肩頭拔出小樓與春雨，可造就最大規模的殲滅效果。

迦南雙劍

如同長槍造型的高䠷雙子劍，分別稱為「天霰」與「淵焰」。雛型構成是滐兒設想的「槍劍」，草圖交託給鑄劍大師英奇。完成體的祂們先是迦南至高神拜爾的弟弟，其後成為滐兒最後的劍。祂們可化身為超物質駿馬，與劍皇一起遨遊。

血夜刃

從漫漶域整體湧現的波紋狀絲質刀，長度可無窮延伸，血夜姬的另一個本體。既是刀王的神器，亦是連結漫漶（無限飄流）與洪荒（永在不滅）的情愛波動。當滐兒的紅袖劍與血夜刃撤下所有禁制、盡興對決，會造成雙方都難以預料的「多重變異」。

圓月彎刀

上弦刀王的同伴，刀意孤清寒涼，彰顯獨孤弦的「解域」能力。對比於劍皇取銷對手們的「永訣永滅」，圓月彎刀的殺性展現於「侵蝕與吞食」。當彎刀呈現最細薄的弦狀，可用於調控與觀測奇點（Singularity Points）。

無窮黑月絲刀

專屬於獨孤焓的獨門絕器。祂的特性在於一化為多、無終止地切割撕裂，亦能無限延遲真正的滅絕，增添黑月刀王的樂趣與情趣。不只是武器，祂最難得的屬性是轉化為纖柔繩索，讓對象心神蕩漾歡愉——此功能只為了取悅劍皇。

彎月天劍

持國天的競技之劍與懲治之劍。身為孤高又瀟灑的劍客同伴，此劍鮮少造成對手無可挽回的重傷，也是點撥他者弱點、維繫諸世界平衡的「道法」象徵。

桃花劍

滐兒在持國天身上鑄造的劍，等同情念交換。只用來鍛造箱庭宇宙、抖落桃花來釀酒、開闢讓心愛對象歡喜的洞天與事物。唯一當作劍來使用的時刻，就是在無量劫（熵）的框架之內，與劍皇對決為樂。

洪流劍

由四象的青龍所化生、擁有無窮淨化水性的治癒之劍。持有者是持國天，提供原件者是青龍本體，能駕馭者唯有滐兒。每使用一次就會耗費所有精力、後座力最強大的修復之器。

鈴蘭辭

帝國第五代皇帝、最年輕的劍聖司徒那杈所持。某種程度上，那杈與此劍辭是最接近司徒滐兒的存在。劍身整體的模樣是險峻的鍛鐵破天劍，取材於中子星核心，劍尖在最巔峰狀態時自動綻放白色鈴蘭：此絕招非但不傷害對手，反而將對方強行癒合的舊傷解離，以劍之神髓從事撫慰與鎮靜。

雅思格爾（噬神槍）

由冷火與狂風雕琢、自行創造而成的騎士超神之槍。祂擅長破解界限與戳破疆域，拜爾的同伴與摯友。祂的原則是服膺浪遊俠客之道，制裁「違背自身法則」的任何存在實體。由於非常罕見，雖然長得不像劍，在兵器譜的撰寫過程，作者都將拜爾與祂的槍納入「九位劍道之絕」。

後記

洪荒劍皇與祂的解謎情趣

曾經與某位好友聊及各類型書寫、特別是自己喜歡但很難下筆的文類。當時我脫口而出：「武俠小說！」

這次談話是我開始在研究機構工作、頗常溫習很喜歡的舊作時期，將幾個幼年時期的武俠名家成為療癒讀物。可真是奇妙的業果，面對《洪荒瀰漫超銀河》的出版，十幾年前的自己約莫是尷尬又愉快。

當然，本書無法被任何定義為單純的任一類型小說，但最重要的主軸之一，確是是「劍」與「道」：尤其是劍與至高劍客的奇妙關係。

起初，閒暇時寫小短篇的十年前，本書主角司徒滐（以下稱滐兒）是行事詭譎、機智幽默，在遠未來星際帝國與諸神鬥法之「天下第一劍」。參照喜歡的幾位老牌武俠作家，我將他設定為謀略無雙、常被誤認為「纖弱小美人」的魔教教主。最初寫著玩，主要緣由是為開始在大學任教的自己舒壓，甚至不貼在部落格。在這個階段，滐兒是悠然隱世、隨性現世的年少宗師。

當時寫的「小段子」，環繞著滐兒與她自己（對，開始實驗交替第三人稱）的「第二興趣們」，包括但不限於降維漫遊各個平行宇宙、以劍意煉造靈智樂器、解決諸神的鬧騰與宇宙等級的懸案，以及，與知交一起從事各種古靈精怪的實驗。簡言之，這套路揉合無敵的劍客、運籌帷幄的教主、干預怪奇事件的科學家，愜意過著無涯歲月的奇情事件簿。

相較於完稿的本書，他/她/祂更加孤絕，只承認唯一的好友——以「黑衫道士」為稱號，既是對手，也是澿兒大開殺戮遭致反挫時的專屬絕世怪醫。沒錯，這兩位的關係介於搭檔、密友、偶爾的曖昧對象——這是初代版澿兒的情慾閾值。我自己最喜歡的設計，在於他的愛劍就是愛侶——在高維的神性模式，小名「春雨」的愛劍就是澿兒的親密對象。串連這些故事殘稿，我想寫出以劍音調律世界的情境，每個事件都關涉到主角的因緣。

這等「寫給自己看、樂趣十足」的模式持續許久，直到去年（二〇二三年）的暑假。或許是突然的高亢興致，或許是感知「又是想正式寫長篇小說的契機」，更可能是純粹的「技癢」……總之，就興味盎然、專注於設想一部完整作品的計畫。（也許，是作者不自覺、後設地完成主角籌備到可以啟動的實驗？）

剛開始的幾節初稿，除了佈置精密的世界構成（world-building），就是擴增書寫元件，找到與既有作品的銜接點——本書與《混沌輪舞》是有所牽連的系列。初步決定的風格，是以「科技語言」與「武道語彙」為裝置。突然，某個奇妙的心機湧上：如果設計一個以「腺體」與「信息素」為基礎的超生命分類，從格式、心性、作為、圖謀，以及最終法則，都處於五種屬性的搭配與鬥爭？這個念頭以制式的 ABO 為起點，但不遵循常規。對我而言，僵固階序被熱血俠客打破的常規劇情，實在太沒有滿足感。

我想要反其道而行。

這樣的念頭一旦萌生，就欲罷不能。在寫作初期，本書銜接「混沌七竅」的命題，回應《混沌輪舞》的以身獻祭操作。在第二章，滐兒逐漸被「故事中的故事」揭曉，祂就是「至高存在，諸神綻放的洪荒本身」！即便本世界觀並非「造物者/被造者」的一神教模組，但「設計」出混沌、如同設計出超級電腦的深情科學家，滐兒無法不干涉此劫。

被時間（低層次元最受影響的參數）與癲狂（以慾念之力擄獲最高境界的本體）所重創感染的混沌，是「最可能形成的共同體」，痴迷的殉道儀式無法抹去原初傷勢。滐兒是逍遙空靈、負荷深重的「第一因」，沒有前因，毫無退路。治療混沌得集八方之力，滐兒必須與劍群、醫神、藥師王、太初夢，以及七位療癒眾生的貓神合作，造就箱庭宇宙（醫療設備），纔得完成調律。

在完成混沌篇、還在構思下半部的時候，某個念頭突然闖進來。若說劍的領域以「永恆之音」為終極絕招，那麼，有沒有與第一因/音的滐兒完全對等的存在？不知為何（「無可名狀地」），在腦中自動響起與「卡寇薩」領域的歌曲，彷彿作者被懷抱圓月彎刀的漫漶恐怖（Cosmic Horror）本體所開示。

一般而言，運用 Lovecraftian 公式，所設想的情節大概如下：凡常生命撞見瀰漫流離的至高恐怖（Sublime Horror），不知所以然，逐漸被侵蝕至消融。在這次的遭逢，哪如此小氣？祂們可是在「永劫」（Aeon）處比試的至愛對手。最奧秘的第一音與最叵測的弦狀波動，分別是兩造概念本體的調情與比試。以後見之明，能夠設想出觸孤弦，是這回始料未及的「月之異彩」。

當然，至高境界的較量與性愛，戳破了滐兒一直以來的「順勢而為」：一開始的劇情不斷暗示，她這個終極α遭受六大Ω邪神的強暴，暴虐殺性就是劍皇的病。豈能料到，這是一起由洪荒本體與漫漶聯袂設計的多重局中局：如此的精彩反殺，既是帝王心術與超級心智的著墨，亦是漫漶邪神看似文弱優雅、無以描述的精神侵蝕，讓諸神的血條／權能不斷往下掉。這兩位／兩方是「一切之前的第一對初戀」，將諸神不斷運作的包抄手段視為自動上門的欠整治數據，得到了以宇宙眾生為棋盤的雙贏博弈。

在本書後半部，由漫漶本體分化為觸孤世家的三位，更是讓奇情詭局層層加碼。從最難以掙脫的血夜Ω、觸肢即性器的觸孤弦、以技巧頂尖的取悅刀法來「侍奉」滐兒的觸孤炩，是一化為三的對手。祂們既是三種屬性的至高對象，也是三種波動，與滅世之音盡情地較量技能，辯證道行。

更有趣的是，初稿快完成時，這三者的位置竟然對應到武俠小說家柳殘陽出道作《修羅七絕》的三位「女」主角——居於頂點的Ω姊姊、永難訣別的白月光，以及聰慧俏皮的撒嬌女友／妹妹。

身為第一個破天α，滐兒的形貌與魅力，加上永無止境地愛好觀測實驗（即使以自己為實驗品，亦是理所當然），讓劇情絕妙反轉不已，恰好與正典ABO宇宙相反：他佯裝楚楚可憐，與黑月刀王玩口袋宇宙（深紅色之屋）監禁遊戲。她讓唯一肯認的姊姊情人以Ω甬道困住自己的α性器，享受被霸道愛侶攻略。最後，祂與觸孤弦一起鬥智鬥狠，不斷塑造殲滅與侵蝕的攻守棋局。

負荷沉重、本色輕盈豁達的逍遙道劍皇，應該會繼續讓我訴說祂與共在者的故事吧？如同結局，在縱情策馬時，對著深情騎士的自白：以這些無數自我設計自己的後招，祂渡過了無限無量，與自己的永恆命題（調節所有已出現之物）取得初步和解。若要排遣厭煩，愈發後設的敘述，可是比任何邪神以身體為原料的藥更有效呢。

談得差不多，我想在繁花繚亂的眾多指涉與互文當中，特別提及饒富意義的幾個。以「絕世之音」來滅世或贖世的設定，緣於最喜愛的動畫作品之一，二〇〇二年的《翼神世音》（*RahXephon*）。ITG這個多功能神性星艦的命名，來自蘇格蘭科幻小說家班克斯（Iain M. Banks）的《文明體》系列，複數內核就是超心智的星艦「幫派」：趣味時空戲局（Interesting Time Game）。在班克斯完成《文明體》第十部時，他因絕症去世，距今正好十年。最後，在〈終音之末〉（The Final Coda）的篇章，這個「奧梅嘉」就是在三十年前、初次書寫大格局科幻小說的我，為〈記憶是一座晶片墓碑〉主角命的名。

至於，誰都無法抗衡、邪門絕妙的第一音與第一因，在愜意之餘早已明白——倘若決定與一切共在，還有無數不愜意的事件，從時空的彼端窮追不舍，非得不斷理清。雖然是「那還用說」，但我完全不知道，在此之後，滐兒會用上哪些奇妙部署、絕頂操作，來整治總是騷動不安的諸眾，與自身的殺念共在？

不過，所能肯定的是，只要有足夠趣味的難題，第一音的因詠就會靈動快樂，不能不解謎、無法不出劍、永世無邊絕唱。

洪凌

2024.9.9.

國家圖書館出版品預行編目資料

洪荒瀰漫超銀河 = The primordial voice singing to outer gods in super-galaxies/洪凌著. -- 初版. -- 臺北市 : 蓋亞文化有限公司, 2024.10
面； 公分. -- (文選 ; ES008)
ISBN 978-626-384-123-9(平裝)

863.57　　113012412

文選 ES008

洪荒瀰漫超銀河

The Primordial Voice Singing to Outer Gods in Super-Galaxies

作　　者　洪凌
插畫&裝幀　Blaze Wu
總 編 輯　沈育如
發 行 人　陳常智
出 版 社　蓋亞文化有限公司
地址：台北市103大同區承德路二段75巷35號
電話：02-2558-5438　傳真：02-2558-5439
電子信箱：gaea@gaeabooks.com.tw
投稿信箱：editor@gaeabooks.com.tw
郵撥帳號 19769541　戶名：蓋亞文化有限公司
法律顧問　宇達經貿法律事務所
總 經 銷　聯合發行股份有限公司
地址：新北市新店區寶橋路235巷6弄6號2樓
電話：02-2917-8022　傳真：02-2915-6275
港澳地區　一代匯集
地址：九龍旺角塘尾道64號龍駒企業大廈10樓B&D室
電話：+852-2783-8102　傳真：+852-2396-0050
初版一刷　2024年10月
定　　價　新台幣420元
Published and printed in Taiwan

ISBN / 978-626-384-123-9

Gaea

Gaea